Rosalie

Erlebnisse einer Hauskatze

Teil 1

Uta Bach

Herstellung und Verlag:
BoD - Books on Demand, Norderstedt
ISBN 978-3-7322-8774-1

Für meine große Liebe:
Meine Katzen

und für Daniela!

Am Ende wird alles gut.
Und wenn es noch nicht
gut ist, dann ist es noch
nicht am Ende!

Viel Spaß beim lesen

Uta B.

Sept. 2017

Kapitel 1

Rosalie lag in ihrem Lieblingsbettchen am Fenster und schlief. Sie hatte sich bequem zusammengerollt, den buschigen Schwanz über der Nase und träumte von großen Abenteuern. Ab und zu bewegte sich eine Pfote oder die Schnurrhaare zuckten, denn im Schlaf unternahm sie gern weite Reisen, überstand gefährliche Situationen und vollbrachte Heldentaten.
Im wachen Zustand musste sie sich allerdings eingestehen, dass sie niemals bereit wäre, ihr jetziges Leben aufzugeben. Sie hatte ihr ganzes Leben hier in diesem Haus verbracht, zusammen mit ihrem Hausmenschen, den sie sehr liebte. Und da sie wusste, dass sie ihrem Hausmenschen genauso viel bedeutete wie er ihr, würde es ihr niemals in den Sinn kommen, ihn zu verlassen. Aber davon zu träumen konnte ja nicht schaden.
Rosalie erwachte. Träge blickte sie, mit halb geschlossenen Augen, durch das Fenster in den Garten. Es war wohl Zeit für einen Kontrollgang. Rosalie kontrollierte ihr Revier möglichst jede Sonnenphase, das war wichtig.
Sie erhob sich und lockerte ihre Muskeln. Erst beide Vorderbeine flach auf den Boden drücken, dabei das Hinterteil nach oben und den Rücken durchdrücken, danach die Hinterbeine einzeln nacheinander weit nach hinten wegstrecken. Zum Schluss machte sie noch einen Buckel und spannte dabei alle Muskeln an. Jetzt war sie wach.
Ein bisschen Fellpflege war noch nötig, um den vom Schlaf zerzausten Pelz zu glätten. Rosalie begann, indem sie nacheinander ihre Vorderpfoten durch Lecken befeuchtete und sich damit über die Ohren und das Gesicht fuhr. Danach

putzte sie gründlich ihren Rücken und die Flanken. Zum Schluss war der Schwanz dran. Die Fellpflege nahm jede Sonnenphase mehrere Stunden in Anspruch. Rosalie sah gerne hübsch aus, außerdem neigte ihr Fell dazu, Knoten zu bilden, wenn es nicht regelmäßig geleckt wurde. Rosalie war eine reinrassige Maine-Coon-Kätzin, worauf sie sich jedoch nichts einbildete. Das lange Fell an den Seiten und der buschige Schwanz machten zwar Arbeit, aber Rosalie gefiel sich. Sie mochte es auch, wenn sie den Menschen gefiel. Ihr weißes Fell mit den vielen grauen und roten Flecken wurde oft bewundert.

Nun war es aber wirklich Zeit für den Kontrollgang. Rosalie sprang von der Fensterbank. Dann verharrte sie und dachte kurz nach, vielleicht sollte sie vorher noch eine kleine Stärkung zu sich nehmen. Sie beschloss nachzusehen, ob von der Morgenration noch etwas übrig war und begab sich in den Essensraum. Sie ging zu ihrem Napf und schnupperte daran, leer. Hm…, dann musste sie jetzt erst einmal ihrem Hausmenschen Bescheid geben, dass sie Hunger hatte. Also machte sie sich auf in den Klapperraum.

Dort verbrachte ihr Hausmensch die meiste Zeit der Sonnenphase. Er saß dabei an einem Tisch und starrte in ein viereckiges Objekt während er mit seinen Händen klappernde und klickende Geräusche machte. Rosalie hatte keine Ahnung was er da tat, aber es schien ihm zu gefallen, denn er tat es fast jede Sonnenphase. Manchmal lag sie dabei auf seinem Schoß und ließ sich kraulen. Manchmal war er aber auch so konzentriert, dass er sie gar nicht bemerkte. Oder er kraulte sie eine Weile, beugte sich dann plötzlich vor und begann hektisch zu klappern. Rosalie hatte gelernt, ihn in diesen Situationen nicht zu stören.

Sie betrat den Klapperraum und fragte sich in welcher Stimmung er wohl gerade war. Im Moment klapperte er nicht und eine kurze Überprüfung seiner Stimmung zeigte Rosalie, dass sie stören durfte.

Menschliche Stimmungen und Gefühle zu lesen war einfach, das konnten alle Katzen. Man brauchte sich ja bloß auf die ausgesendeten Schwingungen zu konzentrieren. Weitaus schwieriger war es, die Lautgebung und die Körpersprache der Menschen zu entschlüsseln. Kompliziert wurde es vor allem dann, wenn die Menschen eindeutig eine bestimmte Schwingung aussanden, ihre Lautgebung aber überhaupt nicht dazu passte. Dann war Rosalie verwirrt. Sie konnte keinen Sinn darin entdecken, seine wirklichen Gefühle zu verschleiern. Katzen taten so etwas Unsinniges nicht. Da ihr eigener Hausmensch diese Technik ihr gegenüber aber äußerst selten anwandte, dachte Rosalie nicht allzu viel darüber nach. Menschen taten viele verrückte Dinge und dies war nur eines auf einer langen Unsinn-Liste.

Sie durchquerte den Raum und setzte sich neben die Hinterpfoten ihres Hausmenschen.
"Mau!"
Ihr Hausmensch drehte den Kopf und sah auf sie herunter.
"Hallo, langhaarige Schönheit!"
Diese Lautfolge kannte Rosalie sehr gut. Es bedeutete, dass er sie begrüßte. Als Gegengruß rieb sie ihren Kopf an seinem Bein. Er nahm eine Vorderpfote vom Tisch und streichelte ihr über den Kopf.
Da sie jetzt seine volle Aufmerksamkeit hatte, ging Rosalie bis zur Tür, drehte sich um und sah ihn erwartungsvoll an. Ihr Hausmensch blickte zögernd auf das viereckige Ding auf dem Tisch. Dann sah er wieder zu ihr, gab einige Laute von sich

und lachte leise. Rosalie mochte es, wenn er lachte, denn es bedeutete, dass er guter Stimmung war. Sie hatte allerdings festgestellt, dass es auch falsches Lachen gab. Manche Menschen lachten, obwohl sie gar nicht gut gelaunt waren. Auch ein Bestandteil der Unsinn-Liste. Das Lachen ihres Hausmenschen war jedenfalls echt.

Ihr Hausmensch erhob sich und Rosalie trabte, mit hoch erhobenem Schwanz, voran in den Essensraum. Sie stellte sich vor ihren Napf und sah erwartungsvoll zu ihm auf. Er lachte wieder. Dann öffnete er die Klappe, hinter der sich ihr Futter befand. Er nahm einen von den kleinen Behältern, öffnete ihn und gab den Inhalt in ihren Napf. Rosalie schnupperte, befand es für gut und aß sich satt. Währenddessen ging ihr Hausmensch zurück in seinen Klapperraum.

Als sie fertig war leckte Rosalie sich nochmals über das Maul und das Brustfell. Jetzt war sie endlich bereit für ihren Kontrollgang.

Sie ging zurück in den Hauptraum, wo sich in der hinteren Wand eine Klappe befand, durch die sie jederzeit ein- und ausgehen konnte. Durch die Klappe gelangte sie auf den mit Holz ausgelegten Bereich und dann in den Garten.

Prüfend sah sie sich um. Zuerst wanderte ihr Blick über die Grasfläche in der Mitte, dann zu den verschiedenen Büschen an den Seiten. Am hinteren Ende erhob sich eine Mauer mit zwei Birken davor.

Menschen benutzten Mauern als Reviergrenzen, was Rosalie sehr umständlich fand. Sie markierte ihr Revier regelmäßig, was völlig ausreichend war. Den Menschen reichte eine Abgrenzung durch Geruch aber offensichtlich nicht aus, sie trennten ihre Reviere auch optisch voneinander. Dass sie dadurch auch ihre Sicht auf die Umgebung einschränkten,

schien sie nicht zu stören. Auch die Büsche, die links und rechts wuchsen, betrachteten die Menschen als Grenze, was ebenso merkwürdig war, weil man doch einfach hindurch gehen konnte. Als Orientierungshilfe für Katzenreviere waren diese menschlichen Grenzen jedoch manchmal ganz hilfreich.
Rosalie begann, die Grenzen ihres Reviers abzugehen. Es begann auf der rechten Seite des Gartens an den Büschen. Sie lief daran entlang, dann die Birke hoch, auf die Mauer. Von hier aus hatte sie einen guten Überblick über den Weg dahinter und den Bach. Aufmerksam sah sie sich um. In der einen Richtung konnte sie recht weit sehen, denn dort verlief der Weg ziemlich gerade, bis er hinter dem letzten Haus um die Ecke verschwand. In der anderen Richtung stand nur noch ein Haus, dann begann der Wald. Vor dem Wald bog sich der Weg, als ob er einen Buckel machte, über den Bach. Der Bach lag etwas tiefer als der Weg und an seinem Ufer standen Bäume.
Rosalie prüfte die Luft. Alles schien in Ordnung. Sie roch ihre eigenen Markierungen vom Vortrag, die würde sie auffrischen müssen. Der Wind trug immer noch angenehme Blütendüfte mit sich. Die Zeit des frischen Grüns war fast vorüber und ging jetzt über in die Zeit der bunten Wärme. Rosalie spürte bereits wie die Sonnenstrahlen ihr Fell wärmten. Die kommende Zeit mochte sie am liebsten; wenn es warm war, es immer etwas zu jagen gab und die Sonnenphasen länger wurden.
Da es keinen Hinweis auf Gefahr gab, sprang Rosalie von der Mauer und begab sich zum Bach. Aufmerksam beschnupperte sie die Stämme der Bäume nach Hinweisen, ob vielleicht zwischen ihren Kontrollgängen eine fremde Katze hier gewesen war. Nichts Fremdes festzustellen, gut.

Rosalie ging hinunter zum Bachufer, um zu trinken. Sie kauerte sich hin und wollte gerade ihre Zunge in das Bachwasser tunken, als plötzlich ein Gewicht auf ihren Rücken plumpste. Rosalie erschrak. Sofort rollte sie sich instinktiv auf den Rücken, alle vier Beine nach oben gerichtet und die Krallen ausgefahren. Doch schon war das Gewicht wieder verschwunden. Verwirrt sprang Rosalie wieder auf die Pfoten und sah sich um.
"Hab´ ich dich erschreckt?", fragte eine neckische Stimme direkt hinter ihr. Rosalie fuhr herum.
"Nelly!"
"Hallo Rosalie!" miaute die hellgrau getigerte Kätzin und leckte, wie beiläufig, eine ihrer zierlichen weißen Pfoten.
Wie ärgerlich! Rosalie war so damit beschäftigt gewesen nach Anzeichen von Fremden Ausschau zu halten, dass sie die Anwesenheit ihrer besten Freundin gar nicht bemerkt hatte.
Nelly hatte sich hingesetzt und pfötelte an einem Käfer herum, der vor ihr durch das Gras lief. Sie sah ihre Freundin belustigt aus den Augenwinkeln an.
"Hast mich nicht bemerkt, was? Hab´ mich im Baum versteckt." miaute Nelly amüsiert.
"Doch, ich hab dich bemerkt. Wollte dir nur den Spaß nicht verderben." Rosalie betrachtete Nelly aus zusammen geknfifenen Augen. Nelly war zwar kleiner als sie, doch was ihr an Körpermasse fehlte, glich die getigerte Kätzin durch unerschöpfliche Energie aus.
"Aha! Na dann." Nelly streckte ihr die Nase entgegen und Rosalie stupste mit ihrer Nase dagegen.
Damit war das Thema erledigt und beider Ehre wiederhergestellt. Auch bei Katzen kam es manchmal darauf an, etwas nicht laut zu äußern.

"Machen wir den Kontrollgang zusammen?", fragte Rosalie schließlich.

Einen Teil des Reviers teilten sich die Beiden nämlich. Es hatte natürlich jeder seinen Garten für sich, dort war es dem anderen verboten zu jagen. Nellys Garten lag hinter den Büschen auf der rechten Seite von Rosalies. Das Gebiet außerhalb der beiden Gärten gehörte ihnen allerdings zusammen.

"Laß uns jagen gehen," miaute Nelly.

"Ich habe gerade gegessen und muss noch die Runde zu Ende gehen," antwortete Rosalie.

"Oh! Wie schade." Nelly machte ein enttäuschtes Gesicht.

Rosalie seufzte innerlich. Sie hatte oft den Verdacht, dass für Nelly die Notwendigkeit der Revierkontrolle nicht so wichtig war wie für sie. Außerdem war Nelly immer hungrig und verbrachte viel Zeit mit jagen. Rosalie war sich sicher, dass sich Nellys Hausmenschen nicht ausreichend um sie kümmerten und sie sich daher größtenteils selbst versorgte. Aber Nelly sprach nie darüber. Sie war sehr stolz, mehr als es selbst für eine Katze normal war. Daher würde sie niemals zugeben, dass sie mit ihren Hausmenschen weniger glücklich war als Rosalie mit ihrem.

"Na komm, wir machen schnell die Runde und dann jagen wir. In Ordnung?", schlug Rosalie vor.

"Na gut, aber beeil dich!" antwortete Nelly und sprang bereits auf.

Zusammen liefen sie am Bachufer entlang bis zu einer großen Trauerweide, deren Äste fast bis ins Wasser ragten. Von dort aus folgten sie der Reviergrenze zu dem Grundstück, das links von Rosalies Garten lag. Dieser Garten hier hatte keine Mauer, sondern war von einer Art Geflecht umgeben, das an

Stöcken festgemacht war. Es war einfach daran empor zu klettern, die Pfoten fanden in dem Geflecht guten Halt. Schwierig war es allerdings am höchsten Punkt, auf die andere Seite zu gelangen, um von dort aus zu Boden zu springen. Aber Rosalie und Nelly hatten Übung darin, hatten sie es doch schon unzählige Male getan. Dieser Garten war anders als der von Rosalie oder Nelly. Hier gab es keine gestutzten Grasflächen, alles wuchs wild und hoch, deshalb nannten sie ihn den wilden Garten. Vor der Wand des Hauses türmte sich ein großer Stapel Holzstücke, überall gab es Büsche und kleine Bäume. Und es wimmelte von Mäusen!
Nelly ging sofort in Jagdposition. Lautlos pirschte sie sich an einen Busch heran, unter dem es verheißungsvoll raschelte. Ein kurzer Moment der Orientierung, ein Wackeln der Hinterbeine, um das Gewicht auszubalancieren, ein Sprung mitten in den Busch und ein kurzes Quieken. Triumphierend erschien Nelly wieder aus dem Gebüsch, eine Maus hing leblos aus ihrem Maul.
"Willst Du auch was davon?" Nelly hielt Rosalie die Maus vor die Nase.
"Nein, ich hab doch schon gegessen. Iss Du nur." Rosalie war sowieso kein begeisterter Mäuseesser. Sie schmeckten nicht schlecht, aber das Futter, das sie zu Hause bekam, schmeckte ihr besser. Natürlich jagte sie trotzdem, das war ihre Natur. Meistens überließ sie ihren Fang aber ihrer Freundin Nelly. Manchmal nahm sie auch eine Maus mit nach Hause, um sie ihrem Hausmenschen zu schenken. Da er ihr jede Sonnenphase Futter schenkte, musste sie sich schließlich ab und zu revanchieren. Er schien sich auch immer darüber zu freuen, obwohl sie noch nie beobachtet hatte, dass er die Maus verzehrt hätte.

Nelly dagegen war mit ihrer schon fertig.

"Lecker!" Nelly fuhr sich mit der Zunge übers Maul. Dabei hielt sie bereits Ausschau, ob sich nicht noch eine weitere Maus entdecken ließe.

"Jetzt komm! Wir haben noch nicht mal die Hälfte," miaute Rosalie. Während Nelly gefressen hatte, hatte Rosalie den Garten überprüft. Alles in Ordnung.

"Ach Rosalie! Sei nicht immer so ernst. Lass uns noch ein bisschen jagen. Im Wald war ich heute Morgen schon, da ist alles ruhig." Nelly sah ihre Freundin erwartungsvoll an.

Rosalie argwöhnte, dass Nelly die eine Maus nicht gereicht hatte und dass sie immer noch hungrig war.

"Hm.. weißt du was? Ich mach schnell die Runde zu Ende, du fängst noch ein paar Mäuse und wenn ich zurückkomme, essen wir sie gemeinsam. Du bist schließlich der bessere Jäger von uns beiden." Rosalie hoffte, ihrer Freundin damit eine Möglichkeit geboten zu haben, ihren Hunger zu stillen, ohne ihr Gesicht zu verlieren.

"Ja, gute Idee. So macht jeder das, was er am besten kann. Aber lass dir nicht zu viel Zeit, sonst habe ich nachher mehr Mäuse gefangen als wir essen können." Nelly schmunzelte.

"Alles klar. Ich beeil mich. Bis gleich."

Rosalie nahm Anlauf, sprang an das Geflecht und setzte hinüber. Zwischen manchen Gärten waren schmale Wege, die an den Häusern entlang vom Bach zur Vorderseite führten. An der Hausecke angekommen hielt sie inne. Jetzt musste sie sehr vorsichtig sein. Auf dieser Seite der Häuser war es gefährlich. Dort rollten die Brüllstinker. Das waren riesige Menschendinger, die einen schrecklichen Lärm machten und fürchterlich stanken. Und sie waren sehr schnell! Rosalie war bereits schon einmal nur knapp einem entkommen. Allerdings hielten sich die Brüllstinker nur auf dem harten Weg auf. Das machte es einfacher, ihnen aus dem Weg zu gehen. Zum Schlafen setzten sie sich entweder an den Rand des harten Weges oder in die kleinen Gärten vor den Häusern. Deshalb hielt sie jetzt genau Ausschau, aber es war ruhig.

Sie lief an der Vorderfront des Hauses entlang und gelangte in den kleinen Garten ihres eigenen Hauses. Zwischendurch blieb sie immer mal stehen und schnupperte an bestimmten Stellen. Vor ihrem Haus stand der Brüllstinker ihres Hausmenschen. Da war sie sogar schon mal drin gewesen und es hatte ihr gar nicht gefallen. Darauf konnte sie gerne verzichten. Sie lief weiter an Nellys Haus vorbei. Hier war der Brüllstinker fort, so wie meistens. Nellys Hausmenschen waren sehr oft weg, manchmal sogar über mehrere Sonnenaufgänge.

Rosalie lief weiter und dachte dabei über ihre Freundin und deren Hausmenschen nach. Nelly war während der vorletzten Zeit der weißen Kälte eingezogen. Da war sie noch sehr klein gewesen. Ein hellgraues Fellbündel mit dunkelgrauer Tigerzeichnung, weißen Pfoten, weißem Latz und einem weißen Fleck auf der Nase, der ihrem Gesicht ein keckes Aussehen verlieh und gut zu ihrem Charakter passte. Während einer Sonnenphase war sie dann bei der Erkundung ihres neuen Revieres in Rosalies Garten geplumpst. Nach einer kurzen Rangelei, mit der Rosalie sie zurechtgewiesen hatte, hatten sie sich auf Anhieb gut verstanden. Seitdem waren sie Freundinnen und fast jede Sonnen- und Mondphase zusammen unterwegs.

Rosalie hatte von Anfang an gemerkt, dass das Verhältnis zwischen Nelly und ihren Hausmenschen irgendwie anders war als das, was sie gewohnt war. Es schien keine

regelmäßigen Futterzeiten zu geben. Auch war Nelly sehr erstaunt gewesen als sie erfuhr, dass Rosalies Hausmensch ihr bei der Fellpflege half. Wenigstens hatte Nelly nicht so ein langes Fell und kam mit dessen Pflege gut allein zurecht. Das Thema Futterversorgung war da schon kritischer. Sogar Rosalies Hausmensch hatte schnell bemerkt, dass es da etwas zu beanstanden gab. Er war sogar anfangs mehrfach hinüber gegangen und hatte mit Nellys Hausmenschen gesprochen. Diese Unterhaltungen endeten immer mit sehr lauten Stimmen und einmal sogar damit, dass man ihm die Tür vor der Nase zuschlug. Nelly waren diese Einmischungen immer sehr unangenehm gewesen, sie bestand darauf, dass es ihr gut ginge und sie schon zurecht käme. Trotzdem hatte Rosalie Nelly schon mehrfach zu sich eingeladen und sie hatten zusammen gegessen. Rosalies Hausmensch hatte nichts dagegen, im Gegenteil, er schien sich über Nellys Besuche zu freuen und machte die Näpfe dann immer hoch voll.
Während dieser Überlegungen war Rosalie im Wald angekommen. Der Wald war groß und Rosalie beanspruchte nur einen kleinen Teil davon. Da sie sich nie zu weit von ihrem Zuhause entfernte, hatte sie ihn noch nie ganz durchquert. Ihr Revier reichte eine kurze Strecke durch die Bäume bis zu einer Lichtung, an der demnächst viele bunte Blumen wachsen würden. Dann an einem umgestürzten Baum vorbei wieder in Richtung Bach und am Buckelweg schloss sich der Kreis.
Über den Buckelweg ging sie niemals. Sie wusste, dass am anderen Ende ein fremdes Revier begann. Der Revierinhaber von dort respektierte ihre Grenze, also respektierte sie seine. Es gab auch sonst keinen Grund hinüberzugehen, ihr Revier umfasste alles was sie brauchte.

Inzwischen war sie wieder beim verwilderten Garten angelangt. Sie sprang hinein und suchte nach Nelly. Die hatte es sich unter einem Busch gemütlich gemacht und döste vor sich hin. Vor ihr lagen drei Mäuse. Sie war wirklich eine gute Jägerin.
"Hey!" begrüßte Nelly sie und gähnte. "Irgendwas festgestellt?"
"Nein, es ist alles in Ordnung. Alles ruhig."
"Hab ich doch gewusst," miaute Nelly und gähnte nochmals.
"Ja, hast du." Rosalie wusste, dass Nelly einfach nicht verstand, wie wichtig es ihr war, alles mit eigenen Augen und eigener Nase zu überprüfen.
"Und du warst ziemlich fleißig. Toller Fang!" Rosalie schob die Mäuse mit der Pfote hin und her.
"Ja, hier macht das Jagen Spaß! Egal wie viele ich fange, es gibt immer noch mehr. Möchtest Du eine?"
Rosalie beschnupperte die Mäuse gründlich und entschied sich für die kleinste. Sie zog sie mit der Pfote zu sich hin und machte es sich bequem. Nelly nahm sich ebenfalls eine und sie begannen zu essen.
Als sie fertig waren und sich geputzt hatten legten sie sich in den Schatten eines Busches, um zu dösen.
Doch nach kurzer Zeit wurde es Rosalie langweilig. Sie drehte sich auf den Rücken und spielte mit den Vorderpfoten an einem Zweig über ihr. Sie bog ihn hinunter und er hüpfte, wenn sie wieder losließ. Dabei versuchte sie nach den Blättern zu haschen, die sich dadurch bewegten. Ein paar Blätter fielen auf Nellys Gesicht.
"Lass das doch! Ich möchte noch ein bisschen dösen," beschwerte sie sich.
"Sei nicht so langweilig! Lass uns was spielen," miaute Rosalie.

"Nein, keine Lust! Ich bin seit dem Sonnenaufgang unterwegs gewesen und habe schließlich gerade gejagt. Ich bin müde."
Nelly rollte sich zusammen, legte den Schwanz über die Nase und schlief sofort ein.
Na toll! Rosalie war noch gar nicht müde. Dann musste sie sich eben einen anderen Spielpartner suchen. Sie stand auf, leckte Nelly noch kurz über die Ohren und machte sich auf den Heimweg.
Zu Hause angekommen schlüpfte sie durch die Klappe und stellte erfreut fest, dass ihr Hausmensch sein Klappern offenbar beendet hatte. Er saß im Hauptraum auf seinem großen Polster und sah in den eckigen Kasten mit den bunten Bildern.
Als sie eintrat, sah er sie an und klopfte mit einer Vorderpfote auf das Polster.
"Hallo, langhaarige Schönheit!"
"Mau!"
Rosalie hüpfte zu ihm hoch. Er begann sie zu streicheln, sie rieb ihren Kopf an seiner Pfote. Er machte freundliche Laute, sie schnurrte. Sie wusste immer, wann seine Laute ihr galten, denn dann wurde seine Stimme eine Tonlage höher.
Nach einer Weile hüpfte Rosalie wieder auf den Boden und lief zu einem der großen Kästen an der Wand. Sie wusste, dass er ihr Spielzeug dort aufbewahrte. Erwartungsvoll schaute sie erst nach oben, wo das Spielzeug lag und dann zu ihm. Dabei machte sie auffordernde Gurrlaute.
Er verstand. Er erhob sich und kam zu ihr. Er machte fragende Laute und lachte. Dabei deutete er in Richtung Spielzeug.
`Ja, genau das meine ich!´, dachte Rosalie und freute sich, dass ihr Hausmensch sie so gut verstand.
Er nahm den dünnen Stock mit den bunten Federn aus dem Kasten. Toll! Das war ihr Lieblingsspielzeug. Aufgeregt folgte

Rosalie den Federn mit den Augen. Dann begann ihr Hausmensch den Stock zu bewegen. Hin und her und rauf und runter. Rosalie versuchte, dabei die Federn zu fangen. Meistens gelang ihr das auch. Dann ließ sie wieder los und das Spiel begann von neuem. So beschäftigten sie sich eine ganze Weile. Inzwischen war es draußen dunkel geworden. Als Rosalie genug gespielt hatte, legte ihr Hausmensch den Stock wieder in den Kasten. Dann ging er in den Essensraum und bereitete seine Mahlzeit zu. Vorher füllte er noch Rosalies Napf mit weichem Futter. Sie schnupperte daran. Roch gut, aber eigentlich war sie noch satt von der Maus. Ihr Hausmensch beobachtete sie aufmerksam und machte Laute. Dann hockte er sich vor den Napf und roch ebenfalls daran. Anscheinend befand er es für gut, denn er schob den Napf näher zu Rosalie und sah sie erwartungsvoll an.

Na gut. Um ihn zu beruhigen, aß Rosalie ein paar Happen und schnurrte dabei. Dann putzte sie sich gründlich.

Als sie fertig war, war er wieder im Hauptraum auf dem großen Polster. Sie hüpfte hinauf und stellte sich auf seinen Schoß. Er begann sie zu kraulen. Sie drehte sich ein paar Mal im Kreis, wobei sie mit den Vorderpfoten tretelte, um die bequemste Stelle zu finden. Dann legte sie sich hin, genoss seine Streicheleinheiten und schnurrte dabei.

Den Krach aus der bunten Kiste blendete sie einfach aus. Katzen können so was. Sie konzentrierte sich nur auf sein rhythmisches Streicheln und döste ein.

Nach einiger Zeit weckte ihr Hausmensch Rosalie. Er nahm sie auf den Arm und trug sie in den Schlafraum. Rosalie war einverstanden. Nachdem sie nun genug gedöst hatte war sie bereit, richtig zu schlafen. Die meisten Mondphasen verbrachte sie in dem großen Bett ihres Hausmenschen. Es war sehr weich und bequem und sie konnte durch die Decke hindurch seinen Körper spüren.

Rosalie dachte noch kurz an Nelly. Sie wusste, dass es Nelly nicht erlaubt war, den Schlafraum ihrer Hausmenschen zu betreten. Nelly schlief oft draußen, wenn es warm war. Während der Zeit der weißen Kälte schlief sie im Hauptraum ihres Hauses. Rosalie fand das schade, ihr war Körperkontakt sehr wichtig. Er stärkte die Bindung zwischen ihr und ihrem Hausmenschen. Mit dem Wunsch, Nelly sollte es warm und gemütlich haben, rollte Rosalie sich hinter den angewinkelten Hinterbeinen ihres Hausmenschen zusammen und dann schliefen sie gemeinsam ein.

Kapitel 2

Am nächsten Morgen wurde Rosalie weit vor der üblichen Zeit unsanft geweckt. Lärm drang durch das offene Fenster. Auch ihr Hausmensch schreckte hoch und sah verwirrt in Richtung Garten.
Was war denn da los? Rosalie erhob sich und sprang vom Bett auf die Fensterbank. In ihrem Garten sah alles aus wie immer, der Lärm kam offenbar von der Seite, aus Richtung des wilden Gartens.
Ihr Hausmensch erhob sich ebenfalls, trat hinter sie und schaute in den Garten hinaus. Er gähnte und grummelte irgendetwas vor sich hin. Dann ging er in den Nassraum. Rosalie folgte ihm.
Bevor sie nachsehen würde, was da draußen los war, wollte sie erstmal ihre Morgenration Futter. Dazu musste sie aber immer warten bis ihr Hausmensch im Nassraum fertig war. Sie legte sich auf den kleinen Kasten neben dem Regenbereich und sah ihm zu.
Menschen hatten eine sehr komplizierte Art der Fellpflege, bei der viel Wasser nötig war. Dazu ließen sie es in einem kleinen Bereich des Nassraumes regnen. Rosalie fand das sehr umständlich. Es war doch so viel einfacher, sich sauber zu lecken. Sie vermutete es hing damit zusammen, dass die Menschen ihr Außenfell jede Sonnenphase wechselten. Dadurch, dass sie sich ein extra Fell umhingen, kamen sie mit der Zunge wohl nicht mehr überall dran.
Sie wartete geduldig bis ihr Hausmensch mit seinen Wasserspielen fertig war und ein neues Fell umgehängt hatte. Dann begleitete sie ihn in den Essensraum und setzte sich neben ihren Napf.

Er begann sein morgendliches Ritual, indem er Dinge aus den Klappen an der Wand nahm und im Hauptraum auf den Tisch stellte. Er gähnte dabei.

Das ging aber langsam voran heute, sie hatte Hunger.

"Mau!" Rosalie strich ihrem Hausmensch um die Beine, dann setzte sie sich wieder vor den Napf und schaute erwartungsvoll zu ihm hoch.

Er lächelte und streichelte ihr über den Kopf. Dann nahm er die Packung mit den Bröckchen aus einer der Klappen und schüttete etwas davon in ihren Napf. War nicht so gut wie das feuchte weiche Futter, aber ging auch.

Nachdem sie die Bröckchen verzehrt hatte, ging Rosalie zu ihrem Hausmensch, der im Hauptraum saß und aß, um ihm mitzuteilen, dass sie jetzt nach draußen gehen würde. Sie strich nochmals an seinen Beinen entlang und schaute ihn an.

"Mau!"

Er streichelte sie und gab angenehme Laute von sich. Sollte sie vielleicht erst noch ein bisschen schmusen, bevor sie raus ging? Konnte ja nicht schaden. Also hüpfte sie auf seinen Schoß und begann zu schnurren. Sie rieb ihre Wange an seinem Gesicht, um ihre beiden Gerüche miteinander zu vermischen. Er kraulte sie zwischen den Ohren und unter dem Kinn. Das mochte Rosalie.

Nach einigen Minuten gab er ihr zu verstehen, dass sie nun von seinem Schoß hinunter springen sollte, was sie auch tat. Er wollte weiter essen und Rosalie hatte schließlich auch etwas zu erledigen.

Sie schlüpfte durch die Klappe und sah sich prüfend um. Der Lärm von nebenan ging unvermindert weiter. Rosalie konnte einen anscheinend großen Brüllstinker ausmachen und Rufe von verschiedenen Menschen. Dazu noch eine Menge

Geklapper und Geschepper. Was ging da vor sich?
Ein leises Geräusch aus der anderen Richtung veranlasste Rosalie, sich umzudrehen. Nelly kam gerade durch die Büsche geschlichen und lief ängstlich geduckt auf sie zu.
"Hallo Rosalie! Was ist denn da los? Was soll der Lärm?"
"Hallo Nelly! Keine Ahnung, ich wollte gerade nachsehen. Kommst du mit?"
"Ja, sicher. Aber sei vorsichtig, das hört sich nach einem Brüllstinker an. Die sind gefährlich!"
Rosalie war leicht belustigt, dass ausgerechnet ihre neugierige Freundin Nelly sie zur Vorsicht ermahnte. Aber sie hatte ja Recht. Also liefen sie beide geduckt an der Hauswand entlang und schoben sich lautlos in die Hecke, von der aus sie den wilden Garten einsehen konnten. Rosalie stockte der Atem.
Das Geflecht, an dem sie unzählige Male hochgeklettert waren, war weg. Viele Menschen liefen durch den Garten und riefen einander etwas zu. Ein riesiges gelbes Ungetüm stand mittendrin. Es brüllte und stank viel schlimmer als die auf dem harten Weg. Und es bewegte sich auch anders. Es hatte eine Art Pfote mit riesigen Krallen dran, mit denen es in der Erde scharrte. Jedes Mal holte es ein großes Stück aus dem Boden, schwang herum und legte das Stück auf den Rücken eines anderen, noch größeren Brüllstinkers, der an der Seite wartete. Alle Büsche waren weg, einfach weg. Große Narben durchzogen den Boden an den Stellen, an denen das Ungetüm bereits seine Krallen eingegraben hatte.
Rosalie und Nelly sahen sich entsetzt an.
"Die vertreiben die ganzen Mäuse!" klagte Nelly unglücklich. "Warum tun die das?"
Darauf wusste Rosalie auch keine Antwort.
"Wir sollten es meinem Hausmenschen mitteilen. Vielleicht

kann er etwas machen, damit sie aufhören?", schlug Rosalie vor.
"Ja, gute Idee. Ich komme mit."
Sie krabbelten rückwärts aus der Hecke, ohne das Ungetüm aus den Augen zu lassen. Dann liefen sie schnell zu Rosalies Klappe und huschten dicht hintereinander ins Haus.
Rosalies Hausmensch saß noch am Tisch und schaute überrascht auf.
"Hallo Rosalie! Hallo Nelly!"
"Mau! Mau!"
"Miau!"
Beide Kätzinnen sprangen auf die Fensterbank und sahen zum verwüsteten Garten hinüber. Rosalie trippelte aufgeregt hin und her, sah vom Fenster zu ihrem Hausmensch und wieder zurück.
Er stand auf und kam zu ihnen. Beruhigend streichelte er beiden über die Köpfe und gab beschwichtigende Laute von sich während er sich das Geschehen nebenan ansah.
Wie konnte er nur so ruhig bleiben? Machte er sich denn keine Sorgen? Was, wenn das Ungetüm in ihren eigenen Garten einbrach und diesen auch zerstörte?
"Das war der beste Jagdplatz in unserem Revier," miaute Nelly unglücklich.
"Ja, das ist wirklich schade. Aber wenigstens haben wir noch das Bachufer und den Wald," antwortete Rosalie.
"Hoffentlich sind die Mäuse am Bach dann nicht auch verschwunden, bei dem Lärm."
"Hm... Die im Wald werden auf jeden Fall noch da sein, ganz sicher."
"Ja, schon, aber hier der Garten war so schön nah. Man konnte zwischendurch einfach mal rüber flitzen und schnell

was fangen. Das war schon praktisch." Nelly konnte ein Seufzen nicht unterdrücken.

Rosalie sah ihren Hausmenschen erwartungsvoll an. Der gab weiterhin nur beruhigende Laute von sich. Das war ja nett gemeint, aber wollte er denn gar nichts unternehmen? War es denn nicht offensichtlich was sie wollte? Rosalie entzog sich seiner Pfote. Von hier war anscheinend keine Hilfe zu erwarten. Jetzt seufzte sie auch. Manchmal war es schon ärgerlich, wenn die Hausmenschen ihre Katzen einfach nicht verstanden.

"Komm Nelly, lass uns in den Wald gehen. Der Krach hier ist ja nicht zu ertragen. Anscheinend können wir hier nichts mehr ausrichten."

"Nein, können wir wohl nicht." Nelly ließ den Kopf hängen. "Schade um die ganzen Mäuse."

Nachdem die Beiden den Wald erreicht hatten, wurde der Lärm erträglicher. Es war nur noch ein Hintergrundgeräusch zu vernehmen, das man leicht ausblenden konnte.

Rosalie genoss den Geruch des Waldes. Er roch grün und braun, frisch, ohne den erstickenden Gestank der Brüllstinker oder anderer menschlicher Gerüche.

Sie trabten bis zur Lichtung und ließen sich dort ins hohe Gras fallen.

"Warum machen Menschen eigentlich immer so viel kaputt? Es war doch alles schön, so wie es war. Und jetzt ist es schrecklich!" miaute Nelly.

"Keine Ahnung, Menschen machen so viel unsinnige Dinge. Ist eben so," antwortete Rosalie, "aber wir werden schon zurechtkommen. Schließlich können sie den Wald nicht kaputt machen!"

"Nein, glücklicherweise nicht!" Nelly erhob sich und streckte sich ausgiebig. "Werd´ mal schauen, ob ich was Essbares finde. Kommst Du mit?"

"Klar! Ich könnte tatsächlich noch was vertragen. Diese trockenen Bröckchen machen nicht sehr lange satt."
Leise und aufmerksam lauschend schlichen die Beiden durchs Unterholz.
"Da! Schau!" miaute Nelly leise.
"Was? Wo?", fragte Rosalie genauso leise.
"Bei der Eiche, am Boden, rechts." raunte Nelly, wobei sie die Stelle mit den Augen fixierte.
Jetzt sah Rosalie es auch. Ein Eichhörnchen saß nahe beim Stamm und knabberte an einem Samen. Es hatte ihnen den Rücken zugewandt und sie nicht bemerkt.
Nelly schnupperte, der Wind stand richtig, das Eichhörnchen würde sie nicht wittern können. Langsam begann sie, vorwärts zu schleichen, den Bauch dicht am Boden. Je näher sie dem Eichhörnchen kam, desto vorsichtiger wurden ihre Bewegungen, bis sie sich praktisch in Zeitlupe bewegte.
Rosalie verharrte währenddessen bewegungslos auf der Stelle. Sie wollte das Eichhörnchen keinesfalls erschrecken, um sich dann sonnenphasenlang Nellys Beschwerden über ihr mangelndes Jagdgeschick anhören zu müssen.
Nelly kam dem Hörnchen immer näher. Es knabberte weiter an seinem Samen, den es dabei ständig in den kleinen Vorderpfoten hin und her drehte. Doch dann drehte es sich plötzlich um und Nelly erstarrte mitten im Schritt. Eine Pfote erhoben, die Augen bewegungslos auf das Eichhörnchen gerichtet, stand sie starr wie aus Stein. Das Eichhörnchen starrte zurück, es schnupperte in den Wind, schien jedoch noch nicht beunruhigt. Es putzte sich ein bisschen. Allerdings

blieb es jetzt mit dem Gesicht direkt in Nellys Richtung sitzen. Dieser blieb nichts anderes übrig, als in ihrer unbequemen Position zu verharren. Einige Zeit verging. Rosalie fragte sich, wie lange sie noch bewegungslos ausharren müsste, als der Wind auffrischte. Er blies zwar immer noch aus Richtung Eichhörnchen, schüttelte aber an den Zweigen der Büsche. Auch an dem Busch, unter dem Nelly vorgab, ein Stein zu sein. Blütenstaub rieselte herab und legte sich über Nellys Gesicht. Auch über ihre Nase. Die Nase zuckte. Dann wurden Nellys Augen plötzlich ganz groß und sie verzog das Gesicht bei dem Versuch, ein Niesen zu unterdrücken. Erfolglos. Im selben Moment, in dem Nelly nieste, flitzte das Eichhörnchen den Stamm der Eiche hinauf. Es sprang auf einen Ast und fing an zu schimpfen. Rosalie konnte zwar die Laute der Eichhörnchen nicht verstehen, hatte aber eine ziemlich gute Vorstellung davon, was das Hörnchen mitteilen wollte. Nelly ärgerte sich und fluchte, dann nieste sie erneut. Das wechselte sich ein paar Mal ab.
"Mäusedreck! -Hatschi!- Ich hätte es gekriegt, wenn der -Hatschi!- blöde Wind nicht aufgekommen wäre. So ein -Hatschi- Mist!" Nelly prustete und leckte sich immer wieder über die Nase.
Rosalie musste sich ein Lachen verkneifen. Das wäre jetzt unangebracht.
"Natürlich hättest du es gefangen. Ganz sicher!" pflichtete sie ihrer Freundin bei.
Die betrachtete sie aus zusammen gekniffenen Augen. "Ja, hätte ich! -Hatschi!-"
Nelly befeuchtete eine Pfote und fuhr sich damit übers Gesicht und die Nase. "Irgendwann krieg ich eins! So schnell geb ich nicht auf!"

"Du schaffst das schon, kein Zweifel. Und da wir in der nächsten Zeit ja sowieso öfter hier sein werden wegen des Lärms, bekommst du bestimmt bald wieder eine Gelegenheit."

"Und bis dahin such ich uns was anderes. Lass uns mal zum liegenden Baum gehen. Da gibt´s Mäuse." Nelly lief schon los.

Seite an Seite liefen sie durch den Wald, immer nach Beute Ausschau haltend.

Plötzlich blieb Rosalie stehen und hob warnend den Schwanz. Nelly hielt neben ihr an. Rosalie deutet mit dem Kopf zu einem Gebüsch in der Nähe. Dort raschelte es. Sie schlichen näher.

Ein Spatz pickte am Boden und hüpfte durch das trockene Laub. Er war erstaunlich unvorsichtig und ganz mit der Suche nach Futter beschäftigt.

"Willst du?", fragte Nelly ganz leise. "Du hast ihn entdeckt."

"Ach nein, mach du nur." Rosalie mochte Vögel nicht so gerne, nachdem sie sich einmal an einer Feder verschluckt und das blöde Ding ihr sonnenphasenlang im Hals gekratzt hatte.

Nelly prüfte wieder den Wind und Rosalie bemerkte belustigt, dass sie auch den Busch genau musterte. Sie hielt wohl nach offenen Blüten Ausschau, aber dieser Busch hatte zum Glück keine.

Nelly schlich sich an den Vogel an, wobei sie einen anderen Busch als Deckung nutzte. Dann kauerte sie sich hin, schätzte die Entfernung und sprang. Sie landete genau auf dem Spatz und drückte ihn mit den Vorderpfoten zu Boden. Ein schneller Biss ins Genick und der Vogel hörte auf zu flattern. Nelly kam mit der Beute zurück zu Rosalie.

"Das war einfach." Der Vogel in ihrem Maul dämpfte ihre

Stimme etwas. "Wollen wir teilen?"
"Iss du nur. Du weißt doch, dass ich Federn nicht mag. Ich such mir eine Maus. Komme gleich wieder."
"Is gut." Nelly legte sich an einen sonnenbeschienen Fleck und begann zu essen.
Nach kurzer Zeit hatte Rosalie tatsächlich eine winzige Maus erbeutet und kam zurück.
Nelly begutachtete das Mäuschen. "Nett! Wenn sie noch etwas kleiner wäre, könntest du dich daran auch verschlucken."
"Pfff!" Rosalie schnaubte durch die Nase. "Maus ist Maus! Wenigstens hat sie keine Federn."
Nach dem Essen putzten sie sich gegenseitig, dann war Zeit für ein bisschen Faulenzen in der Sonne.
"Sind deine Hausleute wieder zurück?", wollte Rosalie wissen.
"Nein, noch nicht. Sie haben wieder diese großen Behälter mit ihren Außenfellen mitgenommen, deshalb werden sie wohl noch einige Sonnenaufgänge weg bleiben."
"Ich verstehe das nicht. Sie haben doch ihr Haus hier und ihr Revier, warum sind sie dann so oft weg?"
"Weiß nicht." Nelly dachte nach. "Vielleicht haben sie ja noch ein zweites Revier, irgendwo anders."
"Ein zweites Revier?" Rosalie war verblüfft. Wozu sollte das gut sein? Dann müsste man doch immer eines unbewacht lassen während man sich in dem anderen aufhielt. Sie fügte diese Möglichkeit der Unsinn-Liste hinzu.
"Und wenn das so ist, warum nehmen sie dich dann nicht mit? Wollen sie dich nicht immer um sich haben?", wunderte sich Rosalie.
"Oh, das haben sie sogar einmal getan, ganz zu Anfang. Das hat mir gar nicht gefallen und das habe ich ihnen auch

deutlich gezeigt!" miaute Nelly mit grimmigem Unterton.
"Ach tatsächlich? Hab ich gar nicht gewusst."
"Das war kurz bevor wir uns kennen lernten. Sie haben mich in eine kleine Kiste gesperrt und mich in ihren Brüllstinker gestellt. Dann sind wir gerollt und mir wurde ganz schlecht. Wir sind zu einem Ort gerollt, der war ganz weiß. Alles war weiß, die Menschen dort hatten sogar weißes Außenfell. Es hat komisch gerochen nach Katzen, Hunden und noch anderen. Und stark nach Krankheit."
"Was?" Rosalie war entsetzt. "Sie haben dich zu einem Ort gebracht, wo es nach Krankheit roch? Wieso das denn?"
"Weiß ich auch nicht. Ich durfte dort aus der Kiste raus, wollte aber gar nicht. Ein fremder Mensch hat mich rausgezogen und mich überall angefasst. Er hat mir ins Maul geschaut und in die Ohren. Und sogar noch an andere Stellen." Hier machte Nelly eine vielsagende Pause. "Dann hat er mich gestochen und da hab ich ihn gebissen."
Rosalie riss die Augen auf. "Du hast einen Menschen gebissen?" Das wollte sie nicht glauben. "Nelly, das tut man nicht! Egal was passiert, man beißt keine Menschen!"
"Aber er hat mir weh getan. Hätte ich mir das einfach gefallen lassen sollen?", antwortete Nelly aufgebracht.
"Hm.... Was ist dann passiert?", wollte Rosalie wissen. Die Geschichte machte sie neugierig.
"Er hat gebrüllt und mich am Nackenfell wieder in die Kiste geschubst. Dann hat er mit meinen Hausleuten gebrüllt. Dann haben die mit mir gebrüllt. Ich hatte richtig Angst. Danach haben sie mich wieder in den Brüllstinker gesteckt und wir sind nach Hause gerollt. Seitdem haben sie es nie wieder geschafft, mich in die kleine Kiste zu sperren und nie wieder versucht, mich mitzunehmen. Und das ist auch gut so!" Nelly

schnaubte empört durch die Nase.

Rosalie ließ sich die Geschichte nochmal durch den Kopf gehen. Ein Teil davon kam ihr bekannt vor.

"Also," begann sie, "ich war auch schon an einem Ort, wo man mich gepiekst hat. Sogar mehrere Male."

"Tatsächlich?" Nelly wirkte überrascht. "Und was ist dir passiert?"

"Eigentlich nichts Schlimmes," begann Rosalie zögernd. "Ich hab auch so eine Kiste, wo ich dann rein muss. Und wir rollen auch mit dem Brüllstinker. Das finde ich furchtbar und das teile ich meinem Hausmenschen auch immer mit! Der Ort, zu dem wir rollen, ist zwar auch größtenteils weiß, aber die Menschen dort sind immer sehr freundlich. Und es riecht auch nicht schlimm. Eigentlich riecht es bloß sehr sauber. Der weiße Mensch streichelt mich immer und macht nette Laute. Er schaut mich dann auch ganz genau an und ja, er piekst mich auch. Aber das tut nicht sehr weh und hinterher bekomme ich Leckerchen." Rosalie fuhr sich bei der Erinnerung mit der Zunge übers Maul. "Es ist jetzt nichts, worauf ich nicht verzichten könnte, aber sehr schlimm ist es auch nicht. Außerdem ist mein Hausmensch die ganze Zeit bei mir und ich vertraue ihm. Er würde nie zulassen, dass mir jemand weh tut."

Rosalie sprach sehr überzeugt, trotzdem sah Nelly sie skeptisch an.

"Hm... dann wird es wohl verschiedene weiße Orte geben. Ich bin jedenfalls froh, dass meine Menschen verstanden haben, dass sie sowas mit mir nicht machen können. Da sollen sie lieber alleine fort sein. Ich komme doch zurecht. Und sie kommen ja auch irgendwann wieder."

"Wenn du meinst." Rosalie war immer wieder überrascht wie

sehr sich ihrer beider Einstellung in manchen Dingen unterschied, obwohl sie doch, oberflächlich betrachtet, ein so ähnliches Leben führten.

Kapitel 3

Die nächsten Sonnenphasen ging der Lärm nebenan weiter. Rosalie und Nelly hielten sich daher die meiste Zeit im Wald auf. Nellys Hausmenschen waren endlich zurückgekehrt. Die Sonnenphasen wurden wärmer und die Jagd immer einfacher, weil es immer mehr Beute gab. Es war eine angenehme Zeit.

Rosalie lag am Bachufer unter einem Baum und döste in der Abendsonne. Sie und Nelly hatten bereits gejagt. Rosalie allerdings nur zum Spaß und ohne Erfolg, sie hatte zu Hause gegessen. Nelly hatte zwei Mäuse gefangen und verspeist und war dann im Wald geblieben. Sie wollte unbedingt ein Eichhörnchen fangen. Rosalie hatte keine Lust mehr auf Jagdspiele gehabt und war zum Bach gelaufen. Der Lärm aus dem Garten war für heute verstummt.

Es war noch angenehm warm, Bienen summten, der Bach plätscherte und Rosalie ließ sich eine Weile von der Geräuschkulisse einlullen.

Doch plötzlich schreckte sie hoch. Ihr Geruchssinn hatte sie geweckt. Ein Eindringling! Ganz nahe.

Vorsichtig stand sie auf, blieb aber in geduckter Haltung. Sie wollte sich nicht zu früh zu erkennen geben. Sie lauschte. Da, verstohlene Pfotentritte. Sie kamen aus Richtung des Buckelweges. Langsam erhob sich Rosalie, um über das Gras schauen zu können. Ein großer roter Kater lief geduckt an ihrer Gartenwand entlang, hielt sich im Schatten. Rosalie wartete bis er auf ihrer Höhe war, dann sprang sie fauchend aus ihrem Versteck. Sie stellt sich quer vor ihn, den Rücken zum Buckel gebogen, Schwanz senkrecht nach unten, das Nackenfell gesträubt und knurrte ihn an.

"Was willst du hier? Das ist mein Revier! Verschwinde!", drohte sie.

Er blieb stehen, musterte sie und prüfte die Luft. Dann fauchte auch er kurz.

"Ja, ich weiß, dass das dein Revier is. Brauchst dich nicht aufzuplustern. Bin nur auf der Durchreise. Werd nich jagen!", miaute er und sah ihr direkt in die Augen.

Er sah nicht sehr beeindruckt aus, stellte Rosalie fest. Frechheit!

Sie knurrte noch einmal. "Wieso willst du hier durch? Hast du die Markierung nicht bemerkt? Geh außen rum!"

"Is mir zu weit. Hab´s eilig," antwortete der Rote einfach.

Rosalie musterte den Eindringling. Er war fast so groß wie sie selbst, sehr muskulös und sah sehr selbstbewusst aus. Er roch ziemlich streng nach Kater. Sie wog ihre Chancen ab. Niemals würde sie sein Eindringen ungestraft dulden. Reviere mussten verteidigt werden. Dazu waren sie schließlich da.

Rosalie fauchte erneut. "Ich warne dich hiermit zum letzten Mal. Geh zurück in dein eigenes Revier!"

Der Rote musterte sie eingehend und knurrte. "Und wenn nich?"

Jetzt reichte es aber! Rosalie fuhr die Krallen aus und sprang. Der Rote duckte sich sofort und Rosalie erwischte ihn bloß knapp am Ohr. Bevor sie wieder richtig gelandet war, versetzte er ihr einen Stoß in die Seite. Rosalie landete unbeholfen und verlor das Gleichgewicht. Er rammte sie mit dem Kopf und stieß sie zu Boden. Blitzschnell rollte sie sich auf den Rücken. Als er nachsetzte, um sie am Boden zu halten, hatte sie bereits die Vorderpfoten gehoben und fuhr ihm mit den Krallen über die Brust. Er wich kurz zurück, schlug aber ebenfalls mit den Krallen nach ihr. Gut, dass sie so ein

dickes Fell hatte. Die Krallen ritzten bloß ein kleines bisschen die Haut. Sie sprang auf und stellte sich fauchend auf die Hinterbeine. Er duckte sich, um sie von unten in den Bauch zu beißen. Als er nach vorne kam sprang Rosalie hoch. Er schoss unter ihr hindurch und Rosalie landete auf seinem Rücken. Sie hieb die Krallen in seine Flanken und biss ihn in die Schwanzwurzel. Er heulte auf, drehte sich und versuchte sie abzuschütteln. Sie sprang von ihm hinunter und fauchte.
Jetzt standen sie sich wieder gegenüber, beide etwas außer Atem, aber jeden Muskel angespannt. Rosalie fixierte ihn mit ihrem Blick. Er starrte eine Weile zurück. Keiner bewegte sich. Dann senkte er den Blick und sah demonstrativ zur Seite. Na also! Rosalie entspannte sich. Das notwendige Ritual war abgeschlossen und sie hatte ihre Position behauptet. Jetzt konnten sie sich unterhalten.
Er drehte den Kopf wieder in ihre Richtung und schloss kurz die Augen. Rosalie erwiderte die Geste. Jetzt konnten sie freundlich miteinander umgehen.
"Du kämpfst gut," miaute der Rote.
"Danke! Du auch," musste Rosalie zugeben.
Der Rote versuchte zu seinem linken Ohr rauf zu schielen, das ein wenig blutete.
"Hättest das andere nehmen sollen. Das hier war bis eben noch heil."
"Konnte ich doch nicht wissen." Rosalie besah sich das Ohr genauer. "Das heilt schon wieder, ist bloß ein Kratzer."
Sie leckte ihre Flanke, die er mit den Krallen erwischt hatte.
"Sieht auch nich sehr schlimm aus, blutet nich mal," bemerkte der Rote. "So´n langes Fell is echt praktisch." Er sah sie nachdenklich an. "Ich dachte immer, Katzen mit so langem Fell kämpfen nich."

"Doch tun sie! Vor allem, wenn jemand unerlaubt ihr Revier betritt!", forderte Rosalie ihn heraus.
"Hab ich gemerkt! Aber ich will wirklich nur durchlaufen. Sonst nix," grummelte der Kater.
"Wo willst Du denn hin? Dein Revier ist doch auf der anderen Seite vom Bach." Ein bisschen neugierig war Rosalie ja doch.
Der Rote druckste rum und scharrte mit einer Vorderpfote am Boden.
"Also…, ich…, einfach ein Stück diesen Weg runter und dann noch ein bisschen vom Bach weg."
Rosalie überlegte kurz, dann verstand sie.
"Ah, du willst bestimmt zu der Kätzin, die die letzten Mondphasen so jämmerlich geschrien hat. Stimmt´s?", riet sie.
"Äh… nun… ja, da will ich hin," gab der Rote zu.
"Warum?" Rosalie hatte schon öfter Kätzinnen so schreien hören. Sie hatte eine gewisse aber sehr verschwommene Vorstellung davon, was sie da taten. Da es sie nicht betraf und Nelly so etwas übrigens auch nicht tat, hatte sie noch nie eingehender darüber nachgedacht.
Der Rote starrte sie verblüfft an.
Dann öffnete er das Maul und sog die Luft ein. Er ließ ihren Geruch über seinen Gaumen streichen und prüfte ihn.
"Ah! Is mir schon bei deinen Markierungen aufgefallen. Du riechst anders als die Kätzinnen auf meiner Seite und ich hab dich auch nie schreien hören," miaute er zögernd.
"Äh… nein. Ich pflege nicht zu schreien. Warum sollte ich?", wunderte sich Rosalie.
"Äh… also… nun ja." Er sah sie hilflos an. Dann seufzte er und schien sich die Antwort zu überlegen.
"Kätzinnen schreien, damit ich sie höre. Dann geh ich zu ihnen

und… naja… dann machen wir Hochzeit," erklärte er.
Rosalie überlegte. "Ah, verstehe, ihr paart euch."
"Ja, genau! Und damit ich weiß, wann ich hingehen soll, schreien sie."
"Aha!"
"Ja."
Er druckste wieder rum. "Ich würd dann jetzt auch gern los…"
"Ja klar, geh ruhig. Und… äh… viel Erfolg!", miaute Rosalie.
"Danke!" Er streckte den Kopf vor und hielt ihr seine Nase hin. "Ich heiß übrigens Erasmus."
Rosalie stupste seine Nase mit ihrer an. "Ich bin Rosalie."
Er wandte sich um und trottete los. Dann sah er sich nochmal um. "Ach, is das in Ordnung, wenn ich nachher wieder hier lang zurückgehe? Is viel kürzer als außenrum."
"Hm… na gut. Für heute ist es in Ordnung. Aber mach bloß keine Gewohnheit draus!", antwortete Rosalie in leicht drohendem Tonfall.
"Werd ich nich. Mach´s gut." Er lief den Weg hinunter, um die Ecke und war verschwunden.
Rosalie trottete wieder zum Bach und legte sich unter den Baum. Sie dachte darüber nach, was sie eben erfahren hatte. Wie es wohl sein mochte, Junge zu haben? Bestimmt war es ein schönes Gefühl, sie zu säugen und großzuziehen. Ihnen zuzusehen, wie sie erwachsen wurden und ihnen alles beizubringen, was sie wissen mussten. Sie wurde ein bisschen wehmütig. Für sie kam das offenbar nicht in Frage. Aus irgendeinem Grund hatte sie niemals Interesse an einem Kater gehabt. Aber dass sie diese Schreierei nicht machen musste, war wiederum gut. Das hörte sich wirklich nicht sehr angenehm an. Ach, es war schon gut, so wie es war.
Rosalie machte es sich bequem und döste weiter.

Kurze Zeit später wurde sie wieder wach. Nelly kam den Weg vom Wald runter gerannt.

"Rosalie? Wo bist du? Ist alles in Ordnung?" Nelly hörte sich besorgt an.

"Ich bin hier unter dem Baum. Und ja, es geht mir gut. Warum sollte es nicht?" Rosalie wunderte sich über Nellys Frage.

"Ich rieche Kater. Und ich rieche Kampf. Was war hier los? Bist du verletzt?", fragte Nelly aufgeregt.

"Nein, bin ich nicht. Das war Erasmus von der anderen Seite des Buckelwegs. Er hat um Wegerecht gebeten und ich habe es gewährt," erklärte Rosalie mit stolz erhobenem Kopf.

"Komische Art zu bitten... Und wieso Wegerecht? Wo will er denn hin?", wunderte sich Nelly.

Rosalie wiederholte ihre Unterhaltung mit Erasmus.

"Ach, diese Schreierei hab ich auch schon oft gehört. Da wo ich geboren wurde hat das ständig irgendjemand gemacht. Sie haben das `rollig sein´ genannt." Nelly überlegte kurz. "Heißt das, dass er jetzt ständig durch unser Revier läuft?"

"Nein, natürlich nicht!", rief Rosalie empört. "Das wird er sich nicht wagen. Die Abmachung gilt nur für heute."

"Na, hoffentlich hält er sich dran," murrte Nelly.

"Wird er schon," erklärte Rosalie zuversichtlich.

Rosalie und Nelly putzten sich eine Weile gegenseitig.

"Hey! Was macht die Eichhörnchenjagd? Hast du eins erwischt?", wollte Rosalie wissen.

"Nein, leider nicht. Aber es war ganz knapp. Den Schwanz hatte ich schon im Maul, aber dann hat es sich losgerissen."

Rosalie hörte die Enttäuschung in Nellys Stimme.

"So ein Pech," versuchte sie ihre Freundin zu trösten.

"Ja, aber ich krieg es schon noch, glaub mir." Nelly sah sie sehr ernst an, als ob sie einen Schwur leisten würde. Aus irgendeinem Grund war ihr diese Eichhörnchen-Sache wirklich wichtig.

Rosalie konnte diesen Jagdeifer zwar nicht nachvollziehen, aber sie kannte Nelly nun mal gut genug. Wenn die sich was in den Kopf gesetzt hatte, dann gab sie nicht so schnell auf. Und ihr Stolz spielte bestimmt auch eine gewisse Rolle. Sie konnte es nicht auf sich sitzen lassen, etwas nicht hinzukriegen.

"Laß uns mal zum wilden Garten gehen. Der Lärm hat vorhin aufgehört. Mal schauen, wie es dort aussieht," schlug Rosalie vor.

Zusammen trotteten sie den Weg an Rosalies Mauer entlang und um die Ecke.

"Ach, du große Katze!", entfuhr es Nelly. "Alles weg!"

Tatsächlich war der gesamte Garten nur noch braune Erde, mit unregelmäßig verteilten Löchern im Boden und aufgeschütteten Erdhaufen an anderen Stellen.

"Das sieht ja furchtbar aus!", pflichtete Rosalie ihr bei.

"Warum machen sie sich so viel Arbeit, um es etwas so hässlich zu machen? Das ergibt doch keinen Sinn!", jammerte Nelly.

"Vieles, was die Menschen tun, ergibt keinen Sinn. Das wissen wir doch," miaute Rosalie traurig.

"Ja, schon, aber das hier ist schon außergewöhnlich unsinnig," meinte Nelly. "Und keine Maus weit und breit," fügte sie noch grummelnd hinzu.

"Ich hatte für heute eh genug Mäuse. Ich geh mir meine Abendration holen. Möchtest du mir nicht Gesellschaft leisten? Mein Hausmensch freut sich immer so, wenn er dich sieht. Und du warst schon lange nicht mehr mit bei mir."

Rosalie versuchte ein neutrales Gesicht zu machen. Wenn

Nelly dachte, dass Rosalie sie nur einlud, damit sie genug zu essen bekam, lehnte sie die Einladungen immer konsequent ab. Das erlaubte ihr Stolz nicht. Deshalb war Rosalie immer bemüht, andere Begründungen zu finden oder die Einladung wie nebenbei auszusprechen. Sie wollte zwar, dass ihre Freundin gesättigt schlafen ging, aber Stolz war eben auch sehr wichtig. Vor allem für Katzen.

"Nun..." Nelly studierte Rosalies Gesicht und überlegte, "wenn du meinst, dass es deinem Hausmensch Freude macht... Dann könnte ich ja mal wieder mitkommen."

"Fein! Dann lass uns gehen. Wer als erstes an der Klappe ist, kriegt die besten Stücke!" Rosalie lief bereits in Richtung der Hecke und schob sich zwischen die Zweige. Dann veranstalteten sie ein kurzes Wettrennen über die Grasfläche bis zur Klappe. Rosalie gewann.

"Das ist unfair! Deine Beine sind viel länger als meine. Da kann ich gar nicht gewinnen," beschwerte sich Nelly leicht außer Atem.

"Dafür muss ich aber auch mehr Gewicht bewegen, das gleicht es wieder aus. So groß ist der Vorteil also gar nicht," wiegelte Rosalie ab.

"Ist er doch. Wenn meine Beine auch so lang wären, würdest du nicht immer gewinnen," behauptete Nelly.

Rosalie seufzte. Nelly mochte es gar nicht, wenn sie verlor. Aber als Rosalie sie einmal hatte gewinnen lassen, indem sie so tat, als ob sie gestolpert wäre, war das Theater noch viel größer gewesen. Und wieder war Nellys Stolz der Grund. Manchmal hatte sie das Gefühl, sie könne machen was sie wollte, Nelly würde schon einen Grund finden, über den sie meckern konnte.

"Na komm, mal sehen was es heute gibt." Rosalie schob sich

durch die Klappe. Nelly folgte knapp hinter ihr.

Drinnen prüfte Rosalie die Luft und horchte. Es roch noch nicht nach Futter. Und sie hörte ihn noch klappern. Sie stellte den Schwanz hoch und bedeutete Nelly, ihr zu folgen. Hintereinander liefen sie durch den Hauptraum, am Essensraum vorbei zum Klapperraum. Hier saß ihr Hausmensch vor der viereckigen Kiste und machte die vertrauten Geräusche.

"Was tut er da?", wollte Nelly wissen.

"Er klappert. Und manchmal klickt er auch," antwortete Rosalie in wissendem Ton.

"Warum macht er das?" Nelly sah wirklich erstaunt aus. "Wozu ist das gut?"

"Äh... nun... " Rosalie dachte angestrengt nach. "Ich glaube, das ist seine Art zu jagen."

"Zu jagen? Indem er still sitzt und klappernde Geräusche macht? Was soll denn das für eine Jagd sein?" Nelly sah mehr als skeptisch drein.

"Ja, also... " Rosalie suchte nach einer Erklärung für ihr Gefühl. "Er macht das halt immer während der Sonnenphase. Und wenn er fertig ist, geht er kurz weg. Und wenn er dann wieder kommt, hat er Futter dabei. Für sich und für mich. Das muss er doch irgendwie erlegt haben. Und dafür ist das Geklapper!" Rosalies Tonfall ließ keinen Zweifel daran, dass es sich genauso verhielt. Triumphierend sah sie Nelly an. Die betrachtete die viereckige Kiste argwöhnisch.

"Kann mir zwar nicht vorstellen, wie man damit jagen soll... Aber wenn du es kennst, wird es schon stimmen," murmelte Nelly, wobei immer noch deutlicher Zweifel in ihrer Stimme lag. "Wie lange klappert er denn noch?"

"Das weiß man nie so genau. Ist immer unterschiedlich. Ich schau mal nach."

Rosalie durchquerte den Raum und strich an den Hinterbeinen ihres Hausmenschen entlang, wobei sie leise schnurrte.

Er sah zu ihr hinunter und streichelte ihr über den Kopf. Dann bemerkte er Nelly, die noch in der Tür stand. Er machte freudige Begrüßungslaute und forderte sie mit einem Wink seiner Vorderpfote auf, näher zu kommen.

Nelly ging zu ihm und schnurrte ebenfalls. Er streichelte beide und lachte.

"Siehst du, er freut sich über deinen Besuch." Rosalie sprang auf den Schoß ihres Hausmenschen und rieb schnurrend ihre Wange an seinem Gesicht. Dann sprang sie wieder hinunter und lief zur Tür. Von dort blickte sie zu ihm zurück.

"Mau!"

"Miau!", fügte Nelly hinzu und lief ebenfalls Richtung Tür.

Rosalies Hausmensch seufzte, dann lachte er nochmals und erhob sich. Zusammen gingen sie in den Essensraum und er nahm zwei Futterbehälter aus der Klappe. Er holte den zweiten Napf, den er extra für Nellys gelegentliche Besuche angeschafft hatte, aus einer anderen Klappe, füllte das Futter in beide Näpfe und stellte sie auf den Boden. Rosalie und Nelly begannen zu essen. Er sah ihnen dabei zu.

"Hm, schmeckt gut!" Nelly schnurrte sogar während des Essens.

"Ja, ist meine Lieblingssorte. Sehr lecker!", stimmte Rosalie zu.

Sie verspeisten den gesamten Inhalt der Näpfe und leckten sich danach die Mäuler. Rosalie begann, sich zu putzen. Ihr Hausmensch hatte ihnen die ganze Zeit zugesehen. Jetzt nahm er noch einen Futterbehälter aus der Klappe, hielt ihn Nelly vor die Nase und machte fragende Laute.

"Noch mehr?", fragte Nelly überrascht.
"Na, wenn du noch was schaffst, dann nimm ruhig. Ich bin satt." Rosalie trat vom Napf zurück, setzte sich in einiger Entfernung hin und putzte sich weiter.
"Naja..." Nelly zögerte. „Ich will dir nicht alles wegessen."
"Mach dir keine Gedanken," beruhigte Rosalie ihre Freundin. "Es ist genug da."
"Na dann, wenn du meinst..." Nelly steckte die Nase in ihren Napf und maunzte leise.
Rosalies Hausmensch öffnete den Behälter und gab nochmal Futter hinein. Dann streichelte er Nelly über den Kopf und machte freundliche Laute. Nelly schmatzte als Antwort.
"Uff! Jetzt bin ich wirklich satt," miaute Nelly, als sie auch noch die letzten Krümel sauber aufgeleckt hatte. "Ein Verdauungsschläfchen wär jetzt angebracht."
"Auf jeden Fall, komm mit!", antwortete Rosalie.
Sie trabten in den Hauptraum und machten es sich in Rosalies Bettchen am Fenster gemütlich. Erst putzten sie sich noch ein bisschen gegenseitig, dann rollten sie sich eng aneinander geschmiegt zusammen.
Rosalies Hausmensch verschwand währenddessen wieder im Klapperraum. Heute schien die Jagd recht lange zu dauern. Rosalie dachte noch kurz darüber nach, dann schlief sie ein.

Kapitel 4

Die nächsten Sonnen- und Mondphasen regnete es. Rosalie blieb die meiste Zeit im Haus. Einmal pro Sonnenphase huschte sie hinaus, kontrollierte schnell das Revier und kehrte wieder in ihr trockenes Heim zurück. Nelly kam oft zu Besuch. Bei diesem Wetter zogen es auch die Beutetiere vor, in ihren trockenen Behausungen zu bleiben. Und so stand Nellys Futternapf nun die ganze Zeit im Essensraum und wurde regelmäßig gefüllt.
Rosalie und Nelly spielten viel miteinander. Oft beteiligte sich auch Rosalies Hausmensch an den Spielen, was allen großen Spaß machte. Es wurden Federstöcke gejagt und Bällchen gerollt. Abends ging Nelly jedoch wieder in ihr eigenes Haus und schlief in ihrem eigenen Bettchen. Rosalie hatte sie schon oft gebeten auch während der Mondphasen zu bleiben, aber das lehnte Nelly ab.
Einmal hatten sie kurz den zerstörten Garten betrachtet. Die Erde war vom Regen aufgeweicht und es war alles eine einzige Schlammpfütze. Es sah so traurig aus, dass sie nicht nochmal hingegangen waren.
Dann endlich begann eine Sonnenphase ohne Regen. Rosalie trat nach ihrer Morgenration in den Garten und blinzelte in die Sonne. Sie schnupperte. Heute würde es nicht regnen. Sie schob sich durch die Büsche in Nellys Garten. Dort machte sie es sich unter einem Busch bequem und wartete auf ihre Freundin. Das Gras begann zu dampfen als die Sonnenstrahlen auf die nassen Halme schienen. Es dauerte nicht lange und die Tür zum Haus wurde geöffnet. Nelly trabte nach draußen.
"Guten Morgen, du Langschläfer!", wurde sie von Rosalie

begrüßt.

"Von wegen!" Nelly begrüßte sie, indem sie ihre Nase gegen die von Rosalie drückte. "Heute waren meine Hausleute ist Schmuselaune und das habe ich gründlich ausgenutzt."

"Wie schön! Das freut mich," miaute Rosalie.

Und das tat es wirklich. Rosalie wusste ja, dass Nelly höchst selten die Aufmerksamkeit bekam, die ihr eigentlich zustand. Umso mehr genoss sie es natürlich, wenn es dann mal passierte.

"Ja, war wirklich schön! Aber jetzt lass uns losgehen," drängelte Nelly.

Sie trabten Seite an Seite Richtung Wald. Am Waldboden waren die Sonnenstrahlen noch nicht angekommen. Von allen Zweigen und Büschen tropfte es. Jedes Mal, wenn Rosalie an einem Busch vorbei strich, setzte sich Nässe in ihrem Fell ab. Nach einiger Zeit schüttelte sie sich.

"Hey!" Nelly sprang hastig auf Seite. "Pass doch auf! Ich bin auch so schon nass genug."

"Entschuldige! Aber du hast Recht. Es ist wirklich zu nass hier. Lass uns doch lieber ans Bachufer gehen, da wird es schneller trocken," schlug Rosalie vor.

"Ja, denk ich auch. Das hier macht keinen Spaß." Nelly ging bereits den Weg zurück, den sie gekommen waren.

Als sie den Buckelweg erreichten hörten sie etwas aus Richtung des zerstörten Gartens.

"Was machen sie denn jetzt schon wieder? Es ist doch bereits alles kaputt," wunderte sich Rosalie. "Komm, lass uns nachsehen."

Sie liefen den Weg entlang über die Mauer in Rosalies Garten und schoben sich unter die tropfende Hecke.

"Hier ist es genauso nass wie im Wald, da hätten wir auch da

bleiben können," murrte Nelly.
"Pst! Sieh nur...!" Rosalie deutet mit dem Kopf Richtung Garten. "Sie tun wieder was..."
Mehrere Menschen liefen im zerstörten Bereich umher. Einige trugen lange, dünne Dinge aus Metall. Andere waren damit beschäftigt, diese Metalldinger in den Boden zu schieben. An der entfernten Seite des Gartens standen bereits mehrere davon senkrecht in die Luft. Und es war etwas daran befestigt. Es sah so ähnlich aus wie das Geflecht, das vorher da gewesen war, nur fester und dicker, obwohl die Löcher darin größer waren. Nicht groß genug, dass eine Katze hindurch gepasst hätte, aber sehr regelmäßig und ordentlich. Und es glänzte in der Sonne.
Die Menschen arbeiteten recht schnell und bald war der ganze Garten von diesem Geflecht umgeben. Zwischendurch kamen noch mehr Menschen und diese trugen Büsche in ihren Händen, die sie an verschiedenen Stellen nahe dem Geflecht in den Boden steckten.
"Nun sieh dir das an," miaute Nelly. "Erst machen sie die alten Büsche weg und dann bringen sie neue. Was für ein Unsinn! Dann hätten sie doch die Alten stehen lassen können."
"Ja, eigentlich schon, nicht?", antwortete Rosalie und beobachtete das Vorgehen sehr genau. "Aber sieh mal genau hin. Wenn du darauf achtest, wo sie die neuen Büsche hinsetzen, fällt dir dann was auf?"
Nelly beobachtete das Geschehen eine Weile.
"Ja sicher!", rief sie plötzlich. "Die setzen die ganzen Büsche an den Rand und die Mitte bleibt frei. Hey, dann sieht der Garten bald genauso aus wie unserer!"
"Genau das denke ich auch. Die Menschen wollen ihre Gärten immer gleich haben. Und der hier war zu anders, deshalb

haben sie ihn aufgeräumt," behauptete Rosalie.

"Sieht so aus. Aber wieso jetzt? Der sah doch schon immer so aus, wie er eben war. Das hat doch vorher auch keinen gestört," gab Nelly zu bedenken.

"Hm..., stimmt," musste Rosalie zugeben und machte ein nachdenkliches Gesicht. Und dann hatte sie plötzlich die Erklärung.

"Oh! Ich denke ich weiß es!" Rosalie war jetzt ganz aufgeregt.

"Was weißt du?", fragte Nelly neugierig.

"Na, überleg doch mal! Was war denn an diesem Haus noch anders, außer dem Garten?", miaute Rosalie ungeduldig.

Nelly sah sie verwirrt an. "Ich weiß nicht. Wir sind doch nie in dem Haus drin gewesen."

"Nein, sind wir nicht! Und warum sind wir nicht drin gewesen?" Rosalie wurde ganz zappelig vor Aufregung. "Denk doch mal nach!" drängte sie Nelly.

"Also, wir sind nicht drin gewesen, weil wir nicht rein kamen. War doch immer alles zu. Worauf willst du hinaus, Rosalie?"

"Ach herrjeh! Nelly! Das ist doch nicht so schwer. Du miaust doch selbst, es war immer alles zu. Und warum war das so?" Rosalie verlor langsam die Geduld.

"Nun... weil..." Nelly dachte sehr angestrengt nach. Wenn Rosalie auf die Lösung gekommen war, musste sie das doch ebenfalls schaffen. Sie überlegte, was bei ihr und Rosalie anders war; dass Türen manchmal auf und manchmal zu waren. Und endlich kam sie darauf.

"Hausmenschen!", rief Nelly erleichtert, dass es ihr eingefallen war. "Wir haben Hausmenschen, die dauernd Türen öffnen. In dem Haus hier waren keine!" Triumphierend sah sie Rosalie an.

"Genau! Ganz genau! Hier waren keine. Und wenn sie jetzt

alles so herrichten, wie Hausmenschen es gerne haben wollen, dann heißt das wiederum..." Erwartungsvoll schaute sie zu Nelly.

"...dass welche kommen werden," vervollständigte Nelly den Satz. Jetzt war sie auch aufgeregt.

"Welche von denen werden es wohl sein?", fragte sie nachdenklich. „Da sind so viele Menschen gewesen, die können doch nicht alle da wohnen wollen."

"Nein, bestimmt nicht. Da werden wir wohl noch warten müssen, bis sie fertig sind," miaute Rosalie.

"Meinst du, sie werden eine Katze haben?", fragte Nelly neugierig.

"Ich denke schon. Die meisten Hausmenschen haben doch eine Katze, oder nicht?", behauptete Rosalie.

"Bestimmt! Oh, hoffentlich ist sie nett. Dann können wir zu dritt jagen und spielen. Das wäre toll!" Nelly war bereits vollkommen begeistert.

"Nun..." Rosalie zögerte. "Dann müssten wir aber auch unser Revier mit ihr teilen. So einfach ist das nicht!"

"Jetzt sei bloß kein Spielverderber! Das ist doch kein Problem. Mit mir teilst du es ja auch. Und ich fände es einfach schön, noch eine Freundin zu haben. Du etwa nicht?" Nelly vollführte aufgeregte kleine Hüpfer.

Rosalie fühlte sich unbehaglich. Erst wusste sie selbst nicht warum, dann wurde ihr plötzlich bewusst, was es war. Sie war eifersüchtig! Eifersüchtig auf eine Katze, von der nicht mal sicher war, dass sie existierte. Sie schimpfte im Stillen mit sich selbst. Wie konnte man nur so töricht sein? Warum konnte sie nicht Nellys Aufregung und Freude teilen? Widerwillig musste sich Rosalie den Grund eingestehen, dass sie Nelly nicht teilen wollte. Nelly war *ihre* Freundin. Rosalie seufzte.

Sie würden erst einmal abwarten, etwas anderes konnten sie ja sowieso nicht tun. Wenn dann tatsächlich eine Katze einzog, würde sie ja sehen was sich daraus entwickeln konnte. "Wir werden einfach immer wieder herkommen und nachsehen, in Ordnung? Warum sollen wir uns Gedanken über etwas machen, was noch gar nicht da ist...", antwortete Rosalie ausweichend.

"Ja gut, das machen wir." Nelly klang enttäuscht, so als hätte sie lieber eine andere Antwort gehört.

Eine Weile sahen sie den Menschen noch zu wie sie an dem Geflecht arbeiteten und Büsche in den Boden steckten. Da aber nichts Neues passierte und auch keine Katze auftauchte, wurde es ihnen doch irgendwann langweilig. Sie krabbelten aus der Hecke und trabten zum Bach. Nelly verfolgte die Duftspur der Mäuse, die sich nach dem Regen auch wieder ins Freie getraut hatten und Rosalie streckte sich auf einen sonnenbeschienen Flecken Gras aus. Es war bereits angenehm warm und viele Insekten schwirrten durch die Luft. Nelly verfolgte zum Spaß einen Grashüpfer und ahmte seine hohen Sprünge nach. Das sah so lustig aus, dass Rosalie sich anschloss. Gemeinsam sprangen sie hoch aus dem Gras hinter dem hüpfenden Insekt her. Dabei versuchten sie, sich gegenseitig zu übertreffen. Bei ihrem höchsten Sprung stieß Nelly in der Luft mit Rosalie zusammen und beide purzelten zu Boden. Sie begannen einen spielerischen Kampf und balgten sich. Dabei rollten sie, sich gegenseitig umklammernd, am Ufer entlang. Als sie genug hatten, blieben sie einfach liegen und warteten bis sie wieder zu Atem kamen.

"Das war lustig!", miaute Nelly und streckte sich behaglich im warmen Gras.

Rosalie zwinkerte ihr zu. "Ja, das war es! Ich werde jetzt mal eine Pause einlegen. Es ist so schön warm hier. Ich werde ein Nickerchen machen." Sie stand auf und drehte sich mehrmals im Kreis, wobei sie mit den Pfoten das Gras niedertrat bis eine bequeme Kuhle entstand. Dann rollte sie sich zusammen, legte den Schwanz über die Nase und schlief ein.

Sie wachte davon auf, dass ihr eine Zunge über die Ohren fuhr. Sie öffnete ein Auge. Nelly hatte sich über sie gebeugt, ihr Atem roch nach Maus und irgendeinem Vogel. Rosalie gähnte, erhob sich und streckte sich ausgiebig.
"Wie kann man nur so faul sein? Du hast den ganzen Nachmittag verschlafen," wurde sie von Nelly getadelt.
Rosalie sah nach oben. Tatsächlich war die Sonne ein ganzes Stück gewandert, es dämmerte bereits.
"Komm, wir sehen nochmal beim neuen Garten nach," rief Nelly und sprang bereits davon.
Rosalie folgte ihr und wieder schoben sie sich unter die Hecke. Die Menschen waren fort. Das neue Geflecht umzog jetzt den gesamten Garten. Neugierig gingen die Beiden näher und schnupperten daran.
"Ist richtig stabil. Da kann man viel besser dran hoch klettern als an dem Alten." bemerkte Nelly.
Rosalie besah sich das Zeug genauer und schaute auch nach oben. "Oh! Vielleicht auch nicht!", miaute sie und wies mit dem Kopf auf den oberen Rand des Geflechts.
Nelly folgt ihrem Blick und Enttäuschung legte sich über ihr Gesicht. "Was soll denn das?", rief sie. "Wie soll man denn da rüber kommen?"
Oben endete das Geflecht nicht einfach, sondern es verlief noch ein Stück waagerecht über den Weg. Als Rosalie genauer

hinsah erkannte sie, dass das sogar auf beiden Seiten der Fall war, innen und außen.

Rosalie dachte nach. Wie Nelly bereits bemerkt hatte, konnten sie dadurch nicht hinüber klettern, also war es vielleicht genau zu diesem Zweck so gemacht worden. Jemand wollte offenbar sicher gehen, dass keiner von außen eindrang. Aber wozu brachte man das Hindernis auch innen an? Das konnte doch nur bedeuten, dass dieser jemand ebenso darauf bedacht war, nichts aus dem neuen Garten entkommen zu lassen. Rosalie wurde mulmig zumute. Was konnte wohl so gefährlich sein, daß man es derart bewachen musste?

"Anscheinend wollen die Hausmenschen, die hier wohnen werden, irgendetwas für sich behalten," miaute Rosalie.

"Für sich behalten? Wie meinst du das?", fragte Nelly verwundert.

"Naja, so wie es aussieht wollen sie nicht, dass wir reinkommen. Und gleichzeitig wollen sie nicht, dass was anderes rauskommt. Eine andere Erklärung fällt mir nicht ein," miaute Rosalie nachdenklich.

"Was könnte das denn sein, was nicht raus soll?" Nelly klang verunsichert. "Warum sollte man etwas nicht rauslassen?" Sie stellte sich eine arme hilflose Katze vor, die innerhalb dieses Gitters gefangen war.

"Keine Ahnung. Vielleicht ist es gefährlich?", riet Rosalie.

"Gefährlich? Was soll denn hier gefährlich sein? Uns ist doch auch noch nie was passiert," entrüstete sich Nelly

"Das meine ich nicht," antwortete Rosalie. "Nicht, dass etwas Gefährliches passiert, sondern dass das, was hier einzieht, selbst gefährlich ist."

Nelly machte große Augen. "Was könnte denn das sein?",

flüsterte sie und das Bild der armen Katze war verpufft.
"Ich habe keine Idee. Aber wir sollten auf der Hut sein. Von jetzt an werden wir den Garten jede Sonnenphase beobachten. Wenn jemand etwas so unheimliches in unser Revier bringt, dann müssen wir wissen, womit wir es zu tun haben," antwortete Rosalie mit fester Stimme.
"Ja, das müssen wir wohl. Und so wie es aussieht, wird es wohl doch keine dritte Freundin werden..." Nelly klang enttäuscht.
Nach dieser beunruhigenden Beobachtung trennten sie sich und jede ging zu ihren Hausmenschen, um sich für die Mondphase bequem einzurichten.
"Bis morgen! Schlaf gut!", rief Rosalie.
"Du auch! Wir treffen uns morgen an der Hecke!", rief Nelly zurück und verschwand.
An diesem Abend dauerte es lange bis Rosalie endlich einschlief. Immer wieder fragte sie sich, was es wohl sein würde, das irgendwann im neuen Garten einzog. Und als sie dann doch in den Schlaf fiel, träumte sie von Monstern mit riesigen gelben Zähnen, die sie verfolgten.

Kapitel 5

Während der nächsten Sonnenphasen hielten Rosalie und Nelly an ihrem Plan fest und kontrollierten den neuen Garten regelmäßig. Dabei waren sie sehr vorsichtig. Sie nahmen immer den Weg unter der Hecke durch, damit niemand ihr Kommen bemerken konnte. Den Weg zwischen den Gärten betraten sie erst, wenn sie sicher waren, dass noch nichts im neuen Garten lauerte. Aber es tat sich gar nichts.

Nur einmal stand ein sehr großer Brüllstinker vor dem Haus auf dem harten Weg und viele Menschen trugen allerlei große Gegenstände hinein. Dann kehrte wieder Ruhe ein.

Wieder einige Sonnenphasen später kamen Rosalie und Nelly erst abends zum neuen Garten. Sie hatten die inzwischen sehr heiße Sonnenphase im Wald verbracht. Da machten sie eine erstaunliche Entdeckung.

Nachdem sie überprüft hatten, dass immer noch alles ruhig war, näherten sie sich dem Geflecht.

Plötzlich entfuhr Nelly ein erstaunter Ausruf. "Wie kann denn das sein? Das war doch gestern noch nicht da!"

In der Mitte des neuen Gartens war während nur einer Mondphase ganz offensichtlich Gras gewachsen. Es war sehr grün und sehr gleichmäßig. Wie überhaupt alles in diesem Garten sehr gleichmäßig war. Alle Büsche saßen in gleichem Abstand zueinander. Das neue Gras reichte bis an die Büsche heran, aber nicht darunter. Unter den Büschen war etwas gröberes Braunes.

"Wie können sie so schnell Gras wachsen lassen?" Nelly war völlig baff. Sie sah Rosalie an, damit die ihr das Unerklärliche erklärte.

"Das weiß ich auch nicht. So was habe ich noch nie gesehen," musste Rosalie zugeben. Sie erinnerte sich, dass ihr eigener Hausmensch irgendwann mal kleine Grassamen in ihrem Garten verteilt hatte. Damals hatte es viele, viele Sonnenphasen gedauert bis das erste Gras sichtbar wurde. Und es war erst klein und zart gewesen und nicht sofort grün und groß wie dies hier. Rosalie musste zugeben, dass die Menschen manchmal doch bewundernswerte Fähigkeiten hatten.

Nach diesem Ereignis geschah allerdings wieder lange Zeit nichts.

Bis die Beiden während einer Sonnenphase den ersten Blick auf die neuen Hausmenschen werfen konnten. Zwei von ihnen standen im neuen Garten und unterhielten sich offensichtlich. Es war ein Männchen und ein Weibchen. Das Weibchen hatte auffälliges, langes, helles Fell auf dem Kopf. Anscheinend überprüften sie den Garten. Sie liefern umher, begutachteten die Büsche und ließen ihre Vorderpfoten durch das Gras in der Mitte gleiten. Dabei gaben sie Laute von sich, die sich für Rosalie so anhörten als wären sie mit dem Ergebnis zufrieden. Dann verschwanden sie wieder für geraume Zeit.

Ein anderes Mal entdeckte Nelly ein Steingebilde am Rand der Grasfläche aus dem unaufhörlich Wasser floss.

"Wie machen sie das, dass Wasser aus dem Stein kommt?", wunderte sich Nelly.

"Das ist wirklich verblüffend. Der Bach ist doch so weit weg. Wo kommt das Wasser her?" Rosalie war von diesen Hausmenschen wirklich beeindruckt.

"Vielleicht ist das ja der Grund, dass der Bach so weit weg ist. Wenn sie hier etwas einsperren wollen, dann kann es ja nicht zum Bach gehen, um zu trinken. Deshalb haben sie das

Wasser hierher gebracht." Nelly war stolz darauf, diesen Zusammenhang selbst entdeckt zu haben und Rosalie musste ihr Recht geben. Das ergab Sinn.

Dann geschah wieder viele Sonnenphasen lang gar nichts. Während die Sonne am Himmel stand war es sehr heiß, selbst während der Mondphasen wurde es nicht wirklich kühl. Rosalie beobachtete jedes Mal, wenn die Sonnenphase zu Ende ging, dass ein Mensch im neuen Garten die Büsche wässerte. Es war aber keiner von den beiden, die die Büsche geprüft hatten.

So langsam begann der neue Garten langweilig zu werden. Rosalie und Nelly hatten die tägliche Kontrolle irgendwann aufgegeben. Es geschah einfach nichts Spannendes.

Eines Abends döste Rosalie in ihrem Garten im Schatten der Mauer. Es war eine sehr heiße Sonnenphase gewesen und Rosalie hatte ihre Aktivitäten auf ein Minimum beschränkt. Plötzlich hob sie den Kopf. Irgendetwas hatte sie geweckt. Sie sah sich um, konnte aber nichts Ungewöhnliches entdecken. Dann prüfte sie die Luft und fand den Grund. Fremder Katzengeruch! Rosalie ließ die Luft über ihren Gaumen streichen und erfuhr so, dass es sich um eine Kätzin handelte. Und zwar um eine von der schreienden Sorte. Sie drehte den Kopf in verschiedene Richtungen um herauszufinden, woher der Geruch kam. Dann stutzte sie. Der Geruch kam aus dem neuen Garten! Jetzt war sie aufgeregt. Leise kletterte sie an der Birke empor und legte sich auf die Mauer. Von dort aus konnte sie über die Büsche in den neuen Garten schauen.

Dort saß tatsächlich eine Katze. Sie war schneeweiß und hatte sehr langes Fell. Noch länger als das von Rosalie. Sie saß auf einem Holzgestell von dem aus sie einen guten Überblick über den Garten hatte. Den buschigen Schwanz hatte sie ordentlich über die Pfoten gelegt. Sie hielt den Kopf hoch erhoben, die kleinen Ohren gespitzt. Rosalie stellte fest, dass sie sehr vornehm aussah.

Leise, um die Neue nicht auf sich aufmerksam zu machen, glitt Rosalie von der Mauer und schlüpfte in Nellys Garten. Dort rief sie aufgeregt nach ihrer Freundin. Nelly streckte kurz darauf den Kopf durch die Tür.

"Was ist denn los? Warum schreist du so?", fragte sie unwirsch.

"Du musst sofort mitkommen! Die Katze ist da!", rief Rosalie aufgeregt.

"Welche Katze ist wo? Was miaust du denn da? Ich bin noch gar nicht wach," maulte Nelly und gähnte.

"Was meinst du mit `welche Katze´? Welche Katze wohl, du Spatzenhirn? Die, auf die wir die ganze warme Zeit gewartet haben. Die im neuen Garten!" Rosalies Stimme war mit jedem Satz lauter geworden. Das konnte doch nicht wahr sein, dass Nelly ihr hier so dämliche Fragen stellte. Sie tänzelte nervös von einer Pfote auf die andere.

Endlich schien Nelly zu kapieren, was sie gerade erzählt hatte. Mit einem Satz war sie durch die Tür und stand vor Rosalie.

"Also ist es wirklich eine Katze?", fragte sie begeistert. "Wie sieht sie aus? Ist sie nett?" Dann wurde ihr Blick argwöhnisch. "Sieht sie gefährlich aus?"

"Stell mir nicht so viele Fragen, lass uns einfach rüber gehen. Dann kannst du selbst sehen. Ich war noch nicht bei ihr, ich wollte dir erst Bescheid geben," miaute Rosalie ungeduldig.

"Das war nett von dir!" Nelly stupste Rosalie mit der Nase ans Ohr. "Dann lass uns gehen. Oh, ich hoffe, sie ist nett." Jetzt war Nelly genauso aufgeregt und machte kleine Hüpfer um

Rosalie herum.

Zusammen schlichen sie in Rosalies Garten und unter die Hecke. Von dort konnten sie die neue Katze gut sehen, die inzwischen auf dem Boden stand und einen Busch beschnupperte.

"Die ist ja auch größer als ich!", empörte sich Nelly. "Und ihr Fell ist noch länger als deins."

"Stimmt, aber ihr Ohren sind ziemlich klein und die Beine kürzer als meine." Rosalie kam nicht umhin zu überlegen, wie diese Katze im Wettrennen mit Nelly wohl abschneiden würde.

"Ihr Gesicht sieht rund aus, mit einer Stupsnase. Ich finde sie hübsch." Nelly sah zu Rosalie. "Sollen wir uns nicht langsam mal vorstellen?"

"Ja, sollten wir wohl. Es ist nicht höflich, jemanden so anzustarren. Lass uns näher ran gehen," stimmte Rosalie zu.

Sie trat zuerst aus der Hecke und setzte sich kurz vor dem Geflecht hin. Sie legte den Schwanz über die Pfoten und sah in Richtung der Kätzin, ohne ihr jedoch in die Augen zu schauen. Sie wollte gerne höflich Kontakt aufnehmen und keine Aggression auslösen. Nelly setzte sich hinter sie und tat das Gleiche. Die Weiße erstarrte. Nach ein paar Momenten kam sie langsam auf die Beiden zu. Sie setzte sich auf ihrer Seite des Geflechts Rosalie gegenüber und sah über deren Schulter in Richtung Hecke. Auch sehr höflich! Das lief ja schon mal gut.

"Hallo!", machte Rosalie den Anfang. "Ich heiße Rosalie und wohne nebenan." Dabei betrachtete sie den Busch links von der Kätzin.

"Sehr erfreut dich kennenzulernen. Ich heiße Prinzessin. Ich bin Perser!" Sie betonte den letzten Teil stark.

Nach dieser förmlichen Begrüßung wagte es Rosalie, sich die Neue genauer anzusehen. Sie sah ihr in die Augen und vergaß vor Verblüffung beinahe zu blinzeln. Die Augen der Weißen waren strahlend blau. So etwas hatte Rosalie noch nie gesehen. Sie verliehen der Weißen einen recht kühl wirkenden Blick, waren ansonsten aber sehr hübsch anzusehen. Um den Hals trug sie ein pinkfarbenes Halsband, das mit vielen glitzernden Steinchen besetzt war und an dem ein kleines Glöckchen hing.
"Auch Hallo!" Nelly schob sich an Rosalie vorbei. "Ich bin Nelly. Mir gehört der Garten hinter dem von Rosalie. Freut mich auch sehr, dich kennenzulernen." Nelly schob ihre kleine rosa Nase dicht an das Geflecht, um damit die von Prinzessin zu berühren.
Prinzessin musterte sie aus schmalen Augen.
"Du bist Maine Coon, nicht?", fragte sie Rosalie und ignorierte Nellys Bemühungen vollkommen.
"Jaha."
"Reinrassig möchte ich doch hoffen!", fügte die Weiße in hochnäsigem Ton hinzu.
"Äh… ja." Rosalie wunderte sich, warum das wichtig war.
"Was bedeutet reinrassig?", fragte Nelly interessiert. Sie hatte sich wieder vom Geflecht zurückgezogen, da Prinzessin keinerlei Anstalten machte, ihre Nase zu berühren.
Die Weiße betrachtete sie abschätzig.
"Reinrassig heißt, dass deine Eltern beide von der gleichen Rasse sind und deren Eltern auch. Und immer so weiter…"
"Hey! Dann bin ich auch reinrassig!", rief Nelly erfreut.
"Wie bitte? Wie soll denn das gehen?" Die Weiße schaute ungläubig zwischen Rosalie und Nelly hin und her.
"Na, meine Eltern sind beide Bauernhofkatzen und deren

Eltern auch. Immer so weiter," miaute Nelly fröhlich.
"Pfffff...!" Die Weisse schnaubte durch die Nase. "Bauernhofkatze ist keine Rasse!"
"Ach nein? Was ist es denn dann?", fragte Nelly arglos.
"Bauernhofkatze ist gar nichts! Einfach wertlos," antwortete die Weiße verächtlich.
"Oh...! Ach so." Nelly sah geknickt zu Boden.
Rosalie war entsetzt. Wie konnte man nur derart gefühllos sein. Schnell leckte sie ihrer Freundin ein paar Mal über die Ohren.
"Es ist doch völlig egal, ob man eine Rasse hat oder welche. Darauf kommt´s doch nicht an!", miaute Rosalie und sah die Weiße zornig an.
"Oh nein, das ist überhaupt nicht egal! Meine Hausleute würden niemals zulassen, dass ich mich mit einem Kater einer anderen Rasse paare. Das gehört sich nicht. Und schon gar nicht mit einer *Bauernhofkatze*!" Sie betonte den letzten Begriff als ob es etwas Schmutziges wäre.
Rosalie hatte genug. Sie drehte sich um und ging ohne ein weiteres Miau los. Nelly saß vor der Weißen und schaute sie eingeschüchtert an. Rosalie rief ungeduldig nach ihr.
"Komm Nelly! Wir haben Wichtigeres zu tun als uns solchen Unsinn anzuhören!"
Nelly erhob sich und folgte Rosalie, dabei ließ sie den Kopf hängen und ihr Schwanz schleifte über den Boden.
Als sie außer Hörweite von Prinzessin waren blieb Nelly stehen.
"Du Rosalie, stimmt das?", fragte sie mit traurigem Blick.
"Stimmt was?" Rosalie drehte sich, immer noch wütend, nach ihr um.
"Dass Bauernhofkatzen nichts wert sind?", maunzte Nelly

leise.
Rosalie seufzte. "Das ist völliger Blödsinn, Nelly! Lass dir bloß nichts in den Kopf setzen! Es kommt überhaupt nicht darauf an, wer deine Eltern sind oder wo du aufgewachsen bist. Wichtig ist, wer du bist und was du aus deinem Leben machst. Und wie du dich anderen gegenüber benimmst!", fügte sie, mit einem zornigen Blick zurück, noch hinzu.
"Ehrlich? Es macht dir nichts aus, dass ich vom Bauernhof komme?", fragte Nelly verunsichert.
"Natürlich nicht! Es hat mir doch bis jetzt nichts ausgemacht. Warum sollte sich daran etwas ändern? Wir werden immer Freundinnen sein!", beteuerte Rosalie.
"Das ist gut! Ich bin gerne mit dir zusammen." Nelly machte wieder ihr neckisches Gesicht und stupste Rosalie in die Flanke. "Auch wenn du Maine Coon bist. Macht mir gar nichts aus."
Rosalie stupste zurück und war erleichtert, dass Nelly ihre gewohnte Fröhlichkeit so schnell zurück gewonnen hatte.
"Meine Mutter hat mir nie etwas über Rassen und so was erzählt," miaute Nelly nachdenklich. "Was ist mit deiner? Hat sie dir erzählt, dass du was Besonderes bist und reinrassig und so?"
"Hm… nein, ich hab meine Mutter gar nicht richtig gekannt," antwortete Rosalie. "Ich erinnere mich nur ganz schwach an ihren Geruch. Und an den meiner Schwester. Und dann war da mein Hausmensch. Er hat mich immer in den Pfoten gehalten und mir zu trinken gegeben, nachdem unsere Mutter weg war. Ich war schon immer bei ihm."
Nelly schaute sie erschrocken an. "Deine Mutter hat euch allein gelassen? Wieso?"
"Ich weiß nicht genau, aber ich glaube sie hat das Leben

gewechselt. Da waren wir nur ein paar Sonnenaufgänge alt," erzählte Rosalie in Gedanken versunken.
"Oh, das war bestimmt schlimm!", miaute Nelly mitfühlend. "Was ist aus deiner Schwester geworden?"
Rosalie sah betreten zu Boden und miaute leise. "Sie hat es auch nicht geschafft. Ich weiß noch, dass ich eines Morgens wach wurde und sie war weg. Hab' sie nie wieder gesehen."
"Wie schrecklich! Das hab ich ja gar nicht gewusst!" Nelly schmiegte sich eng an ihre Freundin und schnurrte beruhigend. "Von meinen Wurfgeschwistern hat auch eins in ein anderes Leben gewechselt. Meine Mutter war sehr traurig deswegen. Das war schon schlimm. Aber wenigstens war meine Mutter immer da und hat auf uns aufgepasst und uns viel beigebracht." Nelly grübelte vor sich hin. "Wer hat dir denn alles beigebracht?"
"Das war die Katze, die schon vor mir bei meinem Hausmenschen gelebt hat. Als ich ankam war sie schon sehr alt und weise. Sie hieß Minka. Sie hat mich von Anfang an erzogen. Sie hat mir gezeigt wie man das Revier markiert, Mäuse fängt, sich den Menschen und anderen Katzen gegenüber benimmt. Einfach alles. Sie war sehr lieb!" Bei der Erinnerung an Minka hellte sich Rosalies Gesicht wieder auf.
"Dann hast du ja doch sowas wie eine Mutter gehabt. Das war aber Glück!", miaute Nelly begeistert.
"Ja, nicht wahr? Und wenn ich so überlege ist es gut möglich, dass sie von einem Bauernhof stammte. Dann ist es fast so als ob meine Mutter eine Bauernhofkatze gewesen ist!" Rosalie warf Nelly einen belustigten Seitenblick zu.
"Eine Maine-Coon-Bauernhofkatze! Das gefällt mir!", rief Nelly freudig. "Das müssen wir das nächste Mal Prinzessin erzählen. Die ist bestimmt entsetzt!"

Jetzt mussten beide lachen. Im Stillen dachte sich Rosalie allerdings, dass sie so schnell nicht noch einmal zu dieser eingebildeten, weißen Katze gehen wollte.

Kapitel 6

Während der nächsten Sonnenphasen roch Rosalie des Öfteren, dass Prinzessin in ihrem Garten war. Dann und wann sah sie auch etwas Weißes zwischen den Büschen aufblitzen, wenn sie in Sichtweite war. Sie verspürte jedoch keine Lust hinüber zu gehen und Nelly noch viel weniger. So blieben sie am Bachufer und im Wald, wo sie sich darüber lustig machten, dass sie noch vor kurzem mit etwas schrecklich gefährlichem gerechnet hatten.

"Ich glaube, das gefährlichste in diesem Garten ist Prinzessins Zunge," hatte Nelly einmal miaut und sie hatten darüber gelacht.

"Warum haben ihre Hausmenschen einen derartigen Aufwand betrieben?", fuhr sie fort und Rosalie musste zugeben, dass sie sich das auch nicht erklären konnte. Je mehr sie jedoch darüber nachdachte, desto mehr Fragen drängten sich Rosalie auf. Und wenn sie Antworten wollte, konnte ihr die nur Prinzessin selbst geben.

Daher nahm sie einige Sonnenphasen später ihren ganzen Mut zusammen und ging hinüber. Sie hatte gewartet bis Nelly in den Wald ging um zu jagen. Sie wollte ihre Freundin nicht vor den Kopf stoßen, indem sie mit der Weißen sprach, aber sie war einfach zu neugierig.

Also setzte sie sich wieder vor das Geflecht und wartete. Kurz darauf trat Prinzessin durch die große Tür in den Garten und sah sich um. Sie schnupperte und entdeckte Rosalie sofort. Zögernd kam sie näher.

"Hallo Rosalie! Schön, dass du mich besuchst," miaute sie höflich.

"Ach ja? Würdest du Nelly auch so nett begrüßen?" Rosalie

konnte sich diese Bemerkung einfach nicht verkneifen. Prinzessin machte ein betretenes Gesicht. "Das tut mir leid, das mit letztem Mal. Ehrlich!"
"Tatsächlich?" Rosalie war erstaunt. "Warum hast du dann so etwas Böses behauptet?"
"Ich hab es nicht böse gemeint, glaub mir," miaute Prinzessin in flehendem Ton.
"Und wie willst du es gemeint haben? Man konnte es wohl kaum falsch verstehen!" Rosalie blieb argwöhnisch.
"Ach weißt du, manchmal da plappert man einfach irgendwelche Sachen nach ohne vorher richtig darüber nachzudenken. Man wiederholt einfach etwas, was einem immer beigebracht wurde, ohne es zu bezweifeln. Und... naja... was ich da erzählt habe, das war eins von diesen Dingen." Sie hatte sehr leise miaut, sodass Rosalie sich vorbeugen musste, um sie überhaupt zu verstehen.
"Wer hat dir denn so etwas beigebracht?", wunderte sie sich.
"Na alle!", maunzte Prinzessin kläglich. "Ich bin so erzogen worden." Dann wurde ihre Stimme fester. "Meine Mama war eine sehr berühmte Katze und sie hat sich mit der Erziehung ihrer Jungen sehr viel Mühe gegeben. Sie hat die ganze Zeit erzählt was man darf und was nicht. Und was sich gehört und was unhöflich ist und so. Sie war sehr streng. Sie hat immer erklärt, eine Katze von unserer Herkunft muss sich zu benehmen wissen." Jetzt hielt Prinzessin den Kopf wieder hoch und sah sehr stolz aus.
"Und dabei hat sie euch auch erzählt, dass Katzen vom Bauernhof wertlos sind," bemerkte Rosalie trocken.
"Äh, nun... ja. Ja, das hat sie wohl," gab Prinzessin zu, nun wieder kleinlaut. "Aber ich denke jetzt, dass Mama sich da geirrt hat. Sie hat doch selbst nie eine Katze vom Bauernhof

kennengelernt. Und deshalb denke ich, dass sie es vielleicht auch nur von ihrer Mama gehört hat und... und... und ich möchte mich bei Nelly entschuldigen."

"Das möchtest du?", fragte Rosalie ungläubig. Vielleicht hatte sie die Weiße falsch eingeschätzt.

Nach kurzer Überlegung fand sie es allerdings wahrscheinlicher, dass Prinzessin schnell eingesehen hatte, dass selbst eine *Bauernhofkatze* besser war als gar keine Freunde. Schliesslich war sie hier neu und kannte noch niemanden.

"Das wird Nelly sehr freuen. Ich gebe ihr Bescheid, wenn sie von der Jagd zurück ist." erklärte Rosalie.

"Von welcher Jagd?", fragte Prinzessin verwirrt.

Rosalie starrte sie ungläubig an. Es konnte doch unmöglich eine Katze geben, die den Begriff Jagd nicht kannte. "Na, von der Jagd eben. Jagen. Mäuse. Vögel. Futter."

Prinzessin stieß einen hohen Quietschlaut aus. "Igitt! Du willst mir doch nicht weismachen, dass ihr Mäuse esst." Vor Entsetzen wurden ihre blauen Augen ganz groß.

"Äh, nun... doch. Es soll durchaus Katzen geben, die so etwas tun," antwortete Rosalie belustigt. Dann wurde sie wieder ernst. "Heißt dass, du hast noch nie eine Maus gejagt?"

"Du liebe Güte, nein. Warum sollte ich so etwas Ekliges tun? Ich bekomme mein Futter serviert!" Prinzessin hörte sich wirklich geschockt an.

"Naja, das bekomme ich auch. Aber eine Katze will doch jagen, einfach so zum Spaß. Ich esse das meiste auch nicht, das ich erbeute. Sind denn die Mäuse noch nicht zurück in deinem Garten?" fragte Rosalie und ließ den Blick über die Büsche schweifen.

"Mäuse? Hier?" Prinzessin sah sich schnell in alle Richtungen

um. "Ich hoffe doch sehr, dass sie weg bleiben. Die sind eklig, haben Flöhe und so..."
Rosalie kam aus dem Staunen nicht mehr heraus. "Aber was jagst du denn, wenn du keine Mäuse magst? Du musst doch irgendwas tun, so die ganze Sonnenphase über?"
"Ja sicher! Ich habe viele schöne Spielzeuge, mit denen beschäftige ich mich. Und dann wird jede Sonnenphase mein Fell gepflegt, das dauert auch immer eine Weile."
Rosalie betrachtete das weiße Fell genauer. Es sah wirklich toll aus! Ganz duftig und leicht und ganz ohne Knötchen oder Filzplatten. Prinzessin drehte sich ein bisschen, damit Rosalie sie besser in Augenschein nehmen konnte und bewegte den buschigen Schwanz durch die Luft.
"Sieht sehr hübsch aus! Macht aber bestimmt viel Arbeit, oder?", fragte Rosalie interessiert.
"Ja, schon. Meine Hausmenschin bürstet es jede Sonnenphase und dann wird es auch regelmäßig gewaschen."
Jetzt war es an Rosalie, entsetzt zu sein. "Gewaschen? So richtig nass? Macht dir das nichts aus?"
"Och, man gewöhnt sich daran. Und ich möchte ja auch gerne hübsch aussehen. Aber deshalb achte ich auch immer darauf, dass ich mich nicht allzu schmutzig mache. Meine Hausmenschin mag das gar nicht und schimpft dann immer mit mir." Jetzt klang irgendetwas in Prinzessins Stimme mit, das Rosalie nicht genau identifizieren konnte. Irgendeine Art von Traurigkeit, die sie stutzig machte.
"Das kenne ich. Mein Hausmensch hat auch einmal mit mir geschimpft. Da habe ich etwas von einer Fensterbank gestoßen, was kaputt gegangen ist. Seitdem passe ich besser auf und er stellt nichts mehr auf die Fensterbänke." Rosalie musste lachen als sie daran dachte, wie er sie hinterher

angesehen hatte und wie leid es ihm offenbar tat, dass er sie angebrüllt hatte.

Prinzessin lachte nicht. Sie sah an Rosalie vorbei Richtung Hecke und reckte den Hals, um zu den Bäumen am Bachufer schauen zu können. Rosalie folgte ihrem Blick.

"Ihr spielt oft da unten, nicht wahr? Ich habe euch gerochen und gehört. Ihr scheint viel Spaß zu haben...", miaute Prinzessin wehmütig.

"Ja, da ist es schön. Am Bach ist es immer ein bisschen kühler. Das ist angenehm, wo es doch die letzte Zeit so heiß war." Rosalie drehte sich wieder zu Prinzessin um. "Warum kommst du nicht mal mit? Das wird bestimmt lustig."

Prinzessin bedachte sie mit einem merkwürdigen Blick. "Wie sollte ich das denn anstellen? Hast du etwa den Zaun nicht bemerkt? Ist wohl kaum zu übersehen, oder?" Sie schlug ungehalten mit dem Schwanz hin und her.

"Was ist ein `Zaun´?", wollte Rosalie wissen.

Prinzessin sah sie ungläubig an. "Na das hier!", miaute sie und klopfte mit einer Vorderpfote gegen das Geflecht. "Das ist der Zaun. Und deswegen kann ich nicht mit. Oder sieht es so aus als käme ich da durch?" Sie schnaubte wütend durch die Nase.

Rosalie starrte sie sprachlos an. Sie hatte sich mit Nelly so oft darüber unterhalten, was das Geflecht, also der `Zaun´, wohl drinnen halten sollte. Aber auf die Idee, dass damit etwas wie Prinzessin gemeint war, wären sie nie gekommen. Und sie würde Prinzessin gegenüber auch bestimmt nicht zugeben, dass sie mit etwas wirklich Gefährlichem gerechnet hatten.

"Du kommst nie nach draußen? Wieso denn nicht?" So etwas hatte Rosalie noch nie gehört.

"Meine Hausmenschin lässt mich nicht. Sie hat Angst, dass

mir etwas zustößt," erklärte Prinzessin.
"Was sollte dir denn zustoßen? Dass du dich schmutzig machst?" Rosalie verkniff sich ein Grinsen.
"Das vielleicht auch. Aber ich glaube sie hat Angst, ich könnte mich verletzen. Sie hat mich wirklich lieb, weißt du, und macht sich ständig Sorgen."
"Aha." Rosalie dachte nach. "Aber sie sperrt dich hier ein, allein, obwohl sie dich lieb hat. Das ist eine komische Art, seine Liebe zu zeigen, oder?"
Prinzessin seufzte tief. "Ja nun, wenn ich ehrlich bin... also, sie verbringt schon sehr viel Zeit mit mir und ist immer sehr lieb und so, aber eine Freundin wäre schon schön gewesen. Ich hätte gerne mein Spielzeug mit einer andern Katze geteilt."
Jetzt klang sie wieder sehr wehmütig.
"Soll das heißen, du warst immer allein? Dein ganzes Leben?" Rosalie wollte sich etwas so Schreckliches gar nicht vorstellen.
"Bis auf meine Hausmenschin schon." Prinzessin sah bekümmert durch den Zaun zu Rosalie. "Deshalb hatte ich gehofft, dass ihr meine Entschuldigung annehmt. Das war blöd von mir und ich hab´s wirklich nicht so gemeint. Und wenn ihr dann möchtet, könntet ihr mich doch ab und zu besuchen. Also wenn ihr Zeit habt. Dann könnten wir ein bisschen plaudern oder... oder... oder was halt durch den blöden Zaun so möglich ist. Was meinst du?" Jetzt wechselte Prinzessins Gesichtsausdruck abwechselnd zwischen zweifelnd und hoffnungsvoll.
Rosalie dachte nach. Prinzessin tat ihr unendlich leid. Sein ganzes Leben in Einsamkeit zu verbringen war das Schlimmste, was sie sich vorstellen konnte. Andererseits war sie sich nicht sicher wie Nelly auf die Entschuldigung reagieren würde. Und ohne Nellys Zustimmung konnte sie

schlecht mit Prinzessin befreundet sein. Obendrein fragte sie sich was sie denn zu dritt auf zwei Seiten dieses Zaunes überhaupt anstellen konnten. Es war wirklich eine schwierige Entscheidung. Rosalie kam zu dem Schluss, dass sie sie nicht alleine treffen konnte. Erst musste sie Nelly finden und fragen, was sie davon hielt. Das teilte sie Prinzessin mit.
"Ja sicher, das verstehe ich," antwortete sie. "Wann wirst du Nelly denn treffen? Ich muss gleich wieder rein, wenn meine Hausmenschin mich ruft. Sollen wir uns hier für die nächste Sonnenphase verabreden? Wenn Nelly einverstanden ist, bringst du sie direkt mit und wenn nicht, dann…" Hier versagte Prinzessins Stimme als sie sich vorstellte, die ganze Sonnenphase lang vergeblich zu warten, um danach alleine und sehr unglücklich wieder ins Haus zurück zu gehen.
Auch Rosalie musste hart schlucken als sie Prinzessins Gedanken spürte. "Ich lauf gleich los und such sie. Wir sehen uns dann morgen."
"Ach, das wäre schön. Ich werde hier warten. Ganz sicher!", versprach Prinzessin.
Rosalie lief sofort los, um Nelly zu suchen. In ihrem Rücken spürte sie die hoffnungsvollen Blicke von Prinzessin bis diese außer Sicht war.
Rosalie lief zuerst zu Nellys Garten und prüfte die Luft. Nellys Geruch war ziemlich blass. Wäre sie hier, wäre der Geruch frisch. Also weiter. Sie lief in den Wald und schnupperte auch hier. Sie fand Nellys Geruchsspur recht schnell und folgte ihr durch das Unterholz. Als der Geruch immer frischer wurde machte sie langsamer, dann verharrte sie und spähte aus einem Busch hervor. Nelly musste hier sein, aber wo? Noch einmal prüfte Rosalie die Luft. Ja, Nelly war definitiv ganz nahe, aber sie konnte sie nicht sehen. Rosalie stellte die

Ohren auf und horchte angestrengt. Das einzige Geräusch kam von irgendwo über ihr. Sie sah nach oben in die Äste einer großen Eiche. Zuerst sah sie nur Blätter und Zweige, doch dann machte sie eine kurze Bewegung aus. Was war denn das? Langsam drehte sich Rosalie, bis sie in die Baumkrone schauen konnte ohne sich den Hals zu verrenken. Die Bewegung, die sie gesehen hatte, wiederholte sich. Es war Nellys Schwanz, der von einem dicht belaubten Ast hing und sich hin und her bewegte. Anscheinend war Nelly aufgeregt. Rosalie suchte weiter den Baum ab. Sie sah in die Richtung, in welche vermutlich auch Nelly schaute und entdeckte ein Loch im Stamm des Baumes. Es war so groß, dass sie ihre Pfote bequem hätte hinein stecken können. Also belauerte Nelly dieses Loch. Rosalie vermutete, dass ihre Freundin mal wieder ein Eichhörnchen entdeckt hatte.
`Na toll´, dachte Rosalie, `jetzt kann ich hier warten bis sie entweder das Eichhörnchen gefangen hat oder die Jagd aufgibt.´ Und bis Nelly irgendetwas aufgab, das konnte dauern.
Aber es war jetzt nicht zu ändern. Niemals wäre Rosalie auf die Idee gekommen, Nellys Jagd zu unterbrechen. So etwas gehörte sich wirklich nicht. Also musste sie warten.
Sie machte es sich unter einem Buch bequem, wobei die darauf achtete, leise zu sein und rollte sich zusammen. Nach einiger Zeit döste sie ein.

Nelly landete mit einem Plumps neben ihr. Rosalie schreckte auf.
"Ah, hallo Nelly! Hast du´s erwischt?" Rosalie streckte sich und begann sich zu putzen.
"Nein!" Nelly streckte sich ebenfalls. "Bin schon ganz steif. Ich

hocke schon die halbe Sonnenphase in dem blöden Baum. Man könnte meinen das Eichhörnchen hat gerade heute beschlossen, mit dem Winterschlaf anzufangen."
Als ob es Nelly verhöhnen wollte, begann das Eichhörnchen genau in diesem Moment zu keckern. Beide Katzen schauten in die Baumkrone hinauf. Das Eichhörnchen hatte seinen Kopf aus dem Loch geschoben und schaute zu ihnen hinunter. Dabei schimpfte es laut. Dann schob es sich ganz heraus, schlug ein paar Mal mit dem Schwanz und hüpfte davon.
"Dämliches Vieh!", murmelte Nelly und Rosalie hörte den unterdrückten Zorn darin. Sie hielt es für besser, sich das Lachen zu verkneifen, das gerade in ihr aufstieg.
"Lass das Eichhörnchen. Ich muss dich was fragen. Es ist wichtig!", versuchte sie Nellys Aufmerksamkeit wieder auf sich zu lenken.
"Ach ja? Meine Jagd ist auch wichtig!" Nelly hatte Kinn und Schwanz hoch erhoben. "Ich werde es noch erwischen. So schnell geb' ich nicht auf!"
"Ja, ich weiß, dass du das schaffst. Keine Frage. Aber jetzt hör mir zu, es ist wirklich wichtig." Rosalie wollte nicht, dass Nelly dem Eichhörnchen nachsetzte bevor sie ihre Geschichte erzählen konnte.
Nelly warf noch einen Blick in die Richtung, in die das Tierchen verschwunden war. Dann sah sie wieder zu Rosalie und erkannte in deren Gesichtsausdruck, dass es ihr wirklich ernst war. Nelly entspannte sich.
"Dann lass mal hören. Was ist denn so wichtig?"
Rosalie erzählte ihr von der Unterhaltung mit Prinzessin. Sie gab als erstes die Entschuldigung weiter. Dabei hoffte sie, dass Nelly sich nicht darüber ärgerte, dass sie überhaupt zu der Weißen hinübergegangen war. Aber Nelly unterbrach sie

nicht. Ihr Gesichtsausdruck wechselte zwischendurch von interessiert zu ungläubig, dann zu überrascht. Als Rosalie fertig war, sah sie Nelly erwartungsvoll an.
Nelly sah nachdenklich drein. Erstmal miaute sie gar nichts. Sie hatte den Blick zu Boden gerichtet und ging die Geschichte anscheinend im Kopf nochmal durch. Dann sah sie Rosalie mit großen Augen an.
"Sie ist immer ganz alleine gewesen? Ihr ganzes Leben lang? Wie furchtbar!", miaute sie mitfühlend.
"Ja, nicht wahr? Ich konnte es erst auch nicht glauben." Rosalie wartete auf weitere Kommentare von Nelly, doch die sah wieder nachdenklich in die Ferne.
"Wie sie sich wohl gefühlt hat?", murmelte Nelly, wie zu sich selbst. "Ich bin noch niemals ganz alleine gewesen."
"Nachdem Minka auf die lange Reise gegangen ist, war ich auch kurz allein," erinnerte Rosalie sich. "Das war gar nicht schön! Ich hatte gerade überlegt, wie ich meinem Hausmensch das erkläre, als du in meinen Garten gefallen bist. Und da war ja alles wieder gut." Rosalie wunderte sich, dass Nelly noch keinerlei Bemerkung zu der Entschuldigung verloren hatte. "Und? Was hältst du von Prinzessins Vorschlag? Wollen wir sie mal besuchen gehen?"
Nelly richtete ihren Blick wieder auf Rosalie. "Was ist denn das für eine Frage? Natürlich wollen wir! Was wären wir denn für Katzen, wenn wir es nicht täten? Sollen wir etwa vor Prinzessins Augen weiter spielen und Spaß haben und sie schaut nur zu? Was denkst du denn von mir?" Nelly hörte sich tatsächlich empört an.
"Ist ja gut! Das heißt dann wohl, dass du ihre Entschuldigung annimmst, oder?", wollte Rosalie noch wissen.
"Ja klar! Wenn sie wirklich so aufgewachsen ist wie du

erzählst, dann ist es doch verständlich, dass sie vom Leben keine Ahnung hat. Wann wollen wir hingehen? Jetzt gleich?", fragte Nelly eifrig.
"Nein, sie wird heute nicht mehr draußen sein. Wir werden morgen rüber gehen, direkt als erstes. In Ordnung?"
"Ja, in Ordnung. Ich komm bei dir vorbei, dann gehen wir zusammen hin." Nelly klang jetzt richtig aufgeregt.
"Fein! Ich geh jetzt nach Hause. Es ist Zeit für meine Abendration." Rosalie stand auf.
Nelly blickte wieder am Eichenstamm zum Eichhörnchenloch hoch. "Ich bleibe noch ein bisschen..."
Rosalie folgte ihrem Blick und verstand. "Viel Glück dann noch! Bis morgen."

Kapitel 7

Zur nächsten Sonnenphase war Nelly schon früh in Rosalies Garten. Rosalie bemerkte sie, als sie noch mit ihrer Morgenration beschäftigt war. Schnell aß sie auf und schlüpfte durch die Klappe.
"Hallo! Bist du endlich soweit?" Nelly trat aufgeregt von einer Pfote auf die andere.
"Endlich? Du bist doch sonst nie so früh," antwortete Rosalie und leckte sich noch die letzten Krümel vom Maul.
"Nun, wir haben doch etwas Wichtiges vor, oder? Lass uns nachsehen, ob sie schon draußen ist." Nelly sprintete bereits Richtung Hecke.
Rosalie lief hinterher und gemeinsam krochen sie unter der Hecke durch und über den Weg zum Geflecht. `Zum Zaun´, rief sich Rosalie ins Gedächtnis.
Nelly lief geschäftig am Zaun hin und her und prüfte die Luft. "Sie ist hier irgendwo." Sie reckte den Hals, um den Garten zu überschauen. "Prinzessin?", rief sie laut.
Am anderen Ende des Gartens raschelte es und Prinzessin trat aus einem der Büsche. Mit hoch erhobenem Schwanz trabte sie schnell über die Grasfläche auf die Beiden zu.
"Hallo Nelly! Hallo Rosalie! Ihr seid aber früh. Ich freue mich so, euch zu sehen!" Schnurrend setzte sie sich den Beiden gegenüber und steckte ihre Nase durch den Zaun.
Überschwänglich stupste Nelly ihre Nase dagegen, Rosalie ging etwas zurückhaltender vor.
Prinzessin betrachtete Nelly genau. "Darf ich davon ausgehen, dass du meine Entschuldigung annimmst?", fragte sie vorsichtig.
"Du darfst!", miaute Nelly fröhlich.

"Da bin ich aber erleichtert! Das ist sehr nett von dir. Ehrlich miaut hatte ich mir schon Sorgen gemacht, dass du viel zu böse auf mich bist." Prinzessin scharrte verlegen mit einer Pfote am Boden.

"Ach was! Du hast es ja erklärt. Und ich möchte lieber eine neue Freundin nebenan haben als eine Katze, die mich nicht mag," antwortete Nelly gut gelaunt.

"Eine Freundin.... das klingt toll! Und jetzt habe ich sogar zwei Freundinnen auf einmal," miaute Prinzessin und hörte sich wirklich glücklich an. "Allerdings..." fügte sie mit einem Blick zum Haus hinzu, "sollten wir doch aufpassen, dass meine Hausmenschin uns nicht zusammen sieht. Ich fürchte, das würde ihr nicht gefallen..."

Nelly betrachtete sie mit schief gelegtem Kopf. "Warum denn nicht?"

"Ach, ich weiß auch nicht immer was sie denkt. Aber ich bin sicher, dass sie es nicht mögen wird." Prinzessin seufzte.

"Na gut, dann müssen wir eben aufpassen. Das kriegen wir schon hin. Was sollen wir machen?" Nelly sah sich erwartungsvoll um.

Rosalie sah Prinzessin hilflos an. Gute Frage! Was *konnten* sie denn machen?

Prinzessin überlegte angestrengt, dann hellte sich ihre Miene auf. "Ich könnte euch mein Spielzeug zeigen. Wartet hier, ich hol mal was!" Sie sprang auf und rannte zum Haus. Ihr buschiger Schwanz wehte hinter ihr her, als sie ihn aufgeregt hin und her schlug.

Nelly setzte sich neben Rosalie. Sie ließ den Blick über den Zaun wandern. "So ein Aufwand! Und nur um einer Katze den Spaß zu verderben. Das kommt jetzt auf der Unsinn-Liste ganz nach oben."

Prinzessin kehrte zurück. Sie trug etwas im Maul, das sie ins Gras fallen ließ, als sie ihre neuen Freundinnen erreicht hatte. Es war ein kleiner Ball, der klimperte, wenn er sich bewegte.
"Schaut mal!" Prinzessin schubste den Ball etwas heftiger an. Daraufhin begann der Ball von innen rot zu leuchten. Das Rot ging ein paar Mal an und aus und blieb dann wieder weg.
Nelly starrte den Ball an und machte große Augen. "Du kannst Licht machen? Ich dachte immer, das können nur die Menschen." Ihre Stimme klang ehrfurchtsvoll.
Prinzessin lachte. "Hier das Licht kannst du auch machen. Du musst nur fest genug schubsen."
"Meinst du wirklich?" Nelly klang ungläubig.
"Probier´s mal!" Prinzessin schob den Ball mit der Pfote durch den Zaun.
Nelly pfötelte vorsichtig daran herum. Der Ball klimperte, machte aber kein Rot. Nelly sah enttäuscht auf.
"Du musst es fester machen. Hau mal drauf!", ermutigte Prinzessin sie.
Nelly holte aus und verpasste dem Ball einen kräftigen Schlag. Der Ball leuchtete rot auf, flog durch den Zaun an Prinzessin vorbei und landete im Gras.
"Ich hab´s geschafft. Ich hab Licht gemacht." Nelly freute sich wie ein Junges.
Prinzessin lief zum Ball und schlug ihn zurück. Rosalie schaffte es, ihn zu fangen. Damit beschäftigten sie sich eine ganze Weile. Abwechselnd schubsten sie den Ball durch den Zaun und versuchten ihn zu fangen. Manchmal prallte er vom Zaun ab, dann war derjenige nochmal dran. Nelly freute sich jedes Mal, wenn das rote Leuchten anging.
Außer Atem ließ Prinzessin sich auf einmal ins Gras fallen.
"Das hat Spaß gemacht!", rief sie mit strahlenden Augen. "Ich

bin völlig fertig! Lasst uns eine Pause machen."
Rosalie dachte sich, dass die Weiße natürlich keine Kondition hatte, wenn sie nicht an wilde Spiele gewohnt war.
"Wisst ihr was?" Nelly sah von Prinzessin zu Rosalie. "Wenn wir Pause machen, dann nutze ich die um zu jagen. Ich lauf mal schnell zum Bach runter und sehe, was ich fangen kann. Soll ich euch was mitbringen?"
Rosalie fiel jetzt erst ein, da Nelly so früh bei ihr gewesen war, dass sie bestimmt noch gar nichts gegessen hatte. Sie musste ziemlich hungrig sein.
"Mir musst du nichts mitbringen. Ich habe schon gegessen. Danke," antwortete sie.
Prinzessin setzte sich auf. "Äh..., ich habe auch schon gespeist. Ich brauche auch nichts," miaute sie schnell.
"Außerdem isst Prinzessin sowieso keine Mäuse," fügte Rosalie, mit einem Seitenblick auf die Weiße, noch hinzu.
"Wie meinst du das?" Nelly schaute Prinzessin ungläubig an. "Wie kann man keine Mäuse essen?"
"Nun ja,... ich... ich finde sie nicht sehr appetitlich," gab Prinzessin kleinlaut zu.
Nelly starrte sie sprachlos an. Dann hellte sich ihre Miene auf. "Ach so, macht ja nichts. Dann schau ich mal, ob ich einen Vogel für dich fangen kann. Welche magst du am liebsten?"
Rosalie wartete interessiert auf Prinzessins Antwort. Die schaute ziemlich hilflos drein.
"Das ist wirklich nett von dir, Nelly" begann Prinzessin, "aber ich habe einfach genug zu essen hier. Du musst dir wirklich keine Arbeit für mich machen. Ehrlich!" Sie sah hilfesuchend zu Rosalie.
Rosalies Gesicht blieb ausdruckslos.
Nelly merkte natürlich, dass hinter der Antwort von Prinzessin

mehr steckte als diese zugeben wollte. Sie betrachtete die Weiße genauer, dabei fiel ihr das Halsband auf.
"Hör mal, warum trägst du eigentlich so ein Klimperding? Ist das bei der Jagd nicht extrem hinderlich? Die Beute hört dich doch von hier bis zum Wald," wunderte sie sich.
Prinzessins Schultern sackten nach unten und sie ließ den Kopf hängen. Dann sah sie Nelly an. "Also schön, früher oder später kriegst du es ja sowieso mit." Sie sah zu Rosalie. "Und Rosalie weiß es ohnehin schon."
"Was weißt du?", wurde sie von Nelly unterbrochen, die Rosalie streng ansah.
Prinzessin seufzte. "Sie weiß, dass ich nicht jagen kann," gab sie zu. "Und gar nicht jagen will!", ergänzte sie noch.
Rosalie war gespannt wie Nelly diese Nachricht aufnehmen würde.
Nelly war offenbar vollkommen sprachlos. Sie starrte Prinzessin einfach nur an. Dann drehte sie sich um und ging in Richtung Bach davon.
Prinzessin und Rosalie sahen ihr hinterher.
"Was hat sie denn?", fragte Prinzessin. "Warum hat sie nichts geantwortet?"
"Das weiß ich auch nicht," antwortete Rosalie verblüfft. "Es kommt wahrhaftig nicht oft vor, dass Nelly mal nichts miaut."
"Meinst du, sie will vielleicht keine Freundin haben, die nicht jagen kann?" Prinzessin klang sehr besorgt. Die Vorstellung, ihre gerade gewonnene Freundschaft schon wieder verloren zu haben, ängstigte sie.
"Ich werde ihr gleich nachgehen und sie fragen." Rosalie ging zum Zaun und steckte ihre Nase hindurch. "Ich erzähl dir dann später was los ist."
"Ja bitte, mach das!" Prinzessin stupste Rosalies Nase mit

ihrer eigenen an. Dann sah sie ihr hinterher als Rosalie den Weg entlang zum Bach trabte.

Nelly war schnell gefunden. Sie jagte überhaupt nicht. Sie saß am Ufer und starrte nachdenklich ins Wasser.
Rosalie setzte sich neben sie. "Was war denn gerade mit dir los? Wieso läufst du einfach davon? Das war nicht sehr höflich." Sie sah Nelly von der Seite an.
Nelly starrte weiter vor sich hin. Dann schüttelte sie den Kopf. "Ich kann das einfach nicht glauben," miaute sie schlicht.
"Du glaubst nicht, dass Prinzessin nicht jagt?" Das fand Rosalie verwirrend.
"Nein, das glaube ich schon," antwortete Nelly ungehalten.
"Und was glaubst du dann nicht?" Rosalie ging langsam die Geduld aus. Nelly war doch sonst nicht so kompliziert.
"Na, diese ganze Situation da oben." Nelly deutete mit dem Kopf zum Haus von Prinzessin. "Da sitzt eine Katze, die sich zuerst für was Besseres hält und total vornehm tut. Sie schaut auf mich herab und denkt, ihr Leben sei perfekt. Und dann stellt sich ziemlich schnell heraus, dass sie diejenige ist, auf deren Leben man herab schauen kann. Ein Leben ohne Freunde, ohne Jagen, ganz abgeschottet von allem, was Spaß macht. Sie tut mir so unendlich leid, ich musste eben einfach da weg."
Rosalie war überrascht von der Heftigkeit mit der Nelly miaute. Und auch davon, dass es Nelly anscheinend so tief berührte. Dann dachte Rosalie an Nellys eigene Situation. Vielleicht war der Grund für ihre heftigen Gefühle der, dass sie jetzt zum ersten Mal jemanden kennen gelernt hatte von dem sie dachte, dass er von seinen Hausmenschen auch nicht das bekam, was er brauchte. Wobei es Prinzessin bestimmt

nicht an Futter mangelte... und eigentlich auch nicht an Liebe. Und trotzdem litt diese Kätzin. Was für eine komplizierte Situation!
Rosalie war ratlos. Sie beugte sich zu Nelly hinüber und begann deren Ohren zu lecken.
"Aber jetzt ist es doch schon besser. Jetzt hat sie wenigstens uns," versuchte sie Nelly zu besänftigen.
"Das reicht aber nicht! Sie muss aus diesem Garten raus!" Nelly miaute dies in einer Art, die keinen Widerspruch zuließ.
"Aber das kann sie nicht. Hast du denn den Zaun nicht bemerkt?", wiederholte Rosalie, was sie von Prinzessin gehört hatte.
"Wir müssen etwas unternehmen. Wir holen sie da raus!" Nelly sah Rosalie herausfordernd an, als hätte sie deren Einwand gar nicht wahrgenommen.
"Wie bitte?" Rosalie war so überrascht, dass sie zwei Schritte rückwärts machte. "Wie soll das denn gehen?"
"Weiß ich auch noch nicht. Wir müssen uns eben was einfallen lassen." Nelly bearbeitete den Boden frustriert mit ihren Krallen.
"Moment mal. Das können wir nicht so einfach tun. Erstens ist da der Zaun und zweitens ist da auch noch Prinzessins Hausmenschin. Die wird das wohl kaum erlauben." Rosalies Gedanken überschlugen sich. "Und hast du dir mal überlegt, dass Prinzessin hier draußen vielleicht gar nicht zurecht kommt? Sie kennt doch nichts."
"Eine Katze kommt überall zurecht. Und sie hat ja uns, wir bringen ihr alles bei. Das wäre doch prima. Wenn wir beide schon keine Junge haben können, erziehen wir eben Prinzessin und geben unser Wissen an sie weiter." Nelly strahlte.

"Jetzt hör aber auf. Das geht wirklich zu weit. Prinzessin ist kein unerfahrenes Junges. Und überhaupt solltest du sie vielleicht erstmal fragen, ob sie überhaupt `gerettet´ werden will. Hast du dir mal überlegt, dass sie mit ihrer Situation eventuell gar nicht so unglücklich ist wie du denkst?" Rosalie konnte es gar nicht fassen, dass Nelly sich da so hineinsteigerte.

"Bevor du dir weiter Gedanken über Prinzessins Freiheit machst, solltest du sie erstmal fragen, ob sie sich die wünscht," fuhr Rosalie fort.

Nelly überlegte. "Auf die Idee wäre ich jetzt nicht gekommen, dass sie gar nicht daraus will. Ich meine, sie war doch sehr froh, dass wir heute zu ihr gekommen sind. Und sie hat dich doch nach dem Bach gefragt, oder?"

"Ja, das hat sie allerdings schon," musste Rosalie zugeben. "Wir fragen sie morgen einfach, in Ordnung?"

"Na gut. Du hast wahrscheinlich wieder mal Recht," seufzte Nelly. "Sie tut mir einfach nur so leid, verstehst du? Ich habe das Gefühl, dass ich unbedingt was machen muss."

"Na, wir machen doch schon was, wenn wir jetzt immer zu ihr gehen." Rosalie war erleichtert, dass Nelly jetzt wieder ruhiger war. "Und lass sie bloß nicht merken, dass sie dir leid tut. Du..." Fast hätte Rosalie miaut: "Du würdest das auch nicht mögen, wenn ich das täte," was Nelly sicherlich verletzt hätte. Stattdessen beendete sie den Satz mit "...solltest dich ganz normal benehmen. So wie immer."

"Natürlich! Denkst du, ich möchte sie beleidigen?" Nelly schnaubte durch die Nase.

Dann schüttelte sie sich, um auf andere Gedanken zu kommen. "Und jetzt geh ich jagen, ich verhungere gerade," miaute Nelly und erhob sich. "Leckere Mäuse und Vögel!"

Sie trabte los in Richtung Wald. "Und vielleicht endlich ein Eichhörnchen..." rief sie noch über die Schulter.

Kapitel 8

Zur nächsten Sonnenphase warteten Rosalie und Nelly wieder in der Hecke auf Prinzessin. Diesmal dauerte es länger bis sie endlich im Garten erschien.

"Meinst du, sie kommt nicht? Vielleicht habe ich sie gestern verärgert?", sorgte sich Nelly.

"Ach, das glaube ich nicht. Sie kommt schon noch," antwortete Rosalie.

Kaum hatte sie den Satz zu Ende miaut, ging die Tür zum Garten auf und Prinzessin stürmte hinaus. Sofort lief sie zum Zaun auf Rosalies Seite und sah sich suchend um. Die Beiden traten aus der Hecke und alle drei begrüßten sich mit Nasenstupsern.

"Hallo Hallo! Schön, dass ihr hier seid. Ich hatte schon befürchtet, es wäre zu spät," miaute Prinzessin erleichtert. „Meine Hausmenschin hat heute so lange geschlafen, dass ich schon dachte, ich komme gar nicht mehr hinaus." Sie sah Nelly an. "Wie geht es dir?"

"Mir geht es prima, danke." Nelly scharrte nervös am Boden. "Du..., ich... ich möchte dich etwas fragen."

Rosalie setzte sich und hörte aufmerksam zu. Hoffentlich ging Nelly behutsam vor.

"Natürlich, was möchtest du wissen?" Prinzessin sah Nelly erwartungsvoll und auch etwas unsicher an.

"Ja nun, äh... ich habe mich gefragt... also, ich meine...." stotterte Nelly herum. Wie formulierte man so etwas bloß? Sie sah hilfesuchend zu Rosalie.

"Nelly möchte wissen, ob du es deiner Hausmenschin übel nimmst, dass sie dich hier einsperrt," kam Rosalie ihrer Freundin zu Hilfe.

"Ja, genau! Bist du ihr böse deswegen?" Nelly sah Prinzessin gespannt an.
"Nun ja..." Prinzessin überlegte sich die Antwort eine Weile. "Es ist ja so, dass ich es gar nicht anders kenne. Wo ich vorher gewohnt habe, gab es nicht mal einen Garten. Da war ich immer im Haus. Natürlich habe ich oft aus dem Fenster gesehen und mich gefragt, wie es draußen wohl so ist. Aber jetzt, hier, mit meinem eigenen Garten, ist es doch schon um vieles besser. Ich finde es sehr schön hier. Und böse bin ich ihr nicht. Überhaupt nicht! Sie hat mich sehr sehr lieb, das weiß ich sicher und ich sie auch. Ich denke sie tut einfach das, von dem sie denkt, dass es das Beste für mich ist. Sie hat vielleicht zu manchen Dingen eine etwas andere Einstellung als eure Hausmenschen. Sie sorgt sich immer sehr um mich. Und ich möchte auch nichts tun, dass sie unglücklich macht. Dass ich keine Freundin hatte, das fand ich wirklich schlimm. Aber das Eingesperrtsein ist erträglich." Prinzessin sah Nelly erwartungsvoll an. "Verstehst du, was ich meine?"
Rosalie hatte das Gefühl, dass Prinzessin ganz genau verstanden hatte, worauf Nellys Frage abzielte.
Nelly sah sehr überrascht aus. "Aha! Also macht es dir wirklich nichts aus, hinter diesem Zaun zu sitzen?" Sie klang noch etwas ungläubig.
"Nein, nicht wirklich," miaute Prinzessin mit Bestimmtheit. "Ich weiß, dass meine Hausmenschin außer sich wäre, wenn ich weg wäre. Wenn sie nicht wüsste, was ich gerade tue und sich vorstellt, was mir alles passieren könnte. Dann wäre ich auch unglücklich, wenn es ihr meinetwegen schlecht ginge."
Nelly dachte über diese Einstellung nach. "Solche Gedanken würden mir nie kommen." Ihr Gesichtsausdruck wurde ein bisschen traurig. "Ich glaube meinen Hausmenschen ist es

völlig egal, wo ich bin und was ich tue. Einmal bin ich zwei Sonnenphasen weggeblieben und keiner hat nach mir gesucht. Als ich wieder da war, war alles wie immer. So eine Beziehung, wie du sie hast, oder Rosalie," sie sah von einer zur anderen, "wiegt das Eingesperrtsein vielleicht auf."
Rosalie war verblüfft. Noch nie hatte sie Nelly so offen über ihre mangelnde Versorgung miauen hören. Niemals hätte sie gedacht, dass Nelly das einer anderen Katze gegenüber zugeben würde.
Prinzessin machte ein entsetztes Gesicht. "Oh, du Arme! Das ist ja furchtbar. Musst du deswegen auch diese ekligen Mäuse fangen?"
"Äh, nein, ... also... doch, auch deshalb. Aber außer, dass sie meinen Hunger stillen, möchte ich Mäuse fangen. Es macht Spaß und es ist einfach das, was Katzen tun. Normalerweise.", fügte sie noch hinzu.
"Na, dann ist das ja nicht so schlimm für dich. Ich glaube ich würde verhungern, wenn ich mein Futter selbst jagen müsste. Dann bin ich wohl keine normale Katze." Prinzessin lachte. "Aber jetzt genug von schlimmen Sachen. Wollen wir nicht lieber was spielen? Lasst uns fröhlich sein!"
Dann spielten sie eine Weile fangen. Sie rannten los, am Zaun entlang und jeder versuchte die Ecke als erster zu erreichen. Zwischendurch pfötelten sie immer wieder durch die Maschen und versuchten, den anderen zu berühren. Keinem kam es darauf an, das Spiel zu gewinnen. Sie wollten einfach Spaß haben.

Während der nächsten Sonnenphasen entwickelten sie noch mehr Spiele. Was eben durch einen Zaun hindurch möglich war. Oder Prinzessin brachte eines ihrer Spielzeuge mit raus.

Jede Sonnenphase ein anderes. Sie musste Unmengen davon haben.

Manchmal rief Prinzessin zwischendurch "Achtung! Versteckt euch!" Dann kam die Hausmenschin in den Garten und das Spiel wurde unterbrochen. Rosalie und Nelly schlüpften dann immer schnell unter die Hecke und Prinzessin tat so, als ob sie sich allein mit ihrem Spielzeug beschäftigen würde.

Einmal war Rosalie gerade mit einem bunten Ball beschäftigt, an dem eine Feder befestigt war. Sie schaffte es nicht mehr, den Ball zurück in den Garten zu schubsen, als die Hausmenschin auftauchte und der Ball auf dem Weg liegen blieb. Die Hausmenschin sah das und machte bedauernde Laute zu Prinzessin. Dann ging sie sofort wieder hinein. Rosalie dachte, dass sie nun weitermachen könnten und begann das Spiel von neuem. Gerade als sie wieder dran war und den Ball in den Pfoten hielt, kam die Hausmenschin um die Ecke. Als sie Rosalie sah, lief sie los, fuchtelte mit den Armen und machte laute `Kscht-kscht-Geräusche´. Prinzessin begann zu maunzen, dass alles in Ordnung wäre, aber ihre Hausmenschin wollte Rosalie offenbar verjagen. Also verzog Rosalie sich in ihren eigenen Garten und beobachtete, wie die Hausmenschin den Ball aufhob und daran herumwischte. Sie nahm ihn mit und als sie das nächste Mal mit diesem Ball spielten, roch er ganz komisch nach irgendetwas Beißendem.

Manchmal war die Hausmenschin auch lange Zeit im Garten, dann konnten sie gar nicht spielen. Aber an den meisten Sonnenphasen ergab sich eine Gelegenheit. Dann gingen Rosalie und Nelly gemeinsam hinüber, manchmal auch nur eine von Beiden. Es war für alle eine schöne Zeit.

Dann, am Ende einer Sonnenphase, Rosalie lag in ihrem

Garten und genoss die letzten Sonnenstrahlen, hörte sie plötzlich ein lautes, klagendes Maunzen aus Prinzessins Richtung. Es klang, als ob sie in großer Not wäre. Sofort sprang Rosalie auf.
"Nelly! Bist du da? Komm schnell!", rief sie und rannte schon in Richtung der Hecke. Sie stürmte unter der Hecke hindurch und zum Zaun.
"Prinzessin? Wo bist du? Was ist los?", rief sie ängstlich.
Das Maunzen wiederholte sich. So kläglich, dass sich Rosalies Nackenfell aufstellte.
"Ich bin hier! Komm schnell! Ich hänge fest!" Prinzessin klang ganz außer sich.
Rosalie suchte mit den Augen den Garten ab. Im entferntesten Winkel sah sie etwas Weißes zwischen den Büschen. Prinzessin! Sie lief am Zaun entlang um den Garten herum, bis sie die Stelle erreicht hatte und Prinzessin genauer sehen konnte.
"Was ist denn los? Hast du dir was getan?" Sie lief aufgeregt hin und her und versuchte einen genauen Blick auf Prinzessin zu bekommen, die aber teilweise von den Büschen verdeckt wurde.
"Ich hänge hier fest. Es tut weh!" Prinzessin sah mit schmerzgeweiteten Augen zu Rosalie. Dann sah sie auf ihre rechte Vorderpfote.
Rosalie folgte ihrem Blick. Da war etwas um Prinzessins Pfote gewickelt. Ein weißes dünnes Band, das wohl von dem Busch herunter gehangen hatte. An dem Band war ein Stück Papier, auf dem ein Bild des Busches zu sehen war. Und da das Band sich anscheinend fest um die Pfote gewickelt hatte, hing Prinzessin nun an dem Busch fest.
"Ach herrje. Wie ist denn das passiert?" Rosalie fragte sich,

warum die Menschen ein Bild von einem Busch an den dargestellten Busch hingen. Wenn man wissen wollte wie der Busch aussah, brauchte man ihn doch bloß anzusehen. Unsinn-Liste.

"Das Ding hat so lustig im Wind geflattert. Da hab ich angefangen, damit zu spielen. Und jetzt häng ich fest und komm nicht mehr los. Je fester ich ziehe, desto mehr tut es weh. Was soll ich denn jetzt machen?" Prinzessin gab zwischen jedem Maunzer kleine Schmerzenslaute von sich.

"Wo ist denn deine Hausmenschin? Hört sie dich nicht?" Rosalie wunderte sich, dass die Hausmenschin nicht schon längst hier war.

"Sie ist nicht da. Ich bin allein. Eigentlich darf ich nicht in den Garten, wenn ich allein bin, aber sie hat heute vergessen, die Tür zu zumachen. Und prompt passiert mir was. So was blödes!" Prinzessin klang sehr verzweifelt. "Wenn sie zurück kommt und mich so findet, dann darf ich vielleicht nie wieder raus. Ich muss hier irgendwie los kommen."

Sie sah derart unglücklich aus. Rosalie hatte großes Verständnis für ihre Befürchtungen. Aber was konnte sie denn tun?

In diesem Moment kam Nelly um die Ecke gerannt. "Was ist los? Hast du so geschrien, Prinzessin? Bist du verletzt?", rief sie ganz außer Atem.

Prinzessin zeigte mit dem Kopf auf ihre Pfote und wiederholte die Geschichte.

"Oh je!" Nelly versuchte die Pfote genauer anzusehen und steckte die Nase so weit wie möglich durch den Zaun. Dann zog sie sich frustriert zurück. "Von hier draußen können wir wohl nichts ausrichten." Sie sah Rosalie an. "Wir müssen da rein!"

Rosalie starrte ihre Freundin verblüfft an. "Und wie sollen wir das anstellen?"
"Mal sehen..." Nelly ließ den Blick den Zaun entlang wandern. Sie schob eine Pfote durch die Maschen und rüttelte daran. Der Zaun bewegte sich überhaupt nicht.
"Das kannst du dir sparen. Der ist ganz fest," miaute Prinzessin unglücklich.
Nelly sah in die andere Richtung zum Haus hin. An der Seite des Hauses waren jetzt die Holzstücke gestapelt, die früher im verwilderten Garten gelegen hatten. Der Stapel war ziemlich hoch.
"Wie wär's denn damit?", rief Nelly triumphierend. Sie lief zu dem Stapel und begann, ihn zu untersuchen. Rosalie folgte ihr.
"Geht nicht weg!", maunzte Prinzessin kläglich, als sie außer Sicht waren.
"Wir kommen gleich wieder! Mach dir keine Sorgen. Wir lassen dich nicht allein!", rief Nelly zurück.
"Was meinst du? Da müssten wir doch hoch kommen." Nelly sah Rosalie fragend an.
Rosalie sah vom Holzstapel zum Zaun. "Von da müssen wir immer noch über den Zaun. Über das Geflecht kann man schlecht laufen." Sie war skeptisch.
"Einen anderen Weg sehe ich nicht. Wir müssen es probieren. Wir können Prinzessin doch nicht da hängen lassen," miaute Nelly drängend.
"Na gut. Du hast ja Recht. Ich versuch es." Rosalie betrachtet den Stapel aufmerksam. Hier und da ragten Holzstücke heraus, die länger waren als die übrigen. Dort könnte man Halt finden. Vorausgesetzt der Stapel kippte nicht um und begrub sie unter sich. Rosalie stellte sich auf die Hinterbeine

und versuchte mit den Vorderpfoten, die Hölzer zu bewegen. Zumindest die unteren, an die sie herankam, schienen fest zu sein.
Sie kauerte sich nieder und sammelte Kraft in ihren Hinterbeinen. Dabei hielt sie die Stelle fest im Blick, auf der sie landen wollte. Sie drückte sich ab und machte einen gewaltigen Satz in die Höhe. Es reichte gerade so, um oben auf dem Stapel zu landen. Sie hieb ihre Krallen ins Holz und hoffte, dass der Stapel hielt. Er schwankte zwar ein klein wenig, blieb aber stehen. Erleichtert stieß Rosalie den angehaltenen Atem aus. Dann sah sie hinunter zu Nelly.
"Du musst mit aller Kraft springen. Es ist wirklich sehr hoch," rief sie hinunter. Da Nelly kleiner war und kürzere Beine hatte, befürchtete Rosalie, dass sie diese Höhe nicht schaffen würde.
Nelly machte es genau wie sie. Kauern, Kraft sammeln, Landepunkt anvisieren. Dann sprang sie.
Genau wie Rosalie es befürchtet hatte, reichte der Sprung nicht. Nelly erreichte kurz unter ihr ihre maximale Höhe. Sie grub die Krallen in die Holzstücke und fand mit einem Hinterlauf Halt auf einem der hervorspringenden Hölzer. Jetzt hing sie senkrecht am Holzstapel. Der begann langsam, bedrohlich zu kippen.
"Schnell, hilf mir!", knurrte Nelly durch zusammengebissene Zähne. "Wir kippen sonst!"
Blitzschnell beugte Rosalie sich vor und packte Nelly mit den Zähnen am Nackenfell. Wie ein Junges zog sie ihre Freundin über die Kante. Nelly drückte sich mit den Hinterbeinen an den Vorsprüngen ab. Als sie oben war, kauerten sich beide dicht an die Hauswand, um ihr Gewicht von der Kante weg zu halten. Der Stapel war ein wenig von der Hauswand weg

gekippt, schien aber wieder zu halten. Vorsichtig schüttelte sich Nelly, um ihr Nackenfell wieder zu ordnen.

Rosalie spuckte ein wenig Fell aus. "Das war knapp!", miaute sie atemlos.

"Ja, aber aufregend!", antwortete Nelly.

"Was macht ihr Beiden denn? Wo seid ihr?" Prinzessin klang sehr besorgt.

"Wir kommen!", rief Nelly. "Einen Moment noch!"

Vorsichtig, jeden Schritt prüfend, bewegte sie sich langsam auf dem Stapel Richtung Zaun. Von der Stelle, an der der Stapel endete, konnte sie auf die flache Oberseite des Zaunes schauen. Der Anfang des Zaunes war aber ein Stück entfernt.

"Jetzt müssen wir da drauf springen und dann in den Garten," stellte Nelly fest.

"Das wird auch nicht einfach. Wie willst du da drauf landen?", fragte Rosalie.

"Jetzt sind wir schon so weit gekommen. Das kriegen wir auch noch hin. Lass mich vor." Nelly schob sich ans Ende des Stapels. Dort waren zwei senkrechte dünnere Hölzer, die vom Boden bis über die Kante des Stapels hinausreichten. Sie hielten die Hölzer davon ab, zur Seite weg zu rutschen. An den Enden konnte man daher gefahrlos losspringen.

Abermals kauerte sich Nelly hin und machte sich sprungbereit. Dieser Satz war wenigstens nicht so weit. Die Entfernung war kein Problem, nur die Landung.

Nelly sprang und machte sich bei der Landung sofort ganz flach, so dass sie ihr Gewicht über eine große Fläche des Geflechts verteilte.

"Siehst du? War ganz einfach!", rief sie zu Rosalie zurück. Dann robbte sie ein Stück über das Geflecht, um Rosalie Platz zu machen.

Rosalie sprang ebenfalls. Als sie aufkam rutschte eins ihrer Vorderbeine direkt durch eine Masche im Geflecht hindurch und sie stieß sich schmerzhaft den Ellenbogen.
"Au! Mäusedreck!", fluchte sie.
"Was ist los? Bist du auch verletzt? Was tut ihr da?", kam die hektische Stimme von Prinzessin von unten.
"Nein, alles in Ordnung! Wir sind gleich da!", rief Nelly zurück.
"Da? Wo da?", fragte Prinzessin verwirrt.
Nelly sprang zu Boden und lief zu Prinzessin hinüber. "Na, hier!", miaute sie triumphierend.
Rosalie sprang ebenfalls herab, wobei ihr Ellenbogen ziemlich wehtat.
Prinzessin machte große Augen. "Wie habt ihr das geschafft? Das ist ja ungaublich!" Vor lauter Erstaunen vergaß sie prompt ihre festhängende Pfote und wollte sich zu den Beiden umdrehen.
"Aua! Au!" Schnell rückte sie wieder näher an den Busch heran.
Nelly beugte sich über die Pfote und nahm die Misere genauer in Augenschein. Rosalie folgte ihr.
Das weiße Band hatte sich fest um Prinzessins Vorderbein gewickelt, direkt über der Pfote. Es war mehrfach verdreht und schnitt schmerzhaft in die Haut. Die Pfote war bereits angeschwollen.
"Hast du versucht, es durch zu beißen?", fragte Nelly.
"Ja, sicher. Aber es ist irgendwie elastisch. Ich bekomme es nicht richtig zu packen. Und wenn ich mich zu sehr bewege, tut es so weh," beklagte sich Prinzessin.
Das Band hatte ihre Pfote sehr dicht an den Stamm des Busches gezogen. Es war nicht viel Band dazwischen, um mit den Zähnen ordentlichen Halt zu finden.

"Es ist völlig verdreht," stellte Rosalie fest. "Wenn es nicht so verzwirbelt wäre, wäre es länger."
Nelly überlegte kurz, dann hellte sich ihre Miene auf. "Ja, klar! Du musst es wieder zurück drehen," miaute sie zu Prinzessin.
"Und wie soll ich das machen? Ich kann mich doch kaum bewegen," protestierte sie.
"Wenn du loskommen willst, musst du da durch. Leg dich auf den Boden und dreh dich ein paar Mal über den Rücken. Das entwirrt das Band. Macht es lockerer," erklärte Nelly.
Prinzessin war zwar skeptisch, dennoch legte sie sich flach auf den Bauch, die verletzte Pfote vorsichtig nach oben gestreckt.
"Jetzt roll dich rum. In Richtung Zaun," ermutigte Nelly sie.
Langsam und mit schmerzvollen Protestlauten tat Prinzessin, was Nelly vorgeschlagen hatte.
"Gut so!", ermunterte Rosalie sie. "Noch einmal!"
Nachdem Prinzessin sich einmal über den Rücken gerollt hatte, robbte sie auf dem Bauch wieder in die Ausgangsposition und wiederholte das Ganze.
"Hey! Das funktioniert tatsächlich! Es wird schon lockerer," rief sie erleichtert.
Sie rollte noch dreimal und setzte sich dann auf. Nelly packte das Band vorsichtig mit den Zähnen und kaute darauf herum. Nach kurzer Zeit gab das Band nach und zerriss. Prinzessin sprang sofort auf und begann, hektisch die Pfote zu lecken. Dann schüttelte sie sie ganz vorsichtig.
"Lass mal sehen," miaute Rosalie.
Prinzessin streckte ihr die Pfote entgegen. Rosalie schnupperte daran. Eine rote Linie zog sich an der Stelle über die Haut, an der das Band gescheuert hatte. Die Pfote war bereits wieder abgeschwollen.
"Kannst du sie bewegen?", wollte Rosalie wissen.

Ungeheuer vorsichtig bewegte Prinzessin die Pfote ein klein wenig auf und ab. "Es geht, aber es tut schon sehr weh."
"Es wird bestimmt noch eine Weile weh tun. Aber es ist nicht wirklich schlimm. Das heilt!", besänftigte Rosalie sie.
Prinzessin betrachtete ihre Freundinnen mit großen Augen. "Das war so tapfer von euch. Ich danke euch beiden." Sie strich mit ihrer Wange an Rosalies Gesicht entlang, dann an Nellys. "Ihr seid die besten Freundinnen, die eine Katze haben kann. Was hätte ich nur ohne euch gemacht?", schnurrte sie.
"Das haben wir doch gerne gemacht. Dafür hat man doch Freunde." Nelly sah verlegen zu Boden. Dabei schnurrte sie auch.
"Jetzt stellt sich nur die Frage: Wie kommen wir wieder hier heraus?", miaute Rosalie und sah sich prüfend im Garten um.
Der Zaun war von hier aus so hoch, dass selbst Rosalie sich nicht sicher war, ob sie so hoch würde springen können. Außerdem war ihr die Landung von eben noch im Gedächtnis. Mit noch mehr Schwung als nach dem kleinen Hüpfer wollte sie nur ungern auf diesem Geflecht landen. Ganz abgesehen davon, dass Nelly diese Höhe niemals schaffen würde.
"Wir brauchen doch gar keinen Weg nach draußen zu suchen," miaute Nelly. "Wir warten einfach, bis die Hausmenschin zurück ist. Sie kann uns doch zur Tür raus lassen."
"Denk doch mal nach," miaute Rosalie ungehalten zurück. "Wie wird sie das wohl finden, wenn sie uns hier sieht? Denkst du etwa, sie freut sich darüber?"
"Aber wir haben doch geholfen. Wir haben das doch für Prinzessin gemacht!", widersprach Nelly ihr.
"Das weiß sie aber nicht. Du weißt doch, dass die Menschen meistens das Offensichtliche gar nicht wahrnehmen," miaute

Rosalie genervt.

"Streitet euch doch nicht!", unterbrach Prinzessin die Beiden. "Es gibt keinen Weg hier raus. Und da das so ist, bleibt euch gar nichts anderes übrig als zu warten. Da wir das nicht ändern können, gibt es auch keinen Grund, darüber zu diskutieren." Sie sah von Nelly zu Rosalie und wieder zurück.

Rosalie und Nelly senkten die Köpfe. "Du hast ja Recht," gab Rosalie zu. "Also warten wir."

Sie legten sich in die Sonne. Rosalie leckte ihren Ellenbogen und Prinzessin ihre Pfote. Nelly putzte sich. Dann sah sie auf.

"Weißt du, was mir gerade auffällt, Prinzessin?", miaute sie belustigt.

"Was denn?" Prinzessin sah neugierig auf.

"Da bauen deine Hausmenschen einen hohen Zaun, damit dir draußen nichts passiert und dann passiert dir drinnen was. Da fragt man sich doch nach dem Sinn des Ganzen," miaute Nelly mit ironischem Unterton.

Prinzessin seufzte. "Ja, ist schon richtig. Aber stell dir vor, sowas passiert mir draußen. Dann würden meine Hausmenschen mich vielleicht gar nicht finden. Und dann...?"

"Dann hätten wir nicht über den Zaun klettern müssen," antwortete Nelly amüsiert.

"Pffff..." Prinzessin schnaubte durch die Nase und knuffte Nelly mit dem Kopf in die Seite.

Kurze Zeit später hörten die drei den Brüllstinker der Hausmenschin anrollen. Dann schlug die Tür des Hauses auf und wieder zu.

"Sie ist zurück!", miaute Prinzessin erfreut. "Jetzt könnt ihr gleich raus."

Sie erhob sich und miaute mehrmals laut, um ihre Haus-

menschin in den Garten zu rufen. Diese kam auch sofort angelaufen. In der Tür zum Garten blieb sie stehen und rief nach Prinzessin. Die antwortete sofort. Der Blick der Hausmenschin wanderte durch den Garten. Sie sah Prinzessin und gab Willkommenlaute von sich. Dann sah sie Rosalie. Verblüfft erstarrte sie. Jetzt suchte ihr Blick den Zaun ab, dabei ging sie weiter in den Garten. Sie machte beruhigende Laute in Richtung Prinzessin. Prinzessin lief laut miauend zu ihr, wobei sie ihre verletzte Pfote schonte. Sie versuchte ihrer Hausmenschin klar zu machen, dass es ihr gut ging. Den Schwanz erhoben wollte sie ihr um die Beine streichen. Als ihre Hausmenschin jedoch sah, dass Prinzessin humpelte, stieß sie ein grelles Jaulen aus. Sie beugte sich hinunter und nahm Prinzessin auf den Arm. Dann inspizierte sie die Pfote, wobei sie ständig wütende Blicke zu Rosalie schoss. Prinzessin strampelte und wollte wieder hinunter.
"Mir geht es gut," schnurrte sie. "Lass meine Freundinnen raus. Es ist alles in Ordnung."
Ihre Hausmenschin hielt sie jedoch mit festem Griff und lief los ins Haus. Sie verschwand mit Prinzessin durch die Tür.
Rosalie sah sich nach Nelly um, die sich unter einen Busch zurückgezogen hatte.
"Wieso geht sie weg? Will sie uns nicht raus lassen?", wunderte sich Nelly.
"Keine Ahnung. Lass uns hinterher gehen. Wir müssen ja sowieso in Richtung Tür." Rosalie setzte sich in Bewegung.
Sie war noch nicht weit gekommen, als drinnen eine Tür knallte und die Hausmenschin wieder zurückkam. Sie sah Rosalie an und machte sehr bestimmt klingende Laute. Dann ging sie in die Hocke und lockte Rosalie zu sich.
"Komm!", säuselte sie. Den Laut kannte Rosalie natürlich.

Vorsichtshalber schnurrend näherte sie sich ihr. Die Hausmenschin hielt ihr die Hand hin, damit sie daran schnuppern konnte. Das tat Rosalie auch. Nachdem sie ihr einmal über den Kopf gestrichen hatte, nahm die Hausmenschin Rosalie vorsichtig hoch. Na gut, sollte sie sie eben zur Tür tragen. Rosalie wollte keine weiteren Verwicklungen und hielt still. Die Hausmenschin säuselte weiter beruhigende Laute. Die Art, wie sie gehalten wurde, fand Rosalie allerdings merkwürdig. Das Vorderbein der Hausmenschin wurde ganz unter Rosalies Bauch hindurch geschoben, so dass sie praktisch darauf lag, je ein Hinterbein auf jeder Seite. Rosalies Vorderbeine lagen in der Pfote der Hausmenschin und wurden von ihr etwas zusammengedrückt. Es war ungewohnt, aber nicht wirklich unbequem. Rosalie wollte sich bloß nicht viel bewegen, um nicht das Gleichgewicht zu verlieren.

Rosalie drehte sich vorsichtig um und rief Nelly zu, ihnen zu folgen. Nelly trat unter dem Busch hervor und trabte Richtung Haus. Die Hausmenschin folgte Rosalies Blick und sah Nelly. Bis zu diesem Moment hatte sie sie wohl noch gar nicht bemerkt. Sie stieß ein schrilles Jaulen aus. Nelly blieb stehen. Die Hausmenschin ging zeternd auf Nelly zu. Nelly ging rückwärts.

"Bleib stehen!", rief Rosalie. "Wir wollen doch nicht die ganze Sonnenphase hier drin bleiben."

"Ich traue ihr aber nicht," knurrte Nelly und fixierte die Hausmenschin mit ihrem Blick.

"Mir hat sie doch auch nichts getan. Stell dich nicht so an. Was soll denn passieren?", versuchte Rosalie ihre Freundin zu beruhigen.

Die Hausmenschin stand jetzt direkt vor Nelly. Die hatte sich hingekauert und ließ sie nicht aus den Augen.

"Ich würde am liebsten wegrennen. Sie sieht mich nicht gerade freundlich an," bemerkte Nelly durch zusammen gebissene Zähne.

"Dann renn zur Tür! Da wollte sie mich doch sowieso gerade hinbringen," miaute Rosalie.

"Mach ich!" Nelly sprang auf und wollte Rosalies Rat folgen. Doch in dem Moment bückte sich die Hausmenschin und griff blitzschnell zu. Sie packte Nelly am Nackenfell und hob sie hoch. So wie man ein ungezogenes Junges halten würde. Nelly kreischte und strampelte.

Rosalie war entsetzt. Wie konnte man nur so brutal mit einer Katze umgehen. Sie fauchte die Hausmenschin an. Die jaulte ihr ins Gesicht und drückte sie so fest an sich, dass sich Rosalie kaum noch bewegen konnte. Ihre Vorderpfoten wurden vom Griff der Hausmenschin unbarmherzig zusammen gedrückt.

Mit Rosalie an den Bauch gepresst und der strampelnden, kreischenden Nelly in der anderen Pfote ging die Hausmenschin endlich ins Haus und Richtung Tür.

"Halt still!", rief Rosalie verzweifelt. "Je mehr du strampelst, desto mehr tust du dir selbst weh."

"Wir werden ja noch sehen, wer hier wem weh tut!", fauchte Nelly außer sich vor Wut. "Wenn ich mit den Krallen ihr Vorderbein erreichen kann, verspreche ich dir, dass sie uns loslässt," fügte sie grimmig hinzu.

"Lass das sein, Nelly! Wir wollen keinen Streit. Denk an Prinzessin. Wir wollen doch nicht schuld sein, wenn sie nicht mehr in den Garten darf," flehte Rosalie ihre Freundin an.

"Du hast gut miauen! Du hängst ja auch nicht am Nackenfell! Wie eine wertlose Bauernhofkatze!" Nelly spuckte vor Wut.

Inzwischen hatten sie die Vordertür erreicht. Der Hausmensch stand dort und gab aufgeregte Laute von sich, die wohl an seine Gefährtin gerichtet waren. Er öffnete die Tür, aber anstatt die beiden Kätzinnen abzusetzen, marschierte die Hausmenschin mit den beiden durch die Tür hinaus und am harten Weg entlang in Richtung zu Rosalies Haus.
"Laß mich runter! Was hast du denn vor?" Nelly kreischte, fauchte und spuckte gleichzeitig.
Auch Rosalie wurde jetzt unruhig und versuchte, sich frei zu strampeln.
Dann erreichten sie Rosalies Tür. Die Hausmenschin trat laut mit ihrer Hinterpfote dagegen und brüllte etwas. Sofort wurde die Tür von innen aufgerissen. Rosalies Hausmensch hatte offenbar direkt dahinter gestanden. Wahrscheinlich hatten er Nellys Gekreische bereits gehört.
Fassungslos starrte er einen Moment auf das Bild, das sich ihm bot. Dann streckte er die Vorderpfoten aus und griff nach Nelly. Die Hausmenschin löste ihren Griff und er setzte Nelly auf den Boden. Sofort als ihre Pfoten Bodenkontakt hatten, flitze Nelly durch die Tür wieder nach draußen und stürmte um die Hausecke. Die Hausmenschin nahm Rosalie in beide Hände und drückte sie unsanft ihrem Hausmenschen vor die Brust. Dabei zeterte sie die ganze Zeit in schrillen Tönen.
Ihr Hausmensch drückte Rosalie an sich und streichelte sie, um sie zu beruhigen. Dann setzte er sie vorsichtig ab und schob sie sanft in Richtung Hauptraum. Bis dahin hatte er noch keinen Laut von sich gegeben. Rosalie ging ein paar Schritte, drehte sich aber direkt wieder um und spähte um die Ecke.
Jetzt richtete sich ihr Hausmensch zu seiner vollen Größe auf, holte tief Luft und brüllte erstaunlich laut und einschüchternd

in das Gesicht von Prinzessins Hausmenschin. Das Gezeter verstummte für einen verblüfften Moment. Dann fing es allerdings wieder an, wobei sie auch noch mit ihren Vorderpfoten vor seinem Gesicht herum fuchtelte. Seine Körpersprache verriet Rosalie, dass er sehr wütend war. Fast so sehr wie Nelly, dachte sie. Einen Moment gingen das Gebrüll und das Gezeter noch weiter, dann schlug ihr Hausmensch der anderen einfach die Tür vor der Nase zu. Sie ließ noch ein paar schrille Jauler hören, dann ging sie offenbar weg.

Ihr Hausmensch stand noch da, mit einer Vorderpfote an der Tür abgestützt und ließ den Kopf hängen. Dann sah er auf und sein Blick suchte Rosalie. Er beugte sich hinunter und lockte sie zu sich. Schnell trabte sie mit hoch erhobenem Schwanz zu ihm hin, schnurrte und rieb sich an seinen Hinterbeinen. Er nahm sie hoch und trug sie in den Hauptraum. Dort setzte er sie auf den Tisch, auf den sie sonst nicht hinauf durfte, und begann sie zu untersuchen. Er strich das Fell in die falsche Richtung, tastete alles ab und besah sich ihr Gesicht. Anscheinend war er mit dem Ergebnis zufrieden, denn er seufzte laut und lehnte sich zurück. Dabei kraulte er Rosalies Ohren. Sie krabbelte auf seinen Schoß, schmiegte sich an ihn und genoss das Gefühl, zu Hause zu sein und geliebt zu werden.

Kapitel 9

Am nächsten Morgen erwachte Rosalie im Bett ihres Hausmenschen. Sie hatte sehr unruhig geschlafen und die gestrigen Ereignisse stürzten sofort wieder auf sie ein. Sie machte sich Sorgen um Nelly. Wie es ihrer Freundin wohl ging?

Bevor sie schlafen gegangen waren, hatte Rosalies Hausmensch ihre Klappe zugesperrt. Sie hatte zwar anschließend mehrfach lautstark darauf aufmerksam gemacht, dass sie hinaus wollte, aber ihr Hausmensch hatte nur "Nein!" von sich gegeben und einige bekümmerte Laute. Rosalie hatte sich darüber geärgert, schließlich musste sie doch nach Nelly sehen, aber die Klappe blieb zu.

Rosalie sah zum Fenster. Die Sonnenphase hatte begonnen und die ersten Strahlen erhellten bereits den Schlafraum. Sie erhob sich und streckte sich. Dann putzte sie sich flüchtig und trabte zu ihrer Klappe. Sie scharrte daran herum und drückte ihren Kopf dagegen, doch sie war immer noch verschlossen. Jetzt reichte es aber! Sie musste hinaus!

Rosalie lief schnell wieder in den Schlafraum, sprang auf das Bett und miaute laut, dabei tretelte sie mit ihren Pfoten auf der Decke herum.

Ihr Hausmensch gab einige undefinierbare Laute von sich und drehte sich von ihr weg, wobei er die Decke bis zum Hals hochzog.

Rosalie hatte ihren Hausmenschen bisher nur selten geweckt, aber irgendwie würde es schon gehen. Sie stapfte über die Decke bis zu seinem Kopf und schnupperte an seiner Nase, wobei ihre Schnurrhaare über seine Wange strichen. Sein Kopf zuckte zurück und er schlug die Augen auf.

"Rosalie!" Er hörte sich empört an und schob sie mit einer Vorderpfote von sich weg.
"Mau!" So schnell würde sie nicht schnell aufgeben. Wieder beugte sie sich vor und diesmal begann sie, seine Nase zu lecken.
Er machte verärgerte Laute, schob sie weg und sah kurz zum Fenster. Dann machte er noch mehr Laute und zog sich die Decke über den Kopf.
Rosalie wusste natürlich, dass er normalerweise später aufwachte, aber darauf konnte sie jetzt keine Rücksicht nehmen. Also begann sie tretelnd und miauend in kleinen Kreisen über die Decke zu stapfen.
Er hielt erstaunlich lange durch bis er dann doch, mit einem Ruck, die Decke hochwarf, wobei Rosalie fast aus dem Bett gepurzelt wäre.
"Rosalie!" Er schimpfte sehr laut und sehr verärgert.
"Mau! Mau!" Rosalie tretelte noch ein bisschen, sprang dann vom Bett und lief zur Tür. Dort blieb sie stehen und sah sich nach ihm um.
Er sah missmutig zu ihr, fuhr sich mit den Vorderpfoten über das Gesicht und gab fragende Laute von sich.
Rosalie trabte durch das Haus zu ihrer Klappe und begann dort erneut zu maunzen. Immer wieder.
Schließlich hörte sie ihn seufzen. Rosalie spitzte die Ohren. Sie konnte hören wie die Decke raschelte und er seine Hinterpfoten auf den Boden stellte. Ja! Sie hatte gewonnen!
Ihr Hausmensch schlurfte quälend langsam Richtung Hauptraum. In der Tür blieb er stehen und sah Rosalie an. Sie schaute zurück und dann zur Klappe. Dann scharrte sie mit einer Pfote daran und sah ihn wieder erwartungsvoll an. Ihr Schwanz zuckte hin und her.

Endlich setzte er sich in Bewegung und kam zu ihr. Er hockte sich vor sie hin und streichelte ihren Kopf. Dabei machte er freundliche Laute und Rosalie konnte den Laut "Nelly" identifizieren. Endlich hatte er verstanden! Rosalie schob ihren Kopf in seine Vorderpfote und schnurrte leise. Dann scharrte sie nochmals an der Klappe. Ihr Hausmensch bewegte mit seiner Vorderpfote irgendetwas an der Klappe, es machte ein klickendes Geräusch und die Klappe war wieder offen. Sofort schob sich Rosalie hindurch. Als sie draußen war, hörte sie ihren Hausmenschen noch irgendwelche Laute machen; sie klangen aufmunternd. Dann schlurfte er wieder in den Schlafraum.
Rosalie prüfte die Luft. Sie konnte Nellys Geruch wahrnehmen, doch der war von gestern. Heute war sie anscheinend noch nicht hier gewesen. Rosalie ging zur Hecke, die an Nellys Garten grenzte und schnupperte auch dort. Nur schaler Geruch. Also betrat sie den anderen Garten und sah sich um. Keine Spur von Nelly.
Rosalie überlegte. Nelly war, als ihr Hausmensch sie abgesetzt hatte, zur Vordertür raus gelaufen. Also würde sie dort ihre Spur aufnehmen. Rosalie schlüpfte durch die Hecke zurück, durchquerte ihren eigenen Garten und die Hecke auf Prinzessins Seite und stand dann auf dem schmalen Weg, der zur Vorderseite führte.
Sie warf einen kurzen Blick in Prinzessins Garten, aber auch dieser war verwaist. Prinzessin war noch drinnen. Das war gut, denn Rosalie hätte jetzt sowieso keine Zeit für eine lange Unterhaltung. Erst musste sie Nelly finden!
Sie trabte den Weg entlang um die Hausecke bis zur Tür. Dort schnupperte sie den Boden ab und sofort fand sie Nellys Geruch. Er roch nach Angst und nach Verärgerung.

Die Nase am Boden folgte Rosalie der Spur. Sie führte von der Tür aus an den Häusern entlang und schnurstracks in Richtung Wald. Rosalie war so konzentriert, dass sie zusammenzuckte, als ein Brüllstinker laut röhrend auf dem harten Weg an ihr vorbei rollte. Sie sah nur kurz auf, da war das Ding schon vorbei. Rosalie schauderte, dann nahm sie die Spur wieder auf. Sie führte in gerader Linie zwischen die Bäume, mitten durch Gestrüpp und immer weiter. Es dauerte nicht lange, dann hatte Rosalie die Grenze ihres Revieres erreicht. Sie blieb stehen. Offenbar war Nelly blindlings einfach weiter gerannt. Rosalie öffnete das Maul und schmeckte die Luft. Außer Nellys konnte sie keinen anderen Katzengeruch wahrnehmen. Vorsichtig überschritt sie die Grenze. Weiter als bis hier war sie noch nie gegangen. Sie ging jetzt langsamer und achtete mehr auf ihre Umgebung, während sie immer wieder die Luft prüfte. Gleichzeitig achtete sie darauf, Nellys Spur nicht zu verlieren.

Plötzlich waren die Bäume zu Ende. Das Gelände fiel sacht ab und Rosalie konnte sehr weit sehen. Aufmerksam besah sie sich die Umgebung. Der Weg, der am Waldrand entlang führte, war kein harter Weg, trotzdem konnte Rosalie riechen, dass hier Brüllstinker rollten. Sehr vorsichtig trat sie unter den Bäumen hervor und sprang schnell über zwei tiefe Rillen im Boden, bis sie die hohen Kräuter auf der anderen Seite erreichte, die wieder Deckung boten. Von dort ließ sie den Blick über eine große Wiese wandern. Um die Wiese herum standen viele merkwürdig gleichartige kleine Bäumchen ohne Zweige. Rosalie reckte sich und schnupperte an einem der Stämme. Das Holz roch alt und tot. Zwischen den Bäumchen bemerkte sie drei Schnüre. Die rochen nach gar nichts. Rosalie setzte sich auf die Hinterbeine und hob den

Oberkörper bis sie aufrecht saß, um weiter sehen zu können. Die Bäumchenschnüre umschlossen die gesamte Wiese, die wirklich groß war. Rosalie überlegte, ob das vielleicht auch ein `Zaun´ war. Aber die Abstände zwischen den Schnüren waren so groß, dass man damit doch nichts innerhalb der Wiese einsperren konnte. Nicht mal einen Menschen hätten man damit aufhalten können.

Rosalie drehte den Kopf und sah von einem Ende der Wiese zum anderen. Am ihr gegenüberliegenden Ende erkannte sie mehrere große Häuser. Auch Brüllstinker konnte sie ausmachen und Menschen liefen dort herum.

Dann erstarrte sie. Was war das? Große, sehr sehr große schwarz-weiße Tiere standen am entfernten Ende der Wiese gegenüber von den Häusern. So etwas hatte sie noch nie gesehen. Für diese Kolosse würde der Zaun allerdings Sinn machen, staunte Rosalie.

Dann machte eins der Tiere ein Geräusch. Es klang sehr laut, sehr groß und irgendwie dumpf. Rosalie wurde es unbehaglich zumute. Schnell ließ sie sich wieder auf alle Viere hinunter und suchte nach Nellys Spur. Die führte sie direkt unter dem Zaun hindurch und dann, das konnte doch nicht wahr sein, schnurstracks auf die Wiese. Rosalie zögerte. Nelly konnte doch, nach dem ganzen Weg bis hierher, nicht immer noch so verschreckt gewesen sein, dass sie zu diesen Monstern auf die Wiese gelaufen war.

Rosalie war hin und her gerissen. Einerseits wollte sie so schnell wie möglich ihre Freundin finden, andererseits riet ihr der Instinkt, keine Pfote auf diese Monsterwiese zu setzen.

Nochmal erhob sie sich auf die Hinterbeine und versuchte, so weit wie möglich zu sehen, aber Nelly konnte sie nirgendwo entdecken.

Sie hatte keine Wahl, wenn sie Nelly finden wollte, musste sie wohl oder übel der Spur folgen. Also nahm sie ihren ganzen Mut zusammen und huschte, tief geduckt, unter dem Zaun durch. Das hohe Gras am Rand verbarg sie einige Zeit, aber dann führte die Spur auf die offene Wiese. Hier war das Gras sehr kurz und Rosalie fühlte sich ungeschützt und unwohl. Trotzdem schlich sie tapfer weiter, immer ein Auge auf die schwarz-weißen Monster gerichtet. Die blieben wenigstens wo sie waren und zeigten keinerlei Interesse an ihr.

Dann hatte sie endlich die Wiese überquert und schlich mit klopfendem Herzen unter dem Zaun hindurch. Sie befand sich jetzt hinter den großen Häusern und drückte sich in das hohe Gras. Weiter vorne konnte sie Menschen hören und ab und zu machte eins der Monster dieses dumpfe Geräusch. Sie schnupperte und sofort stellten sich ihre Nackenhaare auf. Fremder Katzengeruch! Sie war offenbar mitten in ein fremdes Revier hineinmarschiert. Auch das noch. Was hatte sich Nelly bloß dabei gedacht? Und wie sollte sie ihre Freundin hier finden, ohne selbst entdeckt zu werden? Rosalie seufzte innerlich. Sie musste es einfach versuchen.

Rosalie kauerte sich hin, tief im Gras versteckt und konzentrierte all ihre Sinne. Die Augen machte sie zu, da das Gras ihren Blick sowieso einschränkte.

Was hörte sie? Menschen und Monster, laut im Vordergrund. Mäuse raschelten in dem Haus, das ihr am nächsten war. Irgendwo plätscherte Wasser. Rosalie drehte die Ohren in verschiedene Richtungen. Dann plötzlich ein Teil einer Unterhaltung, "...hab doch gewusst, die traut sich nicht," und ein hämisches Lachen. Katzen! Sie unterhielten sich. Wo? Über wen? Rosalie konzentrierte sich noch mehr. Es kam von vorn, aus Richtung des Hauses. Jetzt hörte sie auch

Pfotentritte. Die beiden Katzen bewegten sich ganz ungeniert, ohne jede Vorsicht, also waren es bestimmt die Revierinhaber. Und offenbar bewegten sie sich auch direkt auf sie zu. Rosalie überlegte fieberhaft, welche Möglichkeiten sie hatte. Sich weiter verstecken und hoffen, dass die Beiden sie nicht bemerkten oder aufspringen und wegrennen. Wieder riet ihr der Instinkt zu der Möglichkeit, mit der sie Nelly nicht finden würde. Wenn sie jetzt wegrannte, was würde dann aus Nelly werden?

Rosalie entschied sich für eine dritte Variante. Sie sprang auf, den beiden Fremden direkt in den Weg und blieb dort stehen. Sie hielt den Schwanz locker gesenkt, versuchte entspannt zu wirken und sah demonstrativ zur Seite.

"Hallo! Ich grüße euch. Entschuldigt, dass ich in euer Revier eingedrungen bin, aber ich suche meine Freundin Nelly. Eine hellgrau Getigerte. Habt ihr sie gesehen?"

Es kostete Rosalie große Mühe, ihren Schwanz ruhig zu halten. Er wollte die ganze Zeit über nervös zucken.

Die anderen beiden Katzen, eine Schwarze mit weißen Pfoten und eine schwarz-weiß Gescheckte sahen sie verblüfft an. Dann knurrte die Schwarze und machte einen Buckel.

"Noch eine! Was fällt euch ein? Könnt ihr keine Reviermarkierungen lesen?", knurrte sie.

`Noch eine´ gab Rosalie die gewünschte Information. Nelly war also hier gewesen!

"Natürlich kann ich das! Aber ich miaute ja schon, dass ich jemanden suche. Sie hat sich wohl verlaufen. Ich bin ihrer Spur bis hierher gefolgt. Wenn ihr mir zeigt, wo sie ist, dann verschwinden wir sofort," antwortete Rosalie in freundlichem Tonfall.

"Oh! Du kannst Spuren lesen? Na, sieh mal einer an. Siehst

mir ja eher nach so einem verweichlichten Hauskätzchen aus. Solche wollen wir hier nicht! Verzieh dich!", miaute die Gescheckte hämisch, dabei sah sie Rosalie abschätzig von der Seite an.
"Ja, verzieh dich! Bevor wir dir das Fell über die Ohren ziehen!", fauchte die Schwarze, senkte bedrohlich den Kopf und fixierte Rosalie mit ihrem Blick.
Rosalie dachte nach. Wenn es sich nicht vermeiden ließe, würde sie natürlich kämpfen. Ihre Gegner waren deutlich kleiner als sie, aber mit Sicherheit kampferprobter und außerdem zu zweit. Und hier war sie der Eindringling, also waren die Beiden auch im Recht. Sie versuchte es mit Einschüchterung. Sie machte sich so groß wie sie nur konnte, plusterte ihr Fell auf, was ihr optisch noch mehr Masse verlieh und stellte den Schwanz hoch. Dann knurrte sie ganz tief aus der Kehle.
"Wollen wir doch mal sehen, wer hier wem das Fell abzieht..." Dabei fuhr sie die Krallen aus.
Sie meinte, ganz kurz ein verunsichertes Flackern in den Augen der Schwarzen zu sehen, die aber dennoch wütend zurückfauchte. Auch die Gescheckte stellte ihr Fell auf.
Rosalie wappnete sich für den Angriff. Sie würde auf keinen Fall den Anfang machen.
In dem Moment ertönte eine helle Stimme. "Stopp! Hört auf!"
Alle Katzen drehten sich synchron in die Richtung, aus der die Stimme kam.
"Nelly!", rief Rosalie erfreut. Vor Erleichterung legte sich ihr aufgestelltes Fell wieder an.
"Bitte kämpft nicht! Nicht wegen mir!", rief Nelly, während sie schnell zu Rosalie lief.

Sie stellte sich neben Rosalie und berührte flüchtig deren Nase mit der eigenen. Dann sah sie zu den beiden anderen Katzen.

"Das ist meine Freundin Rosalie. Sie sucht bestimmt nach mir, sonst wäre sie nie über eure Grenze getreten. Jetzt hat sie mich ja gefunden, also werden wir sofort verschwinden. Nicht wahr, Rosalie?" Sie sah ihre Freundin flehend an.

"So ist es. Wir gehen jetzt. Komm!" Sofort drehte sich Rosalie um und rannte unter dem Zaun durch auf die Wiese. Sie drehte sich nur einmal um, um sicher zu gehen, dass Nelly ihr folgte. Dann hetzten beide so schnell es ging über die Wiese und hielten erst an, als sie den Waldrand erreicht hatten. Dort drehten sie sich um und sahen zurück. Die anderen beiden Katzen waren ihnen, in einigem Abstand, bis zur Mitte der Wiese gefolgt. Dort standen sie nun und sahen ihnen hinterher, die Köpfe und Schwänze triumphierend erhoben.

Rosalie und Nelly, beide etwas außer Atem, trotteten noch ein Stück in den Wald hinein unter die Bäume, bis sie außer Sicht waren. Erleichtert ließ sich Rosalie auf ein dickes Moospolster plumpsen und wartete, bis sie wieder zu Atem gekommen war. Dann sah sie ihre Freundin an und konnte ihre Neugier nicht mehr bezähmen.

"Was hast du denn da bloß gemacht? Wie bist du da hin geraten? Ich hab mir Sorgen gemacht, weil ich erst bei Sonnenaufgang wieder raus durfte und hab dich überall gesucht. Geht's dir gut?" Rosalie musterte ihre Freundin aufmerksam.

Nelly putzte sich die Pfoten und es war deutlich zu erkennen, dass ihr die ganze Sache peinlich war. Es dauerte noch einige Herzschläge, bis sie endlich anfing zu erzählen.

"Ach, Rosalie! Es tut mir so leid, dass du meinetwegen Ärger

hattest. Das wollte ich doch nicht. Wenigstens habt ihr euch nicht geprügelt. Ich will gar nicht daran denken, dass du hättest verletzt werden können." Nelly sah sie mit einem derart unglücklichen Gesichtsausdruck an, dass Rosalie sofort Mitleid hatte.
"Hör auf, dich zu entschuldigen, Nelly. Es ist ja nichts passiert," beruhigte Rosalie ihre Freundin. "Jetzt erzähl mal von Anfang an. Du bist von meiner Tür aus weggelaufen und dann...?"
"Dann bin ich erstmal gerannt. Ich wollte so viel Abstand wie möglich zwischen mich und diese jaulende Bestie bringen. Mein ganzes Genick tat mir weh, wo sie mich gepackt hatte." Bei der Erinnerung daran schüttelte Nelly den Kopf und stellte ihr Nackenfell auf. "Ich wünschte, ich hätte sie gebissen!", fügte sie knurrend hinzu.
"Das hätte aber keinem geholfen, im Gegenteil," versuchte Rosalie, Nelly zu beschwichtigen.
"Und dann bist du bis hierher gerannt?" Rosalie wollte, dass Nelly ihre Geschichte weiter erzählte.
"Nicht direkt. Im Wald hab ich erstmal angehalten und mich untersucht, war aber alles in Ordnung. Aber ich war so wütend, am liebsten hätte ich irgendwas zerfetzt. Und dann hab ich das Eichhörnchen gerochen. Das kam mir gerade recht, um mich abzulenken. Es hat mich aber auch gerochen und ist davon geflitzt, ich natürlich hinterher. Dass ich über die Grenze gelaufen bin, hab ich erst gar nicht bemerkt. Erst als ich bei den Kühen ankam wurde mir klar, dass ich dort noch nie gewesen bin und..."
"Bei was?", unterbrach Rosalie sie. "Was ist eine Kühe?"
Nelly stutzte. "Hast du noch nie Kühe gesehen? Die großen schwarz-weißen Tiere auf der Wiese. Hast du die nicht

bemerkt?"

Rosalie schnaubte durch die Nase. "Wie soll ich die wohl nicht bemerkt haben? Die sind ja so groß wie Brüllstinker. Woher kennst du sowas? Ich hab noch nie davon gehört."

"Die gibt es auf jedem Bauernhof. Auch auf dem, wo ich geboren wurde. Die sind völlig harmlos," erklärte Nelly beiläufig.

Das erstaunte Rosalie. Für sie hatten die Monster keineswegs harmlos ausgesehen.

"Man muss bloß aufpassen, dass sie nicht aus Versehen auf einen drauf treten. Und man sollte nicht hinter ihnen stehen, wenn sie mal müssen. Und von den Männchen sollte man sich generell fern halten," plapperte Nelly munter weiter.

`Aha´, dachte Rosalie, `so harmlos also doch nicht´.

"Jedenfalls, als ich die Kühe gesehen habe, dachte ich mir, dass es einen Bauernhof in der Nähe geben muss. Und weil ich von Hausmenschen in dem Moment echt die Nase voll hatte, dachte ich, ich schau mal, ob die nicht eine Katze gebrauchen können und bin hin gelaufen. Ich..." Nelly stoppte, als sie Rosalies entsetztes Gesicht sah.

"Was ist?", wollte sie wissen. "Warum guckst du mich so an?"

"Du wolltest weggehen?" flüsterte Rosalie. "Einfach so? Ohne mir Bescheid zu geben? Du..." Ihr versagte die Stimme. Das war das letzte, was sie von ihrer Freundin erwartet hätte. Plötzlich fühlte sie sich sehr verletzt.

"Nein!", rief Nelly. "Nun...doch. In dem Moment schon."

Betreten schaute sie zu Boden und ließ den Kopf hängen. Dann sprudelte auf einmal alles aus ihr heraus. "Es hatte bestimmt nichts mit dir zu tun. Ich hab nur an die Hausmenschen gedacht und wie unerträglich blöd sie manchmal sein können. Und dann kam mir die Idee, vielleicht

gehört eine Bauernhofkatze nun mal einfach auf einen Bauernhof. Und ich hatte gerade einen gefunden, da kam einfach alles zusammen und ich bin da hin. Aber natürlich haben die da schon Katzen, hätt ich mir ja auch denken können. Die Beiden waren sehr unfreundlich und haben mich in die Scheune gejagt. Ich hab mich nicht mehr rausgetraut, weil eine von denen immer am Tor gesessen und gewartet hat. Ich hab mich schrecklich gefühlt. Die Hausmenschen behandeln mich schlecht und als Bauernhofkatze tauge ich anscheinend auch nicht. Ich wusste gar nicht mehr, was ich tun sollte. Da war ich wirklich unglücklich. Bis ich deine Stimme gehört hab und da wusste ich, dass du nach mir gesucht hast." Nelly machte eine Pause und sah Rosalie fest in die Augen. "Und da wurde mir bewusst, dass es doch etwas gibt, das ich gut kann."
Als sie nicht weiter miaute, sah sich Rosalie genötigt zu fragen: "Und was kannst du gut?"
"Deine Freundin sein!" Nelly strahlte. "Ich war dir wichtig genug, dass du nach mir gesucht hast. Sogar hinter der Reviergrenze! Und da war ich wieder glücklich."
Rosalie war gerührt. Sie beugte sich hinüber und leckte Nelly über den Kopf.
"Natürlich bist du mir wichtig! Und ich würde immer nach dir suchen. Dummerchen!" Rosalie putzte Nellys Ohren. "Ich hoffe allerdings, dass ich es nicht nochmal machen muss..." Sie sah Nelly mit gespieltem Ernst fragend an.
"Nein, keine Angst. Erstmal hab ich genug vom Weglaufen, glaub mir." Nelly lachte.
"Dann lass uns mal den Heimweg finden. Mein Hausmensch sorgt sich bestimmt schon. Und gegessen habe ich auch noch nichts," schlug Rosalie vor.

"In Ordnung. Ich fang uns unterwegs was. Wenn du bei mir bist, brauchst du nie zu hungern!", brüstete sich Nelly.

"Solange man Maus mag. Sollte jemand Eichhörnchen vorziehen, könnte es ein Problem geben," neckte Rosalie ihre Freundin.

Nelly schnaubte durch die Nase. "Damit kannst du mich aufziehen, wenn du mal eins gefangen hast. Und das wird in diesem Leben wohl eher nicht passieren," konterte sie mit hoch erhobenem Kopf.

Sich auf diese Art gegenseitig neckend durchquerten sie den Wald und wanderten zum Bach.

Rosalie war so froh, dass alles wieder normal war. Sie waren zusammen, sie jagten, sie scherzten und lachten.

Und weil gerade alles so angenehm normal war, verkniff sich Rosalie die eine Frage, die ihr immer wieder drängend in den Sinn kam. Würde Nelly weiterhin zu Prinzessin gehen wollen? Rosalie verbannte die Frage bis zur nächsten Sonnenphase.

Sie war in Spiellaune, also kauerte sie sich hin, maß die Entfernung, wackelte kurz mit den Hinterbeinen und sprang Nelly an. Die drehte sich auf den Rücken und umfing Rosalie mit den Vorderbeinen. Jeder versuchte dem anderen die Hinterbeine in den Bauch zu drücken, um ihn am Boden zu halten.

Nachdem sie sich eine Weile gebalgt hatten, legten sie sich nebeneinander und putzen sich gegenseitig das vom Spiel zerzauste Fell.

"Ich muss jetzt wirklich nach Hause." Rosalie erhob sich. "Mein Hausmensch wird sich Sorgen machen. Außerdem habe ich Hunger." Sie zögerte und überlegte sich, wie sie es formulieren sollte, damit Nelly sie begleitete.

"Ich würde mich freuen, wenn du mitkommst. Mein Haus-

mensch wird bestimmt wissen wollen, dass es dir gut geht. Er konnte ja gestern kaum einen Blick auf dich werfen. Was meinst du?"
Nelly überlegte sich das Angebot. "Naja, dein Hausmensch ist wirklich immer sehr nett zu mir. Es wäre unhöflich, ihm nicht zu zeigen, dass alles in Ordnung ist. Da hast du Recht. Also komm ich mit."
Rosalie war erleichtert. Zusammen trabten sie den kurzen Hang hoch, an der Mauer vor Rosalies Garten entlang, um die Ecke und unter der Hecke durch.
Als sie nacheinander durch die Klappe schlüpften, erwartete der Hausmensch sie bereits im Hauptraum.
"Rosalie! Nelly!", rief er erfreut. Er bückte sich hinunter und strich beiden mit seinen Vorderpfoten über die Köpfe. Dann nahm er Nelly vorsichtig hoch und drückte sie an seine Brust. Dabei streichelte er sie überschwänglich. Nelly begann zu schnurren und räkelte sich wohlig auf seinen Vorderbeinen.
"Siehst du, ich hatte Recht. Er will wissen, wie es dir geht," miaute Rosalie und strich ihrem Hausmenschen dabei um die Hinterbeine. Dieser machte freudige und angenehme Laute während er Nelly gründlich knuddelte.
Dann setzte er sie ab und machte auffordernde Laute, während er in Richtung Essensraum ging.
Die beiden Kätzinnen folgten ihm nur zu gern.
Im Essensraum nahm der Hausmensch den zweiten Napf aus einer der Klappen, stellte ihn neben den von Rosalie und füllte beide Näpfe bis zum Rand mit wohlriechendem, feuchtem Futter. Dann lehnte er sich an die Klappen, verschränkte die Vorderbeine vor der Brust und sah den beiden zu, wie sie gierig das Futter verschlangen. Er sendete Freudenschwingungen aus und Rosalie und Nelly schnurrten

beim Fressen.

Als die Näpfe leer waren, gingen alle drei wieder in den Hauptraum. Der Hausmensch setzte sich auf das große Polster und klopfte einladend mit einer Vorderpfote darauf. Rosalie hüpfte hinauf und legte sich auf seinen Schoß. Nelly zögerte etwas unsicher.

"Na los, komm rauf! Lass uns ein bisschen kuscheln. Das haben wir uns verdient," miaute Rosalie.

Nelly traf ihre Entscheidung und sprang ebenfalls auf das Polster. Sie schmiegte sich an die Hinterbeine des Hausmenschen und schnurrte. Er kraulte mit einer Vorderpfote Rosalie und mit der anderen Nelly. Nach kurzer Zeit rollten sich beide Kätzinnen bequem zusammen und dann schliefen alle drei ein.

Kapitel 10

Rosalie erwachte bei Sonnenaufgang. Sie lag immer noch auf dem großen Polster, fest an Nelly gekuschelt. Ihr Hausmensch war irgendwann während der Mondphase aufgewacht und in den Schlafraum gegangen. Rosalie war bei Nelly geblieben, die tief und fest geschlafen hatte. Die Aufregungen der vergangenen Sonnenphasen hatten sie sehr erschöpft. Sie wachte auch jetzt noch nicht auf. Also schmiegte sich Rosalie wieder eng an ihre Freundin und döste noch eine Weile.
Etwas später hörte sie, dass ihr Hausmensch erwacht war und im Nassraum sein Morgenritual vollzog. Kurz darauf erschien er in der Tür zum Hauptraum. Er kam zum großen Polster und sah liebevoll auf die beiden Kätzinnen hinunter. Er strich beiden über die Köpfe und machte leise Laute. Rosalie antwortete mit einem Schnurren. Davon wachte Nelly endlich auf. Sie gähnte, streckte sich ausgiebig und begann, sich zu putzen. Rosalie tat es ihr gleich.
Im Essensraum klapperte der Hausmensch mit den Näpfen und Rosalie vernahm das bekannte Geräusch, das ihr mitteilte, dass er einen Behälter mit feuchtem Futter geöffnet hatte.
Rosalie sprang vom großen Polster und trabte in Richtung Essensraum.
"Komm Nelly, die Morgenration ist serviert," miaute sie über die Schulter.
Mit einem Satz war Nelly neben ihr und gemeinsam betraten sie den Essensraum, in dem es bereits verführerisch roch.
Sie leerten ihre Näpfe und putzten sich danach die Mäuler und Gesichter.
"Was wollen wir heute machen?" Rosalie bemühte

sich,unverfänglich zu klingen. Sie beschäftigte sich weiterhin damit, ihre Pfoten zu befeuchten und sich damit über die Ohren zu fahren. So musste sie Nelly nicht ansehen, denn sie befürchtete immer noch, dass Nelly von allem, was Prinzessin betraf, die Nase voll hatte.

"Nun, als erstes sollten wir mal nach Prinzessin sehen. Ich möchte wissen, was mit ihrer Pfote ist. Hoffentlich hat sie sich nicht ernsthaft verletzt." Nelly war fertig mit Putzen und erhob sich bereits, um zur Klappe zu laufen.

Rosalie hielt verblüfft inne, eine Pfote noch mitten in der Luft. Offenbar hatte sie ihre Freundin falsch eingeschätzt. Schnell erhob sie sich auch und trabte hinter Nelly her.

"Ja, das ist eine gute Idee. Ich möchte auch wissen, wie es ihr geht." Rosalie zögerte. "Und du... äh... bist nicht böse auf sie, oder so?"

Erstaunt drehte Nelly sich um und starrte Rosalie an. "Wieso sollte ich denn auf Prinzessin böse sein? Was ist das für eine merkwürdige Frage?"

"Nun ja... also... ich dachte, nachdem was alles dort passiert ist..." Rosalie fiel nichts ein, was sie miauen konnte ohne damit ihre Erwartung preiszugeben, dass Nelly von Prinzessin nun nichts mehr wissen wollte.

"Unsinn!", unterbrach Nelly sie. "Prinzessin kann doch nichts dafür, dass ihre Hausmenschin eine Idiotin ist. Wir werden einfach besser aufpassen, dass diese Furie uns nicht mehr zu sehen bekommt. Aber wir können doch nicht Prinzessin dafür bestrafen, dass sie bei einer Idiotin wohnt."

Nellys Formulierung zeigte Rosalie deutlich, dass ihrer Freundin die ganze Sache doch sehr zu schaffen machte und sie das Erlebte nicht so schnell vergessen würde. Aber Rosalie war sehr froh, dass Nelly nicht Prinzessin die Schuld dafür gab.

"Dann komm, lass uns rüber gehen. Vielleicht ist Prinzessin ja schon im Garten," miaute Rosalie und schob sich durch die Klappe. Nelly folgte ihr.
Draußen schnupperten beide erstmal mit hoch erhobenen Nasen. Die Luft roch frisch und angenehm. Dann liefen sie über das taufeuchte Gras zur Hecke. Als sie sich beide unter die Zweige geschoben hatten, verharrten sie erst einmal und prüften die Luft erneut.
"Sie scheint noch nicht da zu sein," bemerkte Nelly. "Oder kannst du sie riechen?"
"Nein, und es scheint, dass sie gestern auch nicht draußen war. Ihr Geruch schmeckt älter als eine Sonnenphase," antwortete Rosalie betrübt.
"Ohje, hoffentlich ist mit ihrer Pfote alles in Ordnung." Nelly überlegte. "Glaubst du vielleicht, dass ihre Hausmenschin sie jetzt nicht mehr rauslässt, weil sie denkt, dass Prinzessin sich dann mit uns trifft?" Nelly machte ein unglückliches Gesicht. "Das wäre schlimm, wenn wir dann daran Schuld wären, dass sie drinnen bleiben muss. Dabei wollten wir doch bloß helfen."
"Ja, das wäre wirklich ungerecht. Aber Hausmenschen tun so viele unberechenbare und unsinnige Dinge, da weiß man nie..." Jetzt machte sich Rosalie auch Sorgen.
Noch einmal ließ sie ihren Blick den Zaun entlang wandern, um zu überprüfen, ob sie nicht doch irgendwo etwas Weißes aufblitzen sah. Laut zu rufen traute sie sich nicht. Dann könnte Prinzessins Hausmenschin sie hören und vertreiben. Sie schob sich ein Stück weiter unter der Hecke vor, um besser sehen zu können. In diesem Moment hörte sie jemanden ihren Namen rufen. Die Stimme klang merkwürdig dumpf und kam von oben links. Verwirrt trat Rosalie noch ein

Stück weiter aus der Hecke und sah den Weg entlang. Da war aber niemand. Auch Nelly hatte den Ruf gehört und trat nun hinter sie.

"Wo kam das denn her? Hörte sich an wie Prinzessin, aber ich kann sie nicht sehen," wunderte sich Nelly.

In dem Moment erklang Prinzessins Stimme erneut. "Rosalie! Nelly! Ich bin hier oben! Schaut nach oben!"

Die beiden Kätzinnen hoben synchron die Köpfe. "Da ist sie ja!", rief Nelly erfreut. "Da oben am Fenster!"

"Nicht so laut!", ermahnte Rosalie ihre Freundin. "Die Hausmenschin könnte uns hören."

Dann sah auch sie Prinzessin. Sie stand innen an einem Fenster, das auf den Weg zeigte. Ihr buschiger Schwanz peitschte aufgeregt hin und her. Das Fenster war ziemlich hoch über dem Weg und oben einen Spalt breit geöffnet.

Prinzessin brachte ihr Maul an den Spalt und rief hinunter. "Da seid ihr endlich! Ich hatte solche Angst, dass ihr mich nicht mehr besuchen wollt. Es tut mir so leid, was passiert ist. Meine Hausmenschin hat das alles falsch verstanden. Sie dachte, ihr wärt schuld, dass meine Pfote weh tut. Ich konnte es ihr einfach nicht erklären." Sie machte ein unglückliches Gesicht.

"Sie dachte, wir wären das gewesen?", miaute Nelly ungläubig. "So ein Unsinn!"

"Ja, aber ich habe euch doch schon erzählt, dass sie immer sehr um mich besorgt ist. Und als sie gesehen hat, dass ich humpele, hat sie sich wohl sehr erschrocken. Das Ganze tut mir so leid! Geht es euch gut?" Prinzessin schaute zwischen Rosalie und Nelly hin und her.

"Uns geht es prima! Keine Sorge," beruhigte Rosalie sie. "Aber wie geht es dir? Was ist mit der Pfote? Tut es noch weh?"

"Ein bisschen tut es noch weh, ja. Meine Hausmenschin hat, als sie wieder hier war, direkt den Herrdoktor gerufen. Der ist auch gleich gekommen und hat das hier gemacht." Prinzessin hob die verletzte Pfote, die mit irgendetwas Pinkfarbenem umwickelt war.

Rosalie und Nelly sahen sich ratlos an. "Was ist ein ´Herrdoktor´?", wollte Rosalie wissen.

"Und was ist das an deiner Pfote?", fügte Nelly hinzu.

"Oh, der Herrdoktor ist der Mensch, der sich um meine Gesundheit kümmert. Meine Hausmenschin nennt ihn so. Er hat meine Pfote angesehen und gedrückt. Das tat ganz schön weh! Dann hat er irgendwas weißes Schmieriges drauf gemacht. Hat nicht sehr gut gerochen. Danach hat er die Pfote eingewickelt. Das muss ich drauf lassen. Wenn ich dran knabbere, schimpft meine Hausmenschin mit mir." Prinzessin hielt die umwickelte Pfote weiterhin hoch, damit Rosalie und Nelly sie gut sehen konnten.

Nelly fand, dass sich Prinzessin ein bisschen zu wichtig anhörte.

Rosalie beschäftigte ein anderer Gedanke. "Deine Hausmenschin hat einen Menschen, der sich nur um deine Gesundheit kümmert?", fragte sie ungläubig.

"Nun..., ja! Er kommt regelmäßig und sieht nach mir. Auch wenn ich gar nicht krank bin. Manchmal piekt er mich oder steckt mir Sachen ins Maul, die ich schlucken muss. Aber ansonsten ist er immer sehr höflich. Und er hat immer Leckerchen dabei." Prinzessin fuhr sich mit der Zunge über das Maul.

"So was hab ich ja noch nie gehört," miaute Nelly skeptisch.

"Was hältst du davon?", fragte sie Rosalie.

Rosalie war ganz in Gedanken versunken. Nach einer Weile

sah sie auf und wandte sich Nelly zu.

"Das muss der Mensch aus dem weißen Raum sein! Der, der einen piekt," miaute sie triumphierend. "Anscheinend kann man entweder zu ihm gebracht werden so wie ich, oder er kommt zu einem nach Hause wie bei Prinzessin. Ist doch ganz klar!"

"Na, wenn du meinst. Wird wohl so sein." Nelly fand das Thema nicht sonderlich interessant. Sie wandte sich wieder Prinzessin zu. "Darfst du jetzt nicht mehr in den Garten?", fragte sie bekümmert.

Prinzessin ließ den Kopf hängen. "Ich weiß es nicht. Seit ihr hier wart durfte ich nicht mehr hinaus. Ich mache meiner Hausmenschin dauernd deutlich, dass ich raus will, aber sie macht die Tür nicht auf. Ich hoffe sie wartet bloß, dass meine Pfote wieder heil ist und ich dann wieder raus darf."

"Das hoffen wir auch!" Rosalie wusste nicht, was sie noch miauen sollte. Spielen war unmöglich solange Prinzessin drinnen gefangen war und die Unterhaltung durch das hoch angebrachte Fenster machte keinen Spaß. Rosalie tat bereits der Nacken weh, da sie die ganze Zeit nach oben sehen musste.

"Dann sieh zu, dass du schnell gesund wirst!", rief Nelly hinauf. "Wir kommen natürlich jede Sonnenphase und sehen nach dir. Versprochen!"

"Das ist toll! Ich gebe mir Mühe. Ich werde versuchen nicht zu humpeln, wenn meine Hausmenschin da ist. Dann kann ich vielleicht schneller wieder raus," miaute Prinzessin tapfer.

"Dann bis zum nächsten Mal. Mach´s gut!", verabschiedete Rosalie sich.

Zusammen mit Nelly lief sie los in Richtung Bach. Bevor sie um die Ecke liefen sah sich Rosalie noch einmal um. Prinzessin saß mit traurig hängendem Kopf am Fenster und sah ihnen nach. Rosalie seufzte innerlich. Sie hoffte sehr, dass Prinzessin nun nicht für immer weggesperrt blieb. Dann würde sie sich ständig Vorwürfe machen. Auch wenn sie wusste, dass sie und Nelly eigentlich nichts dafür konnten. Schließlich hatten sie nichts Unrechtes getan.

Rosalie und Nelly vertrieben sich die Zeit am Bach mit Jagen und Spielen. Danach unternahmen sie zusammen den Kontrollgang. Als sie aus dem Wald kamen und fast den Buckelweg erreicht hatten, stutzte Nelly und schnupperte gründlich an einem Zweig.

"Hey, riech mal hier Rosalie," miaute sie. "Das ist doch der Kater, der dich letztens so nett `gebeten´ hat, dass er durch unser Revier gehen darf."

Rosalie beugte sich vor und schnupperte ebenfalls. "Ja, das ist von Erasmus. Frecher Kerl! Ich hab ihm noch hinterher gerufen, dass die Erlaubnis nur für diese eine Gelegenheit gegolten hat. Lass mal sehen wo er hingegangen ist."

Gründlich schnuppernd suchten Rosalie und Nelly den Boden ab.

"Hier! Ich hab die Spur! Er ist in den Wald gelaufen, nicht zu unseren Gärten." Nelly zeigte mit den Ohren in die genannte Richtung.

"Hm..., damit ist er zwar in unser Revier eingedrungen," begann Rosalie nachdenklich, "aber es bleibt ihm auch gar nichts anderes übrig, wenn er zum harten Weg will. Sobald er über den Buckelweg kommt, muss er ein Stück unseres Terrains überqueren."

"Soll das heißen, du lässt es ihm durchgehen?", fragte Nelly ungläubig. Das war doch sonst nicht Rosalies Art.

"Ach weißt du, er will bestimmt wieder eine von den

schreienden Kätzinnen besuchen. Und dazu muss er hier durch. Seine Spur verrät doch, dass er extra den langen Weg durch den Wald gewählt hat. Damit zeigt er uns, dass er die Grenze grundsätzlich akzeptiert. Und deshalb habe ich kein Problem damit." Trotz dieser Einwände ließ es sich Rosalie nicht nehmen, neue und ziemlich starke Markierungen anzubringen. Dass sie Erasmus´ Eindringen duldete, sollte ihr nicht als Schwäche ausgelegt werden. Außerdem würde sie die nächste Zeit sehr wachsam nach weiteren Spuren von ihm Ausschau halten.

Als die beiden Rosalies Garten erreicht hatten, beschlossen sie, nochmals nach Prinzessin zu sehen. Sie liefen um die Ecke und den Weg hinauf bis unter das Fenster. Doch jetzt war das Fenster verschlossen. Rosalie rief ein paar Mal halblaut nach Prinzessin, doch sie zeigte sich nicht.

"Wahrscheinlich kann sie dich nicht hören, wenn das Fenster geschlossen ist," vermutete Nelly.

"Schon möglich, aber lauter will ich nicht rufen. Wenn ihre Hausmenschin mitkriegt, dass wir weiter versuchen, Prinzessin zu sehen, lässt sie sie nie mehr hinaus."

"Nun ja, dann versuchen wir es morgen wieder. Vermutlich schläft sie schon. Sie muss doch ihre umwickelte Pfote schonen," miaute Nelly.

Rosalie blickte ihre Freundin nachdenklich an. Meinte sie das ehrlich oder war da ein klein wenig Sarkasmus in ihrem Tonfall? Natürlich fand Rosalie auch, dass Prinzessin, beziehungsweise deren Hausmenschin, einen ziemlichen Aufwand betrieben, nur wegen einer wehen Pfote. Aber es hatte eben jeder seine eigene Art mit den Dingen umzugehen.

"Dann lass uns noch ein wenig am Bach in der Sonne liegen. Bald kommt die braune Kühle, wir sollten die schönen

Sonnenphasen noch nutzen," schlug Rosalie vor.
"Gut, du kannst gerne faul in der Sonne liegen und ich jage uns in der Zeit was," stimmte Nelly zu.
So vertrieben sie sich die Zeit bis kurz vor Sonnenuntergang. Nelly fing eine Maus und einen Vogel und verspeiste beides, nachdem Rosalie das Angebot zu teilen, abgelehnt hatte.
Rosalie sonnte sich derweil auf einem warmen flachen Stein.
Als es schließlich kühler und dunkel wurde, verabschiedeten sie sich voneinander und jeder ging in seinen Garten und zu seinen Hausmenschen.
Rosalie schlüpfte durch die Klappe und kündigte an, dass sie zu Hause war.
"Mau!"
Sie blieb im Hauptraum stehen und lauschte. Er klapperte noch. Das war ungewöhnlich, kam aber manchmal vor.
Rosalie lief zum Klapperraum und stellte sich neben ihren Hausmenschen.
"Mau!"
Er blickte kurz zu ihr hinunter, murmelte irgendetwas und sah dann wieder in den eckigen Kasten.
Anscheinend war heute eine konzentrierte Phase. Na gut, dann würde sie eben warten. Rosalie begab sich in den Essensraum, wo noch die beiden Näpfe von der Morgenration standen. Sie schnupperte, aber beide waren leer. Jetzt wünschte sie sich, dass sie doch von der Maus gegessen hätte. Sie seufzte.
Irgendwann musste er ja mal aufhören zu klappern, und dann würde er ihr auch sofort Futter geben. Solange würde sie in ihrem Bettchen am Fenster dösen.
Aus dem Dösen wurde bald tiefer Schlaf. Im Traum meinte Rosalie, Prinzessin schreien zu hören. Sie suchte nach ihr

voller Angst, dass die weiße Perserin Schmerzen litt, konnte sie jedoch nicht finden. Dann mischten sich noch andere Geräusche in ihren Traum. Türen schlugen und Näpfe schepperten.

Plötzlich war Rosalie schlagartig wach. Sie spitzte die Ohren und schnupperte. Das Napfscheppern war gar nicht in ihrem Traum gewesen, sondern echt. Sie konnte deutlich Futter riechen. Anscheinend hatte ihr Hausmensch fertig geklappert und hatte ihr Futter bereitgestellt bevor er in den Schlafraum gegangen war. Schnell sprang Rosalie auf den Boden und trabte in den Essensraum. Tatsächlich war ihr Napf mit den braunen Bröckchen gefüllt. Sie kauerte sich hin und aß sich satt. Es freute sie, dass ihr Hausmensch noch an sie gedacht hatte bevor er eingeschlafen war. Sie putzte noch kurz ihr Brustfell und das Maul und lief dann in den Schlafraum, um ihren unterbrochenen Schlaf weiterzuführen. Sie sprang auf das Bett, drehte sich ein paar Mal im Kreis, um die bequemste Position zu finden und rollte sich zusammen. Kurz ehe sie einschlief beschäftigte sie ein Gedanke: Wenn das Napfgeschepper aus ihrem Traum echt gewesen war, was war dann mit den Schreien von Prinzessin?

Kapitel 11

Bei Sonnenaufgang war Rosalie bereits wieder draußen unterwegs. Da sie in der vergangenen Mondphase so spät gegessen hatte, brauchte sie nicht auf ihre Morgenration zu warten. Sie war noch einigermaßen satt. Aber der Gedanke, den sie beim Einschlafen gehabt hatte, ließ ihr keine Ruhe. War mit Prinzessin alles in Ordnung? Hatte sie die Schreie nur geträumt?
Sie war durch die Klappe geschlüpft und schnurstracks zum Weg unter Prinzessins Fenster gelaufen. Das Fenster war geschlossen und auf ihre Rufe hin hatte sich nichts bewegt. Rosalie hatte es sich unter der Hecke bequem gemacht, von wo aus sie zum Fenster hinauf schauen konnte. Die Vorderpfoten hatte sie angewinkelt unter der Brust, den Schwanz entspannt an ihrer Seite entlang gelegt. Sie wartete.
Nach einiger Zeit hörte sie Pfotentritte hinter sich und bemerkte den bekannten Geruch.
"Hallo Nelly!", miaute sie über ihre Schulter.
"Da bist du ja! Was ist denn los? Ich hab vor der Klappe auf dich gewartet bis ich gemerkt habe, dass dein Geruch von hier kommt. Stimmt was nicht?" Nelly klang leicht besorgt.
Rosalie zögerte, ob sie Nelly von ihrem Traum erzählen sollte. Sie dachte ja selbst, dass sich das merkwürdig anhörte. Andererseits war von Prinzessin nichts zu sehen und Rosalie machte sich Sorgen. Sie beschloss, Nelly zu erzählen, was ihr durch den Kopf ging. Vielleicht fiel ihrer Freundin ja eine Erklärung ein, die sie beruhigen würde.
"Also," begann Rosalie, "Prinzessin ist offenbar nicht da und ich hatte während der Mondphase einen Traum. In diesem Traum habe ich Prinzessin schreien gehört. Und als ich dann

aufgewacht bin, hatte ich das Gefühl, dass das gar kein Traum war. Ich... Ich glaube, ich habe sie wirklich gehört."
Rosalie machte ein unglückliches Gesicht und sah ihre Freundin unsicher an.
Nelly wirkte ziemlich erschrocken. "Sie hat geschrien? Oh je! Was denkst du, warum sie geschrien hat? Hatte sie Schmerzen? Oder Angst vor irgendwas?"
Rosalie war erstaunt, dass Nelly ihre Geschichte so vorurteilsfrei hinnahm. Dann versuchte sie sich daran zu erinnern, wie Prinzessin geklungen hatte. Das war gar nicht so einfach.
"Hm... Ich weiß nicht, warum sie geschrien hat. Aber es klang... irgendwie gequält. Ach, ich weiß auch nicht. Es klang merkwürdig." Rosalie war mit sich selbst unzufrieden, dass sie das Gehörte nicht besser beschreiben konnte. "Und jetzt ist sie nicht da. Und ich mache mir Vorwürfe, dass ich nicht früher aufgestanden bin und nachgesehen habe. Ich hätte herkommen sollen, um nach ihr zu sehen. Wenn ihr etwas zugestoßen ist, dann werde ich mir das nie verzeihen."
Nelly leckte besänftigend über Rosalies Ohren. "Du musst dir überhaupt keine Vorwürfe machen! Wie solltest du wissen, dass es kein Traum war? Und außerdem ist da ja noch Prinzessins Hausmenschin. Die muss das doch auch gehört haben." Nelly stutze. "Ja, genau, das ist es! Sie wird es natürlich gehört haben und deshalb ist sie mit Prinzessin zu diesem `Herrdoktormenschen´ gerollt. Und deshalb ist sie jetzt nicht da." Sie blickte triumphierend zu Rosalie. "Wir müssen also einfach warten bis sie wiederkommen und dann können wir Prinzessin fragen, was los war."
Rosalie blickte ihre Freundin anerkennend an. Warum war sie nicht selbst darauf gekommen? So musste es sein. "Du hast

Recht! Natürlich!" Rosalie erhob sich. "Lass uns nachsehen, ob der Brüllstinker von der Hausmenschin weg ist. Dann können wir sicher sein."
Gemeinsam trabten sie schnellen Schrittes den Weg entlang zur Vorderseite. Sie bogen um die Ecke und Rosalies Augen suchten den kleinen Garten und den harten Weg ab. Der Brüllstinker war nicht zu sehen. Erleichterung durchströmte Rosalie.
"Sie sind weg! Du hattest Recht!" Rosalie stupste Nelly mit der Nase an. „Dann lass uns jetzt unseren Kontrollgang machen und danach kommen wir wieder her und sehen nach Prinzessin."
Nelly stupste zurück. "So machen wir´s!"
Sie liefen Schulter an Schulter an der Wand von Rosalies Haus entlang. Als sie Nellys kleinen Garten erreicht hatten, blieb Nelly plötzlich stehen und schnupperte ausgiebig an einem Busch.
"Rosalie, riech mal hier! Was hältst du davon?" Sie trat einen Schritt zurück, um Rosalie Platz zu machen und zeigte mit der Nase auf einen Zweig.
Rosalie trat vor und schnupperte ebenfalls ausgiebig. Dann stellten sich ihr instinktiv die Nackenhaare hoch.
"Fremde Katze!" Rosalie schnupperte gründlicher. "Eine von der schreienden Sorte. Was will die hier?"
Bei der Feststellung zuckte Nelly mit den Ohren. "Schreiende Sorte?"
"Ja, du weißt schon... die, die Erasmus besuchen geht," erklärte Rosalie.
"Ich weiß, was du meinst," unterbrach Nelly sie. "Mir fiel nur gerade was anderes ein. Diese schreienden Kätzinnen, die hören sich doch ziemlich gequält an, oder?" Sie sah Rosalie

erwartungsvoll an.

Rosalie starrte zurück. In ihrem Kopf formte sich ein Gedanke. "Du meinst...?"

"Ja, meine ich. Wäre doch zumindest eine Möglichkeit, oder?" Nelly legte den Kopf schief und sah ihre Freundin abwartend an.

Rosalie dachte nach. "Aber warum sollte die Hausmenschin Prinzessin deswegen wegbringen? Dagegen kann auch ein Herrdoktor nichts machen. Nehme ich jedenfalls an."

"Hm, das weiß ich auch nicht. Aber es ist doch möglich und dann wäre sie auch gar nicht krank. Das wäre doch toll!", rief Nelly freudig.

"Ja, auf jeden Fall." Rosalie war unsicher. Nochmals versuchte sie sich zu erinnern, wie Prinzessin in ihrem Traum geklungen hatte. Sie musste zugeben, dass es schon Ähnlichkeit mit den Schreien gehabt hatte, die sie von Erasmus` Besuchskätzinnen gehört hatte. Trotzdem fiel ihr kein Grund ein, warum die Hausmenschin Prinzessin deswegen in ihrem Brüllstinker wegrollte. Rosalie stieß einen kleinen Seufzer aus.

Nelly unterbrach ihre Gedanken. "Wir sollten aufhören, uns die Köpfe zu zerbrechen. Wir müssen einfach warten bis Prinzessin wieder da ist. Was bleibt uns anderes übrig? Wichtiger ist doch jetzt gerade, was wir wegen dieses Geruchs hier machen sollen?" Nelly streckte den Kopf vor und schnupperte erneut an dem Zweig.

Auch Rosalie prüfte den Zweig und die daneben hängenden nochmals gründlich. "Ist von der letzten Mondphase würde ich schätzen. Lass mal schauen wo sie hingelaufen ist."

Beide Kätzinnen begannen, den Boden in der Nähe abzusuchen. Sie begannen bei dem Busch und arbeiteten sich in immer größer werdenden Kreisen weiter.

"Die Spur führt am Haus entlang. Komm! Wir folgen ihr."
Rosalie lief los, die Nase am Boden.
Nelly folgt ihr und schnupperte an der Wand und an Zweigen, die ihren Weg kreuzten.
Die Spur führte am Hausende um die Ecke und dort weiter an der Hauswand entlang in Richtung Bach.
"Sie hatte anscheinend ein bestimmtes Ziel. Die Spur läuft schnurgerade," bemerkte Rosalie.
Dann hatten sie den Weg erreicht, der am Bach entlanglief. Sie schnupperten in beide Richtungen.
"Sie ist zum Wald gelaufen," miaute Nelly und übernahm die Führung. Jetzt hatte sie die Nase am Boden und folgte der Duftspur.
Vor dem Buckelweg überquerte die Duftspur den Weg und führte zum Bach hinunter. Rosalie und Nelly verloren die Spur kurz im taufeuchten Gras, fanden sie aber schnell wieder. Am Bachufer war eine Stelle, an der das Gras ein wenig platt gedrückt war.
"Hier hat sie sich hingekauert und getrunken," murmelte Rosalie, während sie die Stelle gründlich absuchte. "Dann ist sie zum Buckelweg gelaufen. Komm!"
Die beiden Freundinnen liefen den Hang wieder hoch und blieben am Anfang des Buckelweges stehen.
"Sie ist hinüber gelaufen," bemerkte Nelly und reckte den Kopf, um auf die andere Seite sehen zu können.
"Bestimmt wollte sie zu Erasmus," mutmaßte Rosalie und folgte Nellys Blick.
"Dann hoff ich mal, dass sie da bleibt!" Nelly fuhr die Krallen aus und bearbeitete den Boden. "Auf jeden Fall bleib ich heute während der Mondphase draußen. Die soll sich ruhig nochmal sehen lassen. Dann wird sie erfahren, wessen Revier

sie hier so sorglos durchstreift." Kopf und Schwanz hoch erhoben setzte Nelly eine Markierung an den Beginn des Buckelweges.

Rosalie war amüsiert wie ernst Nelly ihre Reviergrenze plötzlich nahm. Da sie natürlich der gleichen Meinung war, setzte sie ihre Markierung an die andere Seite des Buckelweges.

"Die wird sie wohl kaum übersehen können, falls sie zurück kommt." Rosalie war erstmal zufrieden. "Jetzt können wir noch den Wald kontrollieren und ein bisschen jagen. In Ordnung?"

"Sehr in Ordnung! Du kontrollierst den Rest, ich jage," änderte Nelly die Pläne geringfügig ab.

Rosalie grinste innerlich. Nellys neue Einstellung zur Revierverteidigung hatte also nicht sonderlich lange angehalten. "Dann machen wir es so. Wo wirst du jagen?" Rosalie hatte inzwischen auch Hunger und wollte nach dem Kontrollgang nicht lange nach Nelly suchen müssen.

"Ich denke, ich bleibe hier am Bach. Die Mäuse hier sind lecker und dann bekomme ich auch mit, ob Prinzessin und ihre Hausmenschin wiederkommen." Nelly hielt bereits die Nase in den Wind und prüfte ihn auf Beutegeruch.

"Gute Idee. Ich beeile mich. Bis gleich." Rosalie trabte bereits in Richtung Wald davon.

Als sie unter die Bäume trat bemerkte sie, dass in den letzten Sonnenphasen mehr und mehr Blätter den Waldboden bedeckten. Sie legte den Kopf in den Nacken und sah nach oben. Sie konnte auch mehr Himmel durch die Bäume sehen als noch vor kurzer Zeit. Die braune Kühle war nicht mehr weit.

Schnell trabte sie an der Reviergrenze entlang, schnupperte

hier und da und frischte die Markierungen auf. Als sie die Stelle erreichte, die am tiefsten im Wald lag, dachte sie kurz über den Bauernhof nach. Was für ein Glück, dass dort bereits Katzen lebten. Sie wollte sich gar nicht vorstellen was passiert wäre, wenn Nelly sich entschlossen hätte, dort zu bleiben. Schnell schüttelte Rosalie sich, um diese Gedanken los zu werden. Nelly war wieder da, bei ihr und alles war gut.

Sie folgte der Grenze bis sie erneut am harten Weg bei Nellys Haus angelangt war. Dann lief sie am Haus entlang zum Bach, wobei ihr wieder der fremde Katzengeruch in die Nase stieg. Da würden sie ein Auge drauf haben müssen.

Am Bach angelangt suchte sie nach Nelly. Sie fand deren Geruch und folgte ihm bis zu der Trauerweide. Nelly lag, entspannt auf der Seite ausgestreckt, unter den tief hängenden Ästen und döste. Ab und an zuckte eins ihrer Ohren, ansonsten schien sie zu schlafen. Rosalie duckte sich tief und begann sich anzuschleichen. Vorsichtig setzte sie eine Pfote nach der anderen lautlos auf und vermied es, auf die trockenen braunen Blätter zu treten, die auch hier bereits einen Teil des Bodens bedeckten. Als sie nur noch zwei Katzenlängen von Nelly entfernt war, wackelte sie kurz mit den Hinterbeinen, um sich auszubalancieren und sprang. Sie landete, genau wie geplant, über ihrer Freundin, die Vorderpfoten links und rechts von deren Kopf. Sie ließ sich fallen und begrub Nelly unter sich. Da sie mit erschrockener Gegenwehr rechnete, machte sie sich schwer und war bereit, Nelly spielerisch zu packen, wenn diese aufspringen wollte. Doch Nelly rührte sich nicht. Sie lag bewegungslos unter Rosalies Körper und nichts deutete darauf hin, dass sie sich überhaupt bewusst war, dass Rosalie auf ihr lag.

Rosalie erschrak zutiefst. Schnell richtete sie sich auf, trat von

Nelly herunter und schnupperte an deren Gesicht.

"Nelly?" Rosalie leckte ihr über das Gesicht. "Nelly! Wach auf! Was ist denn los?", miaute sie verzweifelt.

In diesem Moment schnellten Nellys Vorderbeine nach vorne und umfingen Rosalies Kopf. Gleichzeitig drehte sie sich auf dem Boden, sodass sie mit ihren Hinterbeinen gegen Rosalies Bauch trommeln konnte. Rosalie schrie erschrocken auf.

"Nelly! Also wirklich! Was sollte das denn?" Rosalie befreite sich aus Nellys Umarmung und schüttelte sich. "Wie kannst du mich bloß so erschrecken? Das war nicht lustig."

"Ach nein? Aber sich an schlafende Freunde ran pirschen, um sie zu überfallen, ist lustig, oder was?" Nelly machte ihr neckisches Gesicht. "Also wirklich, Rosalie, das Anschleichen solltest du nochmal üben."

"Du hast mich kommen gehört?" Rosalie war tatsächlich verblüfft. Sie hatte sich doch solche Mühe gegeben.

"Naja," Nelly richtete sich auf, "auf dem letzten Stück nicht, da warst du wirklich gut. Aber bevor du dich entschlossen hast dich anzuschleichen, bist du ganz normal gelaufen. Ich wusste also schon dass du kommst seit du am Buckelweg vorbei warst." Sie sah Rosalie vergnügt aus den Augenwinkeln an. "Und da dachte ich mir, schauen wir doch mal, wer hier wen erschreckt."

"Das war gemein. Ich habe mich nicht bloß erschreckt, ich dachte wirklich, dir wäre etwas zugestoßen." Rosalie schmollte ein wenig und drehte demonstrativ den Kopf weg.

"Ach, nun komm schon!" Nelly stupste mit ihrer Nase gegen Rosalies Schulter. "Du ärgerst dich nur, dass ich dich bemerkt habe. Aber das hab ich nur, weil du vorher so unvorsichtig warst. Wärst du den ganzen Weg so geschlichen wie zum Schluss, hättest du mich erwischt." Nelly legte den Kopf schief

und versuchte, um Rosalie herum in ihr Gesicht zu schauen.
"Du meinst, so wie jetzt?", antwortete Rosalie und sprang erneut auf Nelly. Sie schlang die Vorderpfoten um Nellys Hals und biss ihr spielerisch in die Ohren.
Nelly ließ sich hintenüber fallen und riss Rosalie mit sich. Jetzt lag Nelly wieder unten und Rosalie auf ihr. Nellys Hinterbeine trommelten, natürlich mit eingezogenen Krallen, gegen Rosalies Bauch. Rosalie rutschte seitlich von Nelly hinunter, wobei sie ihren Griff um Nellys Hals lockerte. Nelly zog ihren Kopf heraus, sprang auf Rosalie und packte sie mit den Zähnen seitlich am Hals. Mit den Vorderpfoten schlug sie gegen Rosalies Schnauze. Rosalie stand auf und hob dabei Nelly hoch, die jetzt auf ihrem Rücken hing. Dann drehte sich Rosalie schnell im Kreis, um Nelly abzuschütteln. Die rutschte seitlich hinunter und musste Rosalies Hals loslassen. Als Nelly zu Boden plumpste, ließ Rosalie sich auf die Seite fallen und schlug mit den Vorderpfoten nach ihr. Nelly konterte, indem sie eine Pfote mit den Zähnen packte.
"Gib auf, bevor ich dir das Fell über die Ohren ziehe!", nuschelte Nelly mit gespieltem Knurren um die Pfote herum.
"Niemals!", rief Rosalie belustigt. "Warum sollte ich mich ergeben, wenn ich doch viel schneller laufen kann als du?" Sie zog ihre Pfote aus Nellys Maul, sprang auf und jagte am Bachufer entlang.
Nelly setzte sofort hinterher. Rosalie rannte voraus, schlug Haken um Bäume und sprang über Grasbüschel. Immer, wenn Nelly ihr zu nahe kam, rannte sie noch ein bisschen schneller. Sie genoss das Spiel ihrer Muskeln und den Wind in ihrem Fell.
Als sie am Buckelweg ankam stoppte sie kurz, drehte sich um und raste den gleichen Weg zurück bis zur Trauerweide.

Nelly war noch immer dicht hinter ihr. Unter den Weidenästen hielten sie wieder an und ließen sich, völlig außer Atem, auf die Seite fallen.
Nelly pfötelte nach Rosalie. "Und..." Sie nahm einen heftigen Atemzug, "gibst... du... jetzt... auf?" Jedes Miauen wurde von einem tiefen Atemzug unterbrochen.
Rosalie musste grinsen. Sie hob kraftlos eine Vorderpfote. "Ich ergebe mich."
"Katzeseidank!", röchelte Nelly.
Sie lagen noch eine Weile nebeneinander bis sie wieder zu Atem gekommen waren. Dann putzten sie sich gegenseitig. Anschließend erhob sich Nelly und streckte sich.
"Nachdem das geklärt ist, können wir ja jetzt essen," miaute sie und zog mit der Pfote nacheinander zwei Mäuse unter den Zweigen hervor.
Sie kauerten sich hin und verspeisten den Fang. Als sie sich danach die Pfoten und Gesichter wuschen fragte Rosalie, ob Nelly den Brüllstinker von Prinzessins Hausmenschin gehört hätte.
"Nein, hab ich nicht," antwortete Nelly.
"Lass uns trotzdem nachsehen," miaute Rosalie und begann, den Hang hinauf zu gehen.
Als sie Prinzessins Garten erreicht hatten, suchten sie in gründlich mit den Augen ab und prüften die Luft. Keine Anzeichen von Prinzessin. Sie gingen zum hohen Fenster und horchten. Aber auch hier war nichts festzustellen. Rosalie lief weiter zum harten Weg und spähte um die Hausecke. Der Brüllstinker war noch immer fort. Rosalie setzte sich und ließ den Kopf hängen.
"Was glaubst du, bedeutet das?", fragte sie Nelly.
Nelly dachte nach. "Sie sind noch nicht wieder da," stellte sie

fest. Dann erhellte sich ihre Miene. "Das bedeutet, dass sie nicht zum `Herrdoktor´ gerollt sind."
"Wie kommst du darauf?", fragte Rosalie verblüfft.
"Denk doch mal nach," miaute Nelly ungeduldig, "Prinzessin hat erzählt, als sie sich die Pfote verletzt hat, hat ihre Hausmenschin diesen `Herrdoktor´ gerufen und der ist *sofort* gekommen. Das bedeutet, dass es nicht lange dauert, von ihm zu uns zu rollen. Und wenn sie immer noch unterwegs sind, sind sie bestimmt woanders hin gerollt."
Rosalie dachte darüber nach. "Es könnte aber auch bedeuten, dass sie zu dem `Herrdoktor´ gerollt sind und immer noch da sind," miaute sie vorsichtig.
"Das glaube ich nicht. Warum sollten sie da bleiben?", wunderte sich Nelly arglos.
Rosalie scheute sich, ihre Bedenken laut zu äußern. "Ach, ich weiß auch nicht. Hier rumzusitzen bringt jedenfalls nichts." Sie erhob sich. "Ich werde jetzt mal nach meinem Hausmenschen sehen. Wir können uns ja nachher wieder treffen und warten, ob die fremde Kätzin nochmal kommt."
"Is gut. Ich komm zur Klappe." Nelly stand ebenfalls auf. "Bis nachher," rief sie und trabte davon.
Rosalie machte sich nachdenklich auf den Weg. Sie konnte einfach nicht aufhören an Prinzessin zu denken. Es gefiel ihr gar nicht, dass sie nicht Bescheid wusste, was los war. Wieder schüttelte sie sich, um den Kopf frei zu kriegen.
Als sie durch die Klappe schlüpfte, konnte sie ihren Hausmenschen klappern hören. Sie trabte zum Essensraum und bemerkte, dass ihr Napf gefüllt war. Es roch gut, aber sie war wegen der Maus nicht sehr hungrig, daher aß sie nur ein paar Bissen. Sie würde den Rest später essen, bevor sie wieder hinausging. Und wenn sie die Mondphase über Wache

halten wollte, sollte sie jetzt noch ein bisschen schlafen.

Sie lief zum Klapperraum und rieb sich an den Hinterbeinen des Hausmenschen. Er schaute zu ihr hinunter, machte freundliche Willkommenlaute und klopfte mit einer Vorderpfote einladend auf sein Hinterbein. Das gefiel Rosalie. Sie hüpfte auf seinen Schoß, machte es sich bequem und genoss die Streicheleinheiten. Nach einer Weile begann ihr Hausmensch wieder zu klappern. Rosalie blendete das Geräusch aus und schlief ein.

Kapitel 12

Rosalie erwachte, als ihr Hausmensch sie vorsichtig von seinem Schoß hob und auf den Boden stellte. Er stand auf und verließ das Zimmer. Dabei machte er die künstliche Sonne aus und Rosalie bemerkte, dass es draußen bereits dunkel war.
Rosalie streckte sich gründlich, putzte sich ein bisschen und folgte ihm in den Essensraum. Sie verschlang das Futter, das sie vorher übrig gelassen hatte, strich kurz an den Hinterbeinen ihres Hausmenschen entlang, um sich zu verabschieden und lief zur Klappe.
Als sie draußen war, wartete Nelly bereits auf sie.
"Ich wollte schon reinkommen und dich holen. Die Sonnenphase ist schon längst vorüber," grummelte Nelly.
"Jetzt bin ich ja da." Rosalie stupste zur Begrüßung Nellys Nase an. "Lass uns zuerst zum Buckelweg gehen. Mal sehen, ob die Kätzin zurückgekommen ist."
Zusammen trabten sie los. Sie erklommen die Birke, sprangen auf die Mauer und betrachteten den Weg aufmerksam. Rosalie sog die Luft ein.
"Scheint noch nicht hier gewesen zu sein," miaute sie.
Sie sprangen hinunter und näherten sich vorsichtig dem Anfang des Buckelweges. Dabei schnupperten sie unaufhörlich.
"Nein," stimmte Nelly zu, "sie ist immer noch auf der anderen Seite."
Nelly sah sich um. "Lass uns unter diesen Busch kriechen, sonst sieht sie uns sofort, wenn sie über den Buckel kommt."
Die beiden Freundinnen schoben sich unter die Zweige. Von hier aus hatten sie das Ende des Buckelweges gut im Blick. Sie machten es sich bequem und warteten.

Lange Zeit geschah nichts. Rosalie dachte schon, dass die fremde Kätzin wohl nur auf der Durchreise gewesen war und gar nicht mehr zurückkommen würde. Dann bewegte sich Nelly und stupste Rosalie an.

"Sieh mal einer an," flüsterte sie. "Da kommt sie."

Rosalie stellte ihre Augen scharf und erkannte in der Dunkelheit einen Schemen, der sich schnell über den Boden bewegte. Sie schlug instinktiv nervös mit dem Schwanz, wobei sie einige trockene Blätter bewegte.

Der Schemen erstarrte. Hätte Rosalie ihn nicht bereits bemerkt, wäre er ihr nun entgangen. Die Kätzin musste komplett schwarz sein, so wie sie mit den Schatten verschmolz. Nur ein schwaches Leuchten ihrer Augen war zu bemerken. Diese Augen waren nun auf den Busch gerichtet.

"Sie hat uns bemerkt," raunte Nelly. "Verstecken bringt nichts mehr."

Mit einem Satz sprang Nelly hervor und stellte sich der fremden Kätzin in den Weg. Rosalie tat es ihr gleich und stellte sich daneben.

Die Fremde kauerte sich hin, legte die Ohren flach an den Kopf und fauchte.

Ganz schön selbstbewusst, dachte Rosalie und betrachtete ihre Gegnerin genauer. Die Kätzin war tatsächlich ganz schwarz und hatte große gelbe Augen mit einem stechenden Blick, der nun zwischen Rosalie und Nelly hin und her wanderte.

Rosalie machte sich groß und stellte die Nackenhaare auf, den aufgeplusterten Schwanz hielt sie hoch erhoben. Nelly tat dasselbe. Sie stellten sich seitlich vor die Schwarze, damit die ihre volle Größe sehen konnte.

"Was willst du hier?", knurrte Rosalie. "Das ist unser Revier.

Bleib auf deiner Seite."
Die Schwarze richtete sich auf und sträubte ebenfalls das Fell. Jetzt konnte man sehen, dass es ziemlich struppig war. An einigen Stellen fehlte das Fell völlig, von einem Ohr war nur noch die Hälfte da und auch mit gesträubtem Fell war sie ziemlich klein und dünn. Sie fauchte nochmals und entblößte dabei gelbe Zähne.
Rosalie zögerte. Dieses dürre, verwahrloste Kätzchen konnte sie doch nicht angreifen. Sie sah zu Nelly hinüber, die auch unsicher wirkte. Rosalie beschloss, dass sie die Schwarze einfach verjagen würden. Dazu mussten sie sie nicht unnötig verletzen, der Schreck würde schon ausreichen, sie fern zu halten.
Also machte sich Rosalie so groß wie sie konnte und stakste steifbeinig auf die Schwarze zu.
"Lauf dahin zurück, wo du hergekommen bist und bleib da," knurrte sie drohend. "Bevor wir dir eine Lektion erteilen müssen."
Die Schwarze erhob sich knurrend. "Und wie soll diese Lektion aussehen, Schoßkätzchen?" Sie spuckte Rosalie den Begriff förmlich ins Gesicht.
Rosalie blieb völlig verdutzt stehen. Was sollte das denn? Es sah fast so aus, als ob die Schwarze absichtlich den Kampf suchte. Welche Katze tat denn so etwas?
"Schoßkätzchen?", miaute Nelly ebenso ungläubig. "Was soll denn das bedeuten?"
Die Schwarze schnaubte abfällig durch die Nase. "Na, das was ihr seid! Ihr lebt bei Menschen, die euch füttern und verhätscheln. Ich lass mir doch von so verweichlichten Kätzchen nicht vorschreiben, wo ich lang gehen darf." Um ihren Standpunkt zu unterstreichen, machte sie einen Schritt

nach vorn und sah Nelly herausfordernd in die Augen.

Rosalie war tatsächlich beeindruckt, aber auch ein wenig amüsiert. Die Schwarze hatte entweder wirklich Mut oder sie war sehr dumm. Denn dafür, dass sie gerade mal halb so groß war wie Rosalie, nahm sie das Maul ganz schön voll.

Rosalie trat ihr in den Weg. "Das reicht jetzt! Wir warnen dich zum letzten Mal. Dies ist unser Revier und wenn du hier durch willst, dann kannst du höflich fragen." Sie fixierte die Schwarze mit schmalen Augen. "Ansonsten ist der Weg hier für dich zu Ende!"

Die Schwarze stutze einen Moment, dann gab sie plötzlich ein rasselndes Keuchen von sich. Zuerst war Rosalie unsicher, was das zu bedeuten hatte, dann wurde ihr klar, dass die fremde Kätzin lachte. Sie lachte sie aus. So langsam wurde Rosalie wütend.

Schlagartig hörte das Lachen wieder auf und wandelte sich in ein aggressives Knurren. Nun war Rosalie diejenige, die fixiert wurde.

"Wenn du so viel Wert auf Höflichkeit legst, Schoßkätzchen," miaute die Schwarze drohend, "dann geh jetzt sofort höflich auf Seite." Noch bevor sie fertig miaut hatte, sprang sie Rosalie an.

Rosalie hatte damit überhaupt nicht gerechnet und wurde aus dem Gleichgewicht gebracht. Die Schwarze hing an ihrem Hals und versuchte sofort, die Zähne in ihre Kehle zu schlagen. Rosalie drückte ihr Kinn runter an den Hals, um diesen zu schützen. Sie wand sich und schlug mit den Vorderpfoten um sich.

Nelly war genauso überrumpelt worden von diesem plötzlichen Angriff und stand einen Augenblick wie angewurzelt da. Dann schüttelte sie die Starre ab und stürzte

sich auf die fremde Kätzin. Sie packte mit ihren Zähnen deren Nackenfell und versuchte, sie von Rosalie herunter zu ziehen. Sofort ließ die Schwarze Rosalie los, fuhr herum und packte Nelly mit den Vorderpfoten. Ihre Krallen schlugen in Nellys Schultern, dabei fauchte und kreischte sie ohrenbetäubend. Blitzschnell drehte sich die Schwarze auf den Rücken und bearbeitete Nellys Bauch mit den Krallen ihrer Hinterpfoten. Nelly versuchte vergeblich, sich aus dem Griff zu befreien, indem sie sich auf die Seite fallen ließ und ebenfalls versuchte, mit den Hinterbeinen Treffer zu landen. Doch sie wurde eisern festgehalten, niemals hätte sie dieser winzigen Kätzin diese Kraft zugetraut. Dann war Rosalie zur Stelle. Sie saß vor dem Kopf der Schwarzen und hieb mit ihren Vorderpfoten nach deren Gesicht. Ihre Schläge kamen schnell und präzise und Nelly sah Blut auf ihren Krallen, wenn sie die Pfoten zurückzog.
Endlich ließ die Schwarze los. Nelly sprang sofort auf und ging zwei Schritte rückwärts. Rosalie baute sich, noch immer eine Vorderpfote zum Schlag erhoben, drohend vor der Schwarzen auf. Alle atmeten schwer.
"Hast du jetzt genug?", fragte Rosalie. Sie ließ die kleine Kätzin keinen Moment aus den Augen.
Rosalies Schläge hatten mehrere tiefe Kratzer verursacht, die recht stark bluteten. Die Schwarze wischte sich mit einer Pfote über die Augen und betrachtete das Blut daran. Dann sah sie von Rosalie zu Nelly und wieder zurück.
"Nicht übel für ein Paar Schoßkätzchen," grollte sie. "Aber bildet auch bloß nicht ein, ihr hättet gewonnen." Sie begann, langsam rückwärts in Richtung Haus zu gehen. "Ihr habt Glück, dass ich heute keine Lust auf wirklich ernsthaften Streit habe, aber ich will euch nicht unnötig weh tun. Doch seht

euch vor, beim nächsten Mal bin ich vielleicht nicht so gnädig..." Damit fuhr sie herum und rannte um die Hausecke zum harten Weg.

Rosalie und Nelly waren so verblüfft über diese letzte Frechheit, dass sie einfach sitzen blieben. Erst einige Herzschläge später wurde Rosalie klar, dass sie sie hätten verfolgen und über die Grenze jagen sollen, doch dafür war es jetzt zu spät.

"Du liebe Güte, was war das denn?", wunderte sich Nelly. "Die hat wohl Mäuse im Hirn!"

"Scheint so," pflichtete Rosalie ihr bei. "So einer komischen Kätzin bin ich auch noch nie begegnet. Ist aber ein zähes kleines Ding," musste sie, trotz all des Ärgers, zugeben.

Nelly schnaubte durch die Nase. "Wenn du mit zäh verrückt meinst, stimme ich dir zu."

Rosalie betrachtete Nelly genauer. "Bist du verletzt?" Sie begann an Nelly zu schnuppern.

Nelly überprüfte sich ebenfalls. "Ein paar Kratzer auf der Schulter und am Bauch. Sind aber nicht tief. Das wird schnell verheilen." Sie fing an die verletzten Stellen zu lecken.

Rosalie inspizierte ihren eigenen Körper. Die Stelle am Hals, an der die Schwarze sie gepackt hatte, brannte ein bisschen. Dort kam sie allerdings mit der Zunge nicht ran.

"Nelly, könntest du dir mal meinen Hals ansehen. Ich glaube, es blutet da," bat Rosalie ihre Freundin.

Sofort reckte Nelly den Hals und begann, die entsprechende Stelle sauber zu lecken.

"So, es hat aufgehört zu bluten. Ist auch nicht sehr schlimm," miaute sie nach kurzer Zeit und widmete sich wieder ihrem Bauch.

Rosalie wartete, dass Nelly fertig würde und dachte weiter

über die schwarze Kätzin nach.

"Denkst du, sie kommt zurück?", fragte sie Nelly.

"Ich hoffe nicht! Ich habe keine Lust auf noch so einen unnötigen Kampf," grummelte Nelly. "Obwohl ich natürlich wieder kämpfen würde, wenn sie doch nochmal auftaucht," fügte sie schnell hinzu.

"Hm... ich hätte auch nichts dagegen, wenn wir sie nie wieder sehen würden," stimmte Rosalie ihr zu. "Aber irgendwie habe ich das Gefühl, dass sie uns den Gefallen nicht tun wird," seufzte sie.

"Lass uns wenigstens nachschauen, ob sie für heute wirklich weg ist. Ich würde ihr zutrauen, dass sie nur bis vors Haus gelaufen ist und dort auf uns wartet," schlug Nelly vor.

"Gute Idee!", antwortete Rosalie. Sie ärgerte sich immer noch darüber, dass sie der Schwarzen nicht sofort hinterher gelaufen war.

Schulter an Schulter liefen die Beiden vorsichtig um die Hausecke. Sie schnupperten und suchten die Büsche mit den Augen ab. Die Spur der schwarzen Kätzin führte jedoch schnurgerade am Haus entlang bis zum harten Weg. Dort blieben Rosalie und Nelly stehen.

"Sie scheint tatsächlich hinüber gelaufen zu sein," bemerkte Nelly.

Rosalie schnupperte an der harten schwarzen Oberfläche. Der beißende Gestank, der von dem harten Weg ausging, übertünchte zwar anhaftende Gerüche nach kurzer Zeit, die Spur der Schwarzen war aber noch deutlich zu erkennen. Sie führte weiter in gerader Linie auf die andere Seite.

"Meinst du, wir sollten hinüber laufen?", fragte Nelly unbehaglich.

"Nein, das wird nicht nötig sein," beschwichtigte Rosalie sie.

"Unser Revier endet hier. Was sie dort drüben macht, geht uns nichts an."

Genau wie Nelly vermied sie es, wenn möglich, den harten Weg zu betreten. Sie verabscheuten den Gestank, der sich bei der Berührung an den Pfoten festsetzte. Es schmeckte widerlich, sich hinterher zu putzen. Außerdem konnte jederzeit ein Brüllstinker auftauchen.

Nelly entspannte sich. "Na gut, dann hoffen wir mal, dass sie ihr Revier da drüben hat und dort auch bleibt." Sie streckte sich ausgiebig und gähnte. "Jetzt hätte ich nichts gegen ein wenig Schlaf einzuwenden."

Rosalie war der gleichen Meinung und sie trabten zurück zu ihren Gärten. An der Mauer berührten sie sich zum Abschied mit den Nasen und wünschten sich eine erholsame Schlafphase.

Nelly begab sich in ihren Garten und Rosalie schlüpfte durch die Klappe in den Hauptraum. Schnell durchquerte sie das Haus, sprang leise zu ihrem Hausmenschen ins Bett und rollte sich bequem zusammen.

Kapitel 13

Während der nächsten Sonnenphasen gingen Rosalie und Nelly regelmäßig zum Garten von Prinzessin und schauten auch immer lange Zeit zum Fenster hoch. Doch von der Weißen fehlte jede Spur.
Rosalie wurde von Sonnenaufgang zu Sonnenaufgang unruhiger. Ständig dachte sie: "Hätte ich doch nur auf die Schreie reagiert."
Nelly spürte genau, was in ihrer Freundin vorging und versuchte sie zu trösten und abzulenken. Sie merkte jedoch, dass ihr das meistens nicht gelang.
"Wir können doch nicht die ganze Zeit hier nutzlos rumsitzen," versuchte sie es jetzt wieder. "Wir haben heute noch keinen Kontrollgang gemacht. Was ist, wenn die Schwarze wieder da war?"
Nelly sah Rosalie erwartungsvoll an. Als diese nicht reagierte, stand Nelly auf. "Dann mach ich die Kontrolle eben alleine. Einer muss schließlich für Ordnung sorgen!" Mit hoch erhobenem Kopf und Schwanz stolzierte sie davon.
Rosalie war gegen ihren Willen belustigt und sie fand es rührend, wie sehr Nelly versuchte sie aufzuheitern.
Mit einem unterdrückten Grinsen stand sie auf und folgte ihrer Freundin.
"Du hast ja Recht! Ich komme schon," miaute sie, holte Nelly schnell ein und stupste ihr in die Flanke.
Sie trabten zum Bach und folgten dem Ufer bis zum Buckelweg. Der Boden war jetzt bedeckt von braunen Blättern und die Luft war in den letzten Sonnenphasen merklich kühler geworden.
"Blöde Blätter!", grummelte Nelly. "Wie soll man sich bei dem

Geknister vernünftig an eine Maus anschleichen? Da ist mir die weiße Kälte lieber. Im Schnee kann man wenigstens leise gehen."

"Dann hast du jetzt die Gelegenheit, deine Blättertechnik zu üben," raunte Rosalie ihr zu. "Sieh mal, dort drüben." Rosalie zeigte mit dem Kinn in eine bestimmte Richtung.

Nelly folgte ihrem Blick und erspähte ein Blatt, dass sich wie von selbst bewegte. Es hob und senkte sich, was darauf hinwies, dass etwas Kleines darunter in Bewegung war.

"Gut gesehen, Rosalie," miaute Nelly leise. "Bleib hier und beweg dich nicht. Ich mach das schon."

Nelly hob den Kopf und prüfte die Windrichtung. Er blies vom Blatt aus zu ihr, also würde sie nicht durch ihren Geruch entdeckt werden. Gleichzeitig teilte er ihr mit, was dort unter dem Blatt raschelte. Sie roch Maus.

Nelly kauerte sich dicht über den Boden, hielt aber den Schwanz etwas hoch, damit er nicht die Blätter zum Rascheln brachte. Dann setzte sie vorsichtig immer nur eine Pfote nach vorn, wobei sie peinlich genau darauf achtete, kein Geräusch zu erzeugen. Das war, durch die Menge an trockenen Blättern, gar nicht so einfach. Als sie sich bis auf zwei Katzenlängen dem anvisierten Blatt genähert hatte, wackelte sie kurz mit den Hinterbeinen und sprang. Sie landete mit beiden Vorderpfoten genau im Ziel. Die Maus hatte sich allerdings zwischenzeitlich etwas von dem Blatt weg bewegt und flüchtete ins Freie. Nelly setzte sofort hinterher und erwischte sie noch knapp mit einem Pfotenhieb. Die Maus flog ein Stück durch die Luft und blieb direkt vor Rosalie liegen. Rosalie schoss vor und drückte sie mit beiden Vorderpfoten auf den Boden. Die Maus stieß ein kurzes Quieken aus, dann biss Rosalie ihr ins Genick.

Nelly kam zurück und begutachtete den Fang. "Wir sind ein tolles Team, Rosalie!", freute sie sich.
"Allerdings! Tolle Jagdtechnik, ihr Beiden," ertönte plötzlich ein Miauen von oben.
Rosalie und Nelly zuckten zusammen und drehten sich synchron in die Richtung, aus der die Stimme kam.
Ein großer, roter Kater saß an der höchsten Stelle des Buckelweges und hatte sie anscheinend beobachtet.
"Erasmus!", rief Rosalie. Sie erhob sich und drehte sich zu Nelly. "Das ist Erasmus, von der anderen Seite. Du hast seine Markierungen schon gerochen."
"Ja, ich erinnere mich," antwortete Nelly. "Ich habe sie auf unserer Seite gerochen," fügte sie etwas unfreundlich hinzu.
"Das war mit Erlaubnis," verteidigte sich Erasmus. "Nich wahr, Rosalie?" Er erhob sich und ging bis zum Rand des Buckelweges. "Willst du mir deine Freundin nich vorstellen?"
"Doch, sicher." Rosalie ging ihm entgegen und sie standen sich genau an der Grenze gegenüber. Rosalie drehte sich nach Nelly um. "Nun komm schon, Nelly! Sei nicht unhöflich!"
"Bin ich doch gar nicht," murrte Nelly und trabte schnell an Rosalies Seite. Sie nahm Erasmus Geruch auf und hielt ihm ihre Nase hin. "Hallo, ich heiße Nelly."
Erasmus stupste sie freundlich an. "Hab ich schon mitgekriegt." Er sah in die Richtung, in der immer noch die erbeutete Maus lag. "Guter Fang, ich bin beeindruckt," lobte er Nelly.
"Oh! Danke!", freute sich Nelly und fand den roten Kater gleich viel sympathischer.
"Wie läuft´s denn so?", wandte sich Erasmus an Rosalie. "Alles ruhig im Revier?"
"Eigentlich schon...", begann Rosalie. Sie dachte, dass es

keinen Sinn ergeben würde, Erasmus von Prinzessin zu erzählen, er kannte sie ja nicht. Dann fiel ihr jedoch etwas anderes ein.

"Hör mal, kennst du eine kleine, schwarze Kätzin? Ziemlich struppig, mit einem halben Ohr," fragte sie Erasmus.

Auch Nelly spitzte die Ohren und wartete gespannt.

Erasmus antwortete sofort. "Ich weiß, wen du meinst. Die Streunerin. Aber *kennen* wär zu viel miaut. Sie war letztens bei mir und wir... naja... du weißt schon. Danach is sie sofort wieder verschwunden. Warum fragst du nach ihr?" Er legte den Kopf schief und sah Rosalie neugierig an.

"Nun ja... Sie war hier, als sie aus deinem Revier zurück kam und hat sich... nennen wir es `merkwürdig verhalten´," antwortete Rosalie ausweichend.

"Merkwürdig?", unterbrach Nelly sie. "Komplett verrückt würde es besser beschreiben." Sie schnaubte abfällig.

"Ja, ein bisschen komisch fand ich sie auch," pflichtete Erasmus ihr bei. "Ich hatte ja nich viel mit ihr zu schaffen, aber sie war irgendwie...", er überlegte einen Moment, "ziemlich von sich überzeugt."

"So kann man es auch nennen," bemerkte Nelly trocken.

"Wir hatten einen kleinen Zusammenstoß hier am Buckelweg," erklärte Rosalie. "Sie ist auf uns beide losgegangen und war offenbar fest davon überzeugt, dass sie uns besiegen würde."

"Sie hat einfach furchtbar angegeben und das Maul viel zu voll genommen," fügte Nelly hinzu. "Aber da sie seitdem nicht mehr aufgetaucht ist, steht wohl fest, wer gewonnen hat."

"Ich kann´s mir vorstellen," lachte Erasmus. "Ich würd auch nich gegen euch beide gleichzeitig kämpfen wollen."

Nelly hielt Kopf und Schwanz hoch und grollte spielerisch.

"Das möchte ich dir auch nicht raten!"
Erasmus zog belustigt den Kopf ein und machte sich klein. „Was bin ich froh, dass ich auf meiner Seite der Grenze bin." Dann erhob er sich wieder und sah nacheinander Rosalie und Nelly an. "War nett, euch getroffen zu haben. Ich muss dann mal wieder los." Er streckte den Kopf vor und beide stupsten zum Abschied seine Nase an. Dann drehte er sich um und trabte mit erhobenem Schwanz davon.
"Mach´s gut Erasmus!", miaute Rosalie.
"Bis ein andermal," rief Nelly ihm hinterher.
"Der ist wirklich nett," miaute Nelly. "Und es ist gut, dass wir nicht mit ihm kämpfen müssen. Ist ja ein ganz schöner Brocken."
"Hm... Ich habe mit ihm gekämpft," erinnerte sie Rosalie und sah dem Roten selbstbewusst hinterher.
"Ja, stimmt! Und du hast auch gewonnen." Nelly klang schon ein wenig beeindruckt, jetzt, wo sie Erasmus gesehen hatte.
Rosalie war durch die Begegnung endlich etwas fröhlicher gestimmt. "Los, hol die Maus und dann machen wir die Runde zu Ende."
Nachdem sie sich den Fang geteilt hatten, trabten sie in den Wald und liefen die Grenze ab.
Kurz bevor sie wieder den Waldrand erreicht hatten, begann es zu regnen. Nelly spähte unter einem Busch hervor ins Freie.
"Wir sollten einfach noch ein bisschen hier bleiben. Unter den Bäumen werden wir nicht so nass," schlug sie vor.
"In Ordnung," stimmte Rosalie zu. Sie machte es sich auf einem dicken Moospolster bequem und begann, ihr Fell zu lecken. Nelly gesellte sich dazu.
"Wenn du Lust hast, kannst du deine Blättertechnik auch mal

in den Bäumen probieren," miaute Rosalie.

Nelly stutzte. "Wie meinst du das denn jetzt?"

"Och, ich würde gerne sehen, wie du dich an das Eichhörnchen dort oben anschleichst, ohne Laub als Deckung" bemerkte Rosalie beiläufig, ohne ihr Putzen zu unterbrechen.

Nellys Kopf fuhr nach oben. "Eichhörnchen? Wo?" Sie blickte hektisch hin und her. "Wo denn?"

Rosalie leckte seelenruhig ihre Flanke. "Na, vor dir. Große Eiche. Astgabel. Vier Katzenlängen hoch."

Nellys Blick folgte der Beschreibung und endlich sah sie es. Das Eichhörnchen lag zusammengerollt in der Astgabel und schien zu schlafen. Das war zwar ungewöhnlich, aber an einer guten Chance hatte Nelly nichts auszusetzen.

Nelly nickte Rosalie anerkennend zu und schlich dann vorsichtig auf den Baum zu. Der Regen wurde jetzt stärker und das Geprassel der Tropfen übertönte ihre Schritte. Leider weckte die zunehmende Nässe auch das Eichhörnchen. Es hatte sich aufgesetzt und schüttelte die Tropfen aus seinem Fell. Nelly verharrte und auch Rosalie versuchte, sich möglichst unsichtbar zu machen, um ihrer Freundin bloß den Fang nicht zu vereiteln. Das Eichhörnchen schnupperte ein wenig herum, wobei sein buschiger Schwanz ständig auf und ab wippte. Nach einer Weile drehte es den Kätzinnen endlich den Rücken zu.

Nelly schoss los wie der Blitz, war mit zwei großen Sätzen den Stamm hinauf und schlug die Krallen, nur eine Haaresbreite neben dem Eichhörnchen, in die Astgabel. Das Eichhörnchen machte einen entsetzen Luftsprung, Nelly stellte sich sofort auf die Hinterbeine und griff mit beiden Vorderpfoten nach oben. Sie bekam gerade noch den Schwanz zu packen und zog. Das Eichhörnchen klammerte sich an einen Zweig, der direkt über dem Ast hing auf dem Nelly stand. Nelly wollte den Eichhörnchenschwanz mit den Zähnen packen und zog daher stärker mit den Vorderpfoten, während sie sich noch weiter nach oben streckte. Der Zweig, an dem das Eichhörnchen hing, bog sich bereits nach unten durch. Der Regen prasselte inzwischen heftig auf sie herab. Nelly schüttelte sich, um die Wassertropfen aus den Augen zu bekommen, dabei rutschten ihre Hinterbeine von dem nassen, bemoosten Ast ab. Es blieb ihr gar nichts anderes übrig als den Eichhörnchenschwanz loszulassen. Im Fallen schlug sie die Krallen ihrer Vorderpfoten in den Ast und schaffte es gerade noch, ihren Sturz zu verhindern.

Durch das plötzliche Loslassen schnellte der Zweig mit dem Eichhörnchen nach oben. Es verlor den Halt und wurde senkrecht in die Luft katapultiert. Nach der unfreiwilligen Flugeinlage landete es elegant auf dem Ast, an dem Nelly jetzt hing. Es keckerte verärgert und lief in großen Sprüngen auf dem Ast entlang, wobei es Nelly mit seinen kleinen spitzen Krallen auf die Pfoten trat. Dann sprang es in den Nachbarbaum und verschwand.

Nelly sah nach unten, maß die Entfernung und ließ los. Im Fallen drehte sie sich schnell, sodass sie mit allen vier Pfoten auf dem Boden aufkam. Sie sah noch ein letztes Mal nach oben, doch das Eichhörnchen war verschwunden.

Nelly schüttelte sich ausgiebig und inspizierte dann ihre Vorderpfoten. Die winzigen Krallen des Eichhörnchens hatten natürlich keine Verletzungen hinterlassen, zumindest keine sichtbaren. Mit zusammengebissenen Zähnen ging Nelly zu Rosalie zurück. Sie sah ihre Freundin aus schmalen Augen an. Rosalie starrte mit weit aufgerissenen Augen zurück. Sie versuchte krampfhaft, das Kichern zu unterdrücken, dass ihr die Kehle hochstieg.

"Äh..." Rosalie riss sich zusammen und sah demonstrativ in eine andere Richtung. "Es regnet immer stärker. Ich glaube auch nicht, dass es heute nochmal besser wird. Wir sollten nach Hause gehen."

Nelly betrachtete sie prüfend. Dann seufzte sie. "Ja, lass uns gehen." Sie sah nochmal über ihre Schulter und ihr Blick suchte die Bäume ab, dann setzte sie sich in Bewegung.

Sie liefen bis zu Nellys Hausecke und geduckt an der Wand entlang zu den Gärten. Nach der kurzen Strecke waren beide bis auf die Haut nass.

Sie schlüpften durch die Hecke in Nellys Garten und Nelly lief schnell zu dem überdachten, trockenen Bereich. Dort schüttelte sie sich ausgiebig. "Brrrrr... Bis morgen, Rosalie!", verabschiedete sie sich und machte es sich dann auf einem der bunten Polster bequem, die dort lagen.

Rosalie war währenddessen bereits in ihrem Garten angelangt. "Bis morgen, Nelly!", rief sie über die Schulter. "Und pass auf, dass dir keiner auf die Pfoten tritt!", fügte sie mit einem schelmischen Lachen hinzu.

Sie hörte noch Nellys Knurren, als sie durch die Klappe schlüpfte.

Kapitel 14

Der Regen hatte auch beim nächsten Sonnenaufgang noch nicht nachgelassen. Rosalie saß missmutig am Fenster und schaute in den nassen Garten. Bei diesem Wetter zog sie nichts nach draußen.
Ab und zu wechselte sie zu dem Fenster, von dem aus sie in Prinzessins Garten sehen konnte. Aber auch dort entdeckte sie nichts Interessantes. Gelangweilt trabte sie durch die Räume und suchte nach einem Zeitvertreib.
Ihr Hausmensch saß im Klapperraum an seinem Tisch. Er klapperte allerdings nicht, sondern sah auch aus dem Fenster, gerade so wie Rosalie vor ein paar Minuten. Rosalie fragte sich, ob ihm vielleicht auch langweilig war. Sie ging zu ihm und strich schnurrend um seine Hinterbeine. Er sah zu ihr hinunter und machte freundliche Laute. Dann seufzte er und hob Rosalie auf seinen Schoß. Sie genoss die Streicheleinheiten eine Weile.
Als sie genug hatte, sprang sie hinunter, lief zur Tür uns sah ihren Hausmenschen auffordernd an.
"Mau!"
Da er nicht gleich reagierte, trabte sie nochmal zurück, rieb ihren Kopf an seinem Hinterbein und wiederholte die Aufforderung. Er sah sie an und schien zu überlegen. Nach einem Moment traf er seine Entscheidung, klapperte noch ganz kurz und erhob sich.
Erfreut lief Rosalie voraus und setzte sich vor den Kasten mit dem Spielzeug. Ihr Hausmensch folgte ihr und lachte. Dann nahm der den Federstock aus dem Kasten und die Langeweile war verflogen.
Sie hatten schon eine Weile gespielt, als Rosalie hörte, dass

sich ihre Klappe bewegte. Sie drehte sich um und begrüßte Nelly freudig.

"Hallo Nelly! Du kommst gerade richtig. Los, spiel mit!"

Das ließ sich Nelly nicht zweimal anbieten und gemeinsam jagten sie den bunten Federn hinterher. Als ihr Hausmensch müde wurde, verlegten sie das Spiel auf einen kleinen Ball, der lustig klingelte, wenn man ihn anschubste.

Während sie sich so beschäftigten hatte Rosalies Hausmensch die beiden Näpfe gefüllt und war wieder im Klapperraum verschwunden.

Nachdem der Ball zu aller Zufriedenheit erlegt war, ließen sich die beiden Freundinnen den Inhalt der Näpfe schmecken. Anschließend begaben sie sich zum gegenseitigen Putzen in Rosalies Bettchen, in dem sie nach kurzer Zeit aneinander gekuschelt eindösten.

Rosalie erwachte davon, dass Nelly ihr mehrfach mit der Nase in die Seite stupste.

"Was soll denn das, Nelly?", miaute Rosalie unwirsch. "Ich habe gerade so schön geträumt. Warum weckst du mich?"

"Weil du bestimmt unbedingt sehen willst, was ich entdeckt habe," antwortete Nelly.

Rosalie spürte Nellys Aufregung und war sofort hellwach.

"Und was hast du entdeckt?", fragte sie neugierig.

"Komm und sieh selbst!", forderte Nelly sie auf und sprang vor das andere Fenster. Dort sah sie konzentriert hinaus und ihr Schwanz zuckte aufgeregt hin und her.

Rosalie erhob sich schnell und setzte sich neben Nelly. Zusammen starrten sie nach draußen zum Garten von Prinzessin. Der Regen hatte endlich aufgehört und Rosalie suchte aufmerksam die Umgebung ab. Zuerst begriff sie nicht, was Nelly wohl gemeint hatte, doch dann sah sie es. Etwas Weißes blitzte zwischen den Büschen auf. Rosalie hielt vor Anspannung die Luft an. Dann bewegte sich das Weiße und Prinzessin trat auf die Grasfläche. Sie setzte sich hin und begann, ihre Pfoten zu lecken.

Rosalie stieß den angehaltenen Atem aus. "Prinzessin! Sie ist wieder da!" Aufgeregt stieß sie Nelly in die Seite.

"Dachte ich mir, dass dich das interessiert," miaute Nelly neckisch und stupste zurück.

Rosalie sprang mit einem Satz von der Fensterbank, durchquerte den Raum in großen Sprüngen und hastete durch die Klappe. Nelly war direkt hinter ihr. Schulter an Schulter stürmten sie über die Grasfläche, schlüpften durch die Hecke und kamen schlitternd vor Prinzessins Zaun zum Stehen.

"Prinzessin!", rief Rosalie.

Die Weiße kam ihnen bereits entgegen gelaufen.

"Wo bist du gewesen? Was ist passiert? Geht es dir gut?", miauten sie durcheinander.

"Ich hatte diesen Traum und dachte, dir wäre es etwas zugestoßen," rief Rosalie.

"Wie geht es deiner Pfote? Musstest du zum `Herrdoktor´?", wollte Nelly wissen.

Prinzessin war erstaunt über so viel Interesse. Sie streckte ihre Nase durch das Geflecht und sah immer wieder zwischen Rosalie und Nelly hin und her. Die Beiden stupsten mehrfach mit ihren Nasen dagegen und sahen Prinzessin neugierig an.

"Große Güte, was ist denn in euch gefahren?", wunderte sich Prinzessin, als die beiden endlich still waren.

"Mir geht es gut. Die Pfote ist schon lange wieder heil," miaute sie an Nelly gewandt.

"Aber wo bist du dann gewesen?", wollte Nelly wissen. "Wir haben uns solche Sorgen gemacht!"

"Oh! Das ist aber lieb von euch!", miaute Prinzessin gerührt. "Es tut mir leid, dass ich euch nicht Bescheid geben konnte, aber wir sind kurz nach Sonnenaufgang ganz früh los gerollt und ich durfte doch vorher nicht mehr nach draußen." Sie trat verlegen von einer Pfote auf die andere.

"Wo seid ihr hin gerollt?", fragte Rosalie neugierig.

Prinzessin setzte sich gerade hin und hielt den Kopf hoch erhoben. "Ich war zur Hochzeit!", erklärte sie.

Rosalie und Nelly sahen sie ratlos an.

"Na, bei einem Kater, zur Hochzeit eben," miaute Prinzessin ungeduldig. "Er ist sehr berühmt und ich werde Junge von ihm haben," fügte sie mit stolzem Unterton hinzu.

"Junge?", rief Nelly begeistert. "Du wirst Junge haben? Das ist ja großartig!"

"Meinen Glückwunsch!", fügte Rosalie hinzu.

"Danke!", antwortete Prinzessin erfreut. "Es werden bestimmt ganz besondere Junge werden. Und durch ihren Vater werden sie auch berühmt sein. Ich freue mich jetzt schon darauf, sie euch vorzustellen."

Sie drehte sich nach hinten, um ihr Rückenfell zu lecken. Dabei entdeckte Rosalie eine große, verschorfte Stelle an Prinzessins Genick. Es sah schmerzhaft aus.

"Du bist ja doch verletzt," bemerkte sie besorgt.

Prinzessin sah sie verwirrt an.

"Na, dein Genick! Das hat doch bestimmt sehr weh getan und geblutet," miaute Rosalie mitfühlend.

"Ach das. Nein, das hat nicht sehr wehgetan. So was passiert bei einer Hochzeit nun mal," antwortete Prinzessin ausweichend.

Rosalie und Nelly sahen sich an. "Wenn das so ist, dann kann ich gerne auf berühmte Kater verzichten," raunte Nelly. Rosalie stimmte ihr zu.
Dann sah Rosalie nachdenklich wieder zu Prinzessin. "Das heißt, die Schreie, die ich gehört habe, die waren gar nicht wegen Schmerzen, oder?"
"Schreie?" Prinzessin sah sie verblüfft an. „Welche Schreie denn?"
"Naja, in der Mondphase bevor du verschwunden bist, habe ich dich schreien hören," erklärte Rosalie. "Zuerst habe ich gedacht, dass es bloß ein Traum war, aber dann warst du weg und... Und ich hab mir Sorgen gemacht deswegen."
"Wir haben uns Sorgen gemacht!", berichtigte Nelly.
"Ach Herrje! Das tut mir leid." Prinzessin sah betreten zu Boden. "Die Schreie, ...das war schon ich..., also..., das macht man so als Kätzin vor der Hochzeit." Sie seufzte. "Es tut mir wirklich leid, dass ihr euch grundlos Sorgen gemacht habt."
"Was soll's! Jetzt bist du wieder da und alles ist gut," miaute Nelly. "Nicht wahr, Rosalie?" Sie sah ihre Freundin eindringlich an.
"Ja. Ja, sicher! Hauptsache es geht allen gut," stimmte Rosalie zu. "Und deine Jungen werden bestimmt prachtvoll werden," fügte sie noch hinzu.
"Ich danke euch. Ihr seid so tolle Freundinnen," miaute Prinzessin beruhigt. "Und jetzt lasst uns was spielen. Das habe ich so vermisst."
Prinzessin lief ins Haus und kam kurz darauf mit einem ihrer Spielzeuge zurück. Damit vertrieben sie sich die Zeit, bis die Sonne bereits tief am Himmel stand.
"Ach, das war herrlich! Wir haben so viel Spaß zusammen." Prinzessin hatte sich, außer Atem, auf die Seite fallen lassen.

"Ich muss jetzt mal rein, meine Hausmenschin wird gleich zurückkommen. Kommt ihr morgen wieder?"
"Natürlich kommen wir!", antwortete Rosalie amüsiert. "Ich werde doch nicht riskieren, dass du nochmal einfach so verschwindest."
"Das werde ich so schnell bestimmt nicht," lachte Prinzessin.
"Dann mach´s gut! Wir sehen uns morgen," miaute Nelly zum Abschied.
Prinzessin lief mit hoch erhobenem Schwanz über das Gras zum Haus, schaute sich aber immer wieder zu den Beiden um und rief noch ein paar `Lebt wohl´.
Rosalie und Nelly zogen sich in Rosalies Garten zurück und machten es sich unter einem Busch bequem.
"Jetzt ist wieder alles, wie es sein soll," seufzte Nelly zufrieden.
"Ja, ich bin auch sehr froh, dass sie wohlbehalten zurück ist," stimmte Rosalie ihr zu.
"Ich verstehe allerdings nicht, warum sie für eine Hochzeit extra weggerollt wird," miaute Nelly. "Sie hätten sie doch nur schreien lassen müssen. Erasmus hätte sie schon gefunden."
"Ich denke, dass genau das der Grund ist," antwortete Rosalie lachend. "Ich fürchte, Erasmus ist nicht `berühmt´ genug für unsere Prinzessin."
"Lass das nicht Erasmus hören," miaute Nelly amüsiert. Dann erhob sie sich und ging in ihren eigenen Garten. Vor der Hecke drehte sie sich noch einmal um. "Auf die Jungen bin ich wirklich sehr gespannt. Ich hab noch nie Junge erlebt. Das wird bestimmt aufregend."
"Das denke ich auch. Und ich freue mich auch sehr darauf," stimmte Rosalie ihr zu. "Wie sie wohl aussehen werden?"

Kapitel 15

Die nächste Zeit verging in angenehmer Regelmäßigkeit. Rosalie und Nelly besuchten Prinzessin jede Sonnenphase und sie spielten gemeinsam. Auch bei den Kontrollgängen stießen sie auf keinerlei Störungen.
Irgendwann jedoch fiel Rosalie auf, dass Prinzessin nicht mehr so ausgelassen spielte wie bisher. Sie wurde schnell müde und geriet leicht außer Atem.
"Was ist mit dir? Stimmt etwas nicht?", fragte sie besorgt.
"Was meinst du? Was soll denn nicht stimmen?", fragte Prinzessin erstaunt und etwas atemlos zurück.
"Na, du keuchst so. Und wir haben doch noch gar nicht lange gespielt. Wirst du krank?", äußerte Rosalie ihre Bedenken.
Prinzessin lachte laut. "Nein, Rosalie, ich werde nicht krank. Ich werde Junge haben." Sie sah Rosalie neckisch von der Seite an. "Und die trage ich in meinem Bauch herum. Sie werden jetzt von Sonnenphase zu Sonnenphase schwerer."
"Oh!" Rosalie kam sich dumm vor, dass sie da nicht selbst drauf gekommen war. "Das verstehe ich natürlich."
"Mute dir bloß nicht zu viel zu. Du musst dich schonen," miaute Nelly.
"Ach ja? Muss ich das?", antwortete Prinzessin amüsiert. "Das beruhigt mich ja, dass du so viel Erfahrung mit Jungen hast."
"Äh..., nun..., eigentlich natürlich nicht," musste Nelly zugeben und ließ den Kopf hängen.
„Macht euch keine Sorgen! Mir geht´s hervorragend und ich weiß schon selbst, wie viel ich mir zumuten kann." Prinzessin sah von Nelly zu Rosalie. "Ganz ehrlich! Mir und den drei Jungen passiert schon nichts."
"Drei?", rief Rosalie aufgeregt. "Du weißt, dass es drei

werden?"

"Natürlich weiß ich das, Dummerchen. Sie sind ja schließlich in meinem Bauch, oder? Was wäre ich denn für eine Katze, wenn ich nicht wüsste, was in meinem eigenen Bauch vor sich geht?"

Dem musste Rosalie natürlich zustimmen.

"Und es wird auch nicht mehr sehr lange dauern. Sie strampeln schon ganz schön rum," miaute Prinzessin glücklich.

"Oh, ich bin so gespannt, wie sie aussehen werden. Meinst du, sie werden weiß sein, wie du?", fragte Nelly neugierig.

"Nun, das weiß ich nicht. In meinen Bauch reinsehen kann ich schließlich nicht," antwortete Prinzessin.

Sie musste sich eingestehen, dass ihr das Interesse der beiden Freundinnen sehr schmeichelte. Sie legte sich auf die Seite und man konnte deutlich die Wölbung ihres Bauches erkennen.

"Allerdings fühle ich mich schon ein wenig plump. Das zusätzliche Gewicht und der dicke Bauch sind manchmal ein wenig hinderlich," gab sie zu.

"Naja, du weißt ja, dass es nicht mehr lange dauert," miaute Rosalie. Dann fiel ihr etwas ein. "Weißt du schon, wo du das Nest machst?", wollte sie wissen.

"Oh ja, meine Hausmenschin ist sehr fürsorglich. Sie hat mir mehrere Wurfhöhlen und Nester gebaut. Ich habe sie schon gründlich inspiziert und eins für tauglich befunden. Es steht in dem Raum mit dem Fenster zum Weg." Prinzessin deutete mit dem Schwanz in die entsprechende Richtung. "Dort werde ich meine Jungen bekommen."

Rosalie trat ein paar Schritte zurück, sah zu dem Fenster hoch und schätzte die Höhe ab. Vor dem Fenster war ein schmales

Brett in der Wand.
"Hm... ich denke, dass schaffe ich. Ich möchte sie doch unbedingt sehen, wenn sie endlich da sind." Sie drehte sich zu Nelly um. "Was meinst du? Kommst du da hoch?"
Nelly sah ebenfalls nach oben und überlegte. "Wenn es soweit ist, werde ich es einfach versuchen müssen. Ist ja auch nicht höher als der Holzstapel und den hab ich auch geschafft," miaute sie zuversichtlich.
Prinzessin unterbrach ihre Überlegungen. "Ich habe genug für heute. Seid mir nicht böse, aber ich muss jetzt ein Nickerchen machen. Wir sehen uns zur nächsten Sonnenphase." Damit erhob sie sich und ging langsam zum Haus zurück.
"In Ordnung. Ruh dich aus. Bis dann," rief Nelly ihr hinterher. Dann drehte sie sich zu Rosalie um.
"Komm, lass uns noch ein bisschen jagen. Ich habe Hunger und die Dämmerung beginnt jetzt schon recht früh. Ich will was gefangen haben, bevor es ganz dunkel ist."
"Dann lass uns zum Bach runter gehen," schlug Rosalie vor.
Sie trabten den Weg entlang und begannen, die Büsche am Bach zu beschnuppern. Gleichzeitig hatten sie immer ein Auge auf die braunen Blätter, die jetzt den gesamten Boden bedeckten, ob sich vielleicht eins bewegte. Plötzlich erstarrte Rosalie und ihr Körper versteifte sich.
"Das darf doch wohl nicht wahr sein," rief sie erbost.
Nelly sah überrascht auf. "Was ist los?"
"Riech mal hier! So eine Frechheit." Rosalie war sichtlich aufgebracht.
Neugierig schnupperte Nelly an dem Zweig, der Rosalie so in Aufruhr versetzt hatte. Sofort stieg ihr penetranter Katzengeruch in die Nase.
"Die Schwarze war hier!", rief sie überrascht.

"Sie war nicht nur hier, sie hat sogar eine Markierung angebracht. Mitten in unserem Revier." Rosalie sah sich nach allen Seiten um. "Und die ist auch noch frisch. Sie muss hier rumgeschlichen sein, während wir uns mit Prinzessin unterhalten haben. Was für eine Unverschämtheit!", miaute sie wütend.

Nelly hatte den Kopf gehoben und prüfte die Luft. "Sie ist in Richtung des Buckelweges weiter gelaufen. Komm!"

Die beiden Kätzinnen setzten sich Bewegung und folgten der Spur.

"Ob sie wieder rüber ist, zu Erasmus?", fragte Nelly.

Rosalie hatte die Spur bereits weiter verfolgt. "Nein, ist sie nicht. Die Spur führt am Buckelweg vorbei zum Wald."

Sie trabten schnell zum Waldrand und traten unter die Bäume. Im Vorbeilaufen rochen sie prüfend an jedem Busch und jedem Zweig.

"Und hier hat sie noch eine Markierung hinterlassen. Was bildet die sich eigentlich ein?", wunderte sich Nelly.

"Ich brauch mir gar nix einzubilden, ihr süßen Schoßkätzchen!", miaute die Schwarze und trat hinter einem Busch hervor. "Da ihr ja offenbar zumindest Markierungen lesen könnt, solltet ihr auch wissen, was das heißt. Das hier ist jetzt mein Revier!" Sie hielt den Kopf, an welchem die frischen Narben vom letzten Zusammentreffen noch gut zu erkennen waren, hoch erhoben. Ihr zerzauster Schwanz peitschte hin und her.

Völlig verblüfft von so viel Frechheit blieben Rosalie und Nelly stehen und starrten die Schwarze mit weit aufgerissen Augen an.

Nelly schüttelte die Überraschung als erste ab. "Hör mal, hast du Mäuse im Hirn? Was soll denn der Unsinn?"

"Wenn du ebenfalls Markierungen lesen kannst, solltest du gemerkt haben, dass das hier bereits unser Revier ist," fügte Rosalie knurrend hinzu.

"Gewesen, Schätzchen! Das hier ist euer Revier gewesen," miaute die Schwarze unbeeindruckt. Dabei fixierte sie Rosalie angriffslustig.

"Warum willst du gerade unser Revier?", wunderte sich Nelly. "Es gibt doch drum herum noch genug Platz. Da kannst du dir aussuchen, was du willst."

"Genau, das kann ich! Und ich hab mir das hier ausgesucht. Viele fette Mäuse und Wasser." Die Schwarze sah sich anerkennend um. "Wie für mich gemacht!"

"Jetzt reicht es mir aber endgültig!", grollte Rosalie erbost. "Da man sich mit dir offensichtlich nicht vernünftig unterhalten kann..."

Sie beendete den Satz, indem sie die Schwarze ansprang. Sie hatte auf deren Seite gezielt und wollte sie durch ihr größeres Gewicht umwerfen.

Die Schwarze hatte aber anscheinend die ganze Zeit mit einem Angriff gerechnet und sich sofort auf die Hinterbeine gestellt, als Rosalie lossprang. Dadurch war Rosalies Angriffspunkt zu niedrig und die Schwarze packte sie von oben. Sie hieb sofort mit den Vorderpfoten auf Rosalie ein und versuchte, die Zähne in ihr Genick zu schlagen.

Nelly zögerte keinen Herzschlag lang. Sie stürzte sich mit wildem Knurren auf die Schwarze und biss ihr fest in die Schulter. Die Schwarze fuhr herum und schlug mit den Krallen nach Nelly. Dadurch konnte Rosalie sich befreien, drehte sich auf den Rücken und bearbeitete den Bauch der Gegnerin mit den Hinterbeinen. Mehrere Herzschläge lang rollten alle drei als kreischendes Knäuel durch das Unterholz.

Dann bekam Rosalie das noch intakte Ohr zu packen und biss fest zu. Die Schwarze heulte auf und versuchte, sich loszureißen. Nelly hatte sich in eins ihrer Hinterbeine verbissen und gemeinsam schafften sie es, die Schwarze unter sich zu begraben und zu Boden zu drücken.

Schwer atmend blieben sie einen Moment so liegen. Die Schwarze versuchte, sich hoch zu stemmen und die Beiden abzuschütteln, was aber völlig unmöglich war. Sie knurrte und spuckte.

"Gib endlich auf, du verrücktes Fellbündel!", knurrte Rosalie durch zusammen gebissene Zähne. "Weißt du denn nie, wann du verloren hast?" Inzwischen ging ihr diese verwahrloste Streunerin gehörig auf die Nerven.

Die einzige Antwort der Schwarzen war ein wütendes Knurren.

Rosalie überlegte, was sie jetzt machen sollte. Sie war noch nie auf einen Gegner getroffen, der sich nicht ergeben hatte, wenn er besiegt war. Das war wirklich nicht normal. Sie warf einen Blick zu Nelly, die genauso ratlos aussah. Dann hatte sie eine Idee. Wenn der Gegner nicht normal reagierte, sollte sie sich vielleicht genauso verhalten.

"Nelly!" nuschelte sie um das Ohr der Schwarzen herum. "Ich halte sie unten. Du lässt das Bein los, drehst dich um und beißt ihr die Kehle durch."

Nellys Augen weiteten sich vor Entsetzen. "Wa...?"

"Tu es einfach!", unterbrach Rosalie sie schnell und versuchte ihrer Freundin mit Blicken mitzuteilen, dass dies nur ein Bluff sein sollte.

Nelly verstand. "Ja, Rosalie. Ja, sicher." Sie lockerte den Biss um das Hinterbein und drehte sich in Richtung Kopf.

"Hey, mal langsam. Nur nichts überstürzen," miaute die

Schwarze plötzlich.

"Ach, sieh mal einer an," miaute Rosalie mit gespieltem Erstaunen. "Hast du uns noch was zu mitzuteilen, bevor wir das hier zu Ende bringen?"

Die Schwarze konnte ein wütendes Grollen nicht unterdrücken. Sofort biss Nelly wieder fester zu.

"Is ja gut!", rief die Schwarze sofort. "Ich hab´s kapiert. Ihr könnt mich loslassen."

Nelly sah fragend zu Rosalie. Die war genauso ratlos. Sie würde der Schwarzen zutrauen, dass die sofort wieder anfing zu kämpfen, wenn sie ihre Bisse lockerten. Andererseits konnten sie auch nicht auf ewig so liegen bleiben.

Mit aller Vorsicht, die Bewegungen der Schwarzen genau beobachtend, ließ Rosalie das Ohr los. Nelly spuckte das Hinterbein aus und schüttelte sich, um ausgerissenes Fell aus dem Maul zu bekommen.

Die Schwarze zog die Beine an und blieb tatsächlich erstmal liegen. Sie betrachtete Rosalie aus zusammengekniffenen Augen.

"Wozu braucht ihr überhaupt so ein großes Revier? Ihr bekommt doch euer Essen vor die Nasen gestellt. Ich muss jagen, wenn ich nicht verhungern will," miaute die Schwarze.

Rosalie wunderte sich, ob die Schwarze jetzt Mitleid erregen wollte.

"Ach, wie außergewöhnlich!" antwortete Nelly sarkastisch. "Dann wird es dich bestimmt wundern, dass ich das auch muss."

"Tatsächlich?", fragte die Schwarze ungläubig. „Aber du bist doch ein Schoßkätzchen." Sie überlegte kurz. "Ha! Wahrscheinlich waren die Menschen deiner überdrüssig und haben dich rausgeschmissen. Stimmt´s? So sind die nämlich. Wenn man nicht mehr süß genug ist oder krank wird, dann heißt es `Leb wohl und sieh zu wie du klar kommst´." Sie schnaubte abfällig.

Jetzt empfand Rosalie tatsächlich Mitleid. "Ist es dir so ergangen? Hattest du auch mal Hausmenschen?"

"Das geht euch überhaupt nix an," fauchte die Schwarze und war wieder ganz die alte. "Ich brauche keine Hausmenschen! Ich brauche niemanden. Kann für mich selbst sorgen." Sie sah zwischen Rosalie und Nelly hin und her. "Aber wenn ihr eure Mäuse selbst braucht, dann soll es nunmal so sein. Wollte ja nur nicht, dass die ganze Beute verschwendet wird, weil zwei Schoßkätzchen hier `Revier spielen´. Ich werd' schon was finden. War bisher immer so."

"Dann schlage ich vor, du machst dich jetzt auf den Weg und suchst was. Und zwar weit von hier entfernt," grollte Nelly.

Die Schwarze bedachte Nelly mit einem unergründlichen Blick. Dann drehte sie sich um und marschierte ohne große Eile durch den Wald davon.

Rosalie stand auf und folgte ihr. Diesmal würde sie sich davon überzeugen, dass die Verrückte die Grenze überquerte.

Als die Schwarze bemerkte, dass Rosalie ihr folgte, drehte sie sich um. "Ich brauche keine Eskorte. Ich kenn mich hier aus," miaute sie unfreundlich.

"Dass du dich hier auskennst, ist schon schlimm genug," grollte Rosalie zurück. "Ich möchte trotzdem sicher gehen, dass du aus unserem Revier heraus findest."

Mit einem Knurren als Antwort setzte sich die Schwarze wieder in Bewegung. Rosalie folgte ihr in einigen Katzenlängen Abstand. Nelly schloss sich ihr an.

Als sie den Rand des harten Weges erreicht hatten, sahen sie zwei Menschenjunge, die dort mit einem Ball spielten. Sie

erblickten die zerzauste schwarze Kätzin und stießen einen überraschten Ruf aus. Die Schwarze kauerte sich hin und fauchte. Daraufhin hob einer der Menschenjungen einen Stein vom Boden auf und warf ihn nach der Schwarzen. Er hatte schlecht gezielt und der Stein fiel harmlos in einiger Entfernung in die Büsche. Trotzdem stieß die Schwarze ein wütendes Heulen aus, rannte blindlings über den harten Weg und verschwand auf der anderen Seite in den Büschen.
Rosalie und Nelly hatten vor Schreck die Luft angehalten. Jetzt entspannten sie sich wieder.
"Die ist wirklich komplett verrückt!", stieß Nelly hervor. "Hast du gesehen, wie sie auf den harten Weg gestürzt ist? Was für ein Glück, dass gerade kein Brüllstinker kam."
"Ja," antwortete Rosalie nachdenklich. "Sie scheint die Menschen wirklich zu hassen. Der Stein war zwar nicht nett, aber die wollten sie doch augenscheinlich gar nicht treffen. So schlecht zielt nicht mal ein Mensch."
"Das stimmt. Ich frage mich, was ihr passiert ist." Nelly klang ebenfalls nachdenklich. "Wenn sie nicht so unfreundlich wäre, könnte ich glatt Mitleid mit ihr haben."
"Und dafür wäre sie dir bestimmt nicht dankbar." Rosalie seufzte. "Ich hoffe, sie findet ein gutes Revier und lässt uns von jetzt an in Ruhe."
"Das hoffe ich auch. Aber irgendwie glaube ich nicht, dass wir sie schon zum letzten Mal gesehen haben." Nelly drehte sich um und sah zum Wald. "Und jetzt lass uns endlich jagen."

Kapitel 16

Einige Sonnenaufgänge später erschien Prinzessin nicht mehr im Garten. Rosalie und Nelly warteten eine Weile und gingen dann zur Jagd. Aber auch als die Sonne hoch am Himmel stand, war von der Weißen Nichts zu sehen.
Nelly sah zum Fenster am Weg hoch. "Bestimmt ist sie da drin," miaute sie. "Denkst du, die Jungen sind schon da?" Aufgeregt lief sie unter dem Fenster hin und her.
Rosalie sah ebenfalls hoch und schätzte den Sprung ab. "Ich seh' mal nach."
Sie kauerte sich hin und spannte alle Muskeln bis zum Äußersten an. Mit einem gewaltigen Satz landete sie auf dem Brett vor dem Fenster. Innen war es recht dunkel und Rosalie musste erst ihre Augen an das dämmerige Licht anpassen.
"Was siehst du? Sind sie da?", rief Nelly und knetete ungeduldig mit den Vorderpfoten den Boden.
Rosalies Blick suchte das Zimmer ab. Und dann entdeckte sie Prinzessin. Sie lag, zu einer Kugel zusammen gerollt, auf einer dicken Decke in einer Kiste aus Holz.
"Ich sehe Prinzessin!", rief sie zu Nelly hinunter. "Sie schläft."
"Siehst du auch die Jungen?"
"Komm rauf und sieh selbst." Rosalie rückte an den Rand des Brettes, um Nelly Platz zu machen.
Nelly kauerte sich ganz tief und nahm alle Kraft zusammen. Sie sprang so hoch sie konnte und erreichte das Brett gerade so.
"Ich hab's geschafft!", freute sie sich und presste sofort die Nase ans Fenster. "Wo sind die Jungen?"
Rosalie hob eine Pfote ans Fenster und schabte leise an dem durchsichtigen Material. Nach einem Moment hob Prinzessin

den Kopf. Verschlafen sah sie zum Fenster. Als sie ihre Freundinnen erblickte, klärte sich ihr Blick. Sie nickte grüßend mit dem Kopf. Dann zog sie ihren buschigen Schwanz auf Seite und darunter kamen, dicht an ihren Bauch gepresst, drei kleine Fellbündel zum Vorschein.
"Oh! Sie sind da," flüsterte Nelly ehrfürchtig. "Sieh nur, Rosalie."
Prinzessin schnupperte fürsorglich an ihren Jungen und erhob sich dann vorsichtig, um sie nicht zu wecken. Sie streckte sich ausgiebig und kam dann auf die andere Seite des Fensters.
"Hallo ihr Beiden!" Ihre Stimme klang gedämpft durch das geschlossene Fenster.
"Hallo Mama!", miaute Nelly fröhlich. "Wie geht es euch? Ist alles in Ordnung?"
"Es ist alles wunderbar," antwortete Prinzessin. "Es gab keine Probleme." Sie sah zu der Kiste mit ihren Jungen. "Sind sie nicht wunderschön?"
"Ja, das sind sie," pflichtete Rosalie ihr bei. Sie betrachtete die winzigen Kätzchen beeindruckt.
"Die erste heißt Arielle." Prinzessin deutete mit dem Schwanz auf das entsprechende Häufchen schneeweißen Fells. "Die mit den hübschen, schwarzen Flecken ist Arabella und der kleine schwarze Kater mit den weißen Pfötchen heißt Aragorn."
"Hübsche Namen," miaute Nelly. "Hast du sie dir selbst ausgedacht?"
"Nein, meine Hausmenschin hat sie so genannt. Aber sie gefallen mir auch, deshalb bleib ich dabei." Prinzessin wandte ihren Blick keinen Moment von den drei Jungen ab.
Rosalie fiel auf, dass Prinzessin heute irgendwie verändert wirkte. Sie sah sehr erwachsen aus und sehr stolz. Ihre

Körperhaltung drückte eine neue Art von Selbstbewusstsein aus.

"Du musst sehr glücklich sein! Ich freue mich für dich."

"Danke, das bin ich. Diese Jungen sind das Beste, was mir je passiert ist." Prinzessin betrachtete die drei Kätzchen und ihre Augen strahlten eine unsagbare Liebe aus. "Und ich werde alles tun, um sie zu beschützen." miaute sie leise. "Alles!"

Inzwischen hatten die Jungen bemerkt, dass ihre Mutter weg war und begannen zu maunzen. Tollpatschig krabbelten sie auf der Decke herum, auf der Suche nach der Wärme ihres Körpers.

Sofort sprang Prinzessin auf den Boden und eilte zu ihnen. Sie begann sie zu lecken und schnurrte laut. Dann legte sie sich auf die Seite und schob mit einer Vorderpfote die Jungen an ihren Bauch. Dort suchte sich jedes eine Zitze und begann sogleich zu saugen. Das Maunzen verstummte und wurde durch wohliges Schmatzen ersetzt.

"Was für ein hübsches Bild," seufzte Nelly.

In dem Moment öffnete sich die Tür im Zimmer und die Hausmenschin kam herein. Sie beugte sich zu der Kiste hinunter und begann, Prinzessin über den Kopf zu streicheln. Dann nahm sie nacheinander die Jungen heraus und inspizierte sie gründlich. Sehr behutsam legte sie sie danach wieder an Prinzessins Bauch.

"Komm, wir verschwinden besser, bevor sie uns sieht," miaute Rosalie leise und sprang zu Boden.

Nelly folgte ihr und zusammen liefen sie durch die Hecke in Rosalies Garten. Dort machten sie es sich unter einem Busch bequem.

"Ach, das ist so aufregend. Wir werden die Jungen auf-wachsen sehen und sind von Anfang an dabei. Wir sind so was

wie ihre Tanten," miaute Nelly begeistert.
"Ja, könnte man so nennen," antwortete Rosalie amüsiert.
Plötzlich verschwand der fröhliche Ausdruck auf Nellys Gesicht. "Es ist bloß zu blöd, dass wir ihnen nicht die richtigen Sachen beibringen können, wie jagen und Revier markieren und so. Das würde mir großen Spaß machen, aber sie dürfen bestimmt auch nicht aus dem Garten raus."
"Nein, das denke ich auch nicht. Und Prinzessin wird ihnen wohl kaum beibringen, wie man eine Maus erlegt." Rosalie grinste.
"Nein, wird sie nicht." Nelly streckte sich ausgiebig. "Aber wo wir gerade beim Thema Mäuse sind... Ich werde nochmal jagen gehen. Kommst du mit?"
"Nein, mir reicht´s für heute. Ich werde mal sehen, ob ich meinen Hausmenschen zu einem Spiel animieren kann."
"In Ordnung. Dann viel Spaß. Wir sehen uns morgen wieder." Nelly trabte zur Hecke und verschwand in ihrem Garten.
Rosalie erhob sich und ging zum Haus. Ob ihr Hausmensch wohl schon fertig geklappert hatte? Sie schob sich durch ihre Klappe und blickte sich suchend im Hauptraum um. Dann blieb sie erstaunt stehen.
Auf dem großen Polster neben ihrem Hausmenschen saß ein fremder Mensch. Als die Klappe hinter ihr zufiel, sahen beide zu ihr hin.
"Hallo Rosalie!", begrüßte sie ihr Hausmensch.
Rosalie hob den Kopf und prüfte die Luft. Die Fremde war ein Weibchen. Und sie roch komischerweise irgendwie nach Blumen. Die Fremde sah in Rosalies Richtung und machte freundliche Laute. Dabei sah sie ihr nicht direkt in die Augen wie die meisten anderen Menschen, sondern blickte an Rosalie vorbei.

`Wie höflich´, dachte Rosalie. Langsam näherte sie sich dem Polster. Die Fremde streckte eine Vorderpfote aus, damit Rosalie daran schnüffeln konnte. Die Pfote hing schlaff nach unten. Auch sehr höflich.

Da Rosalie natürlich auch eine höfliche Katze war, kam sie näher und roch an der Pfote. Blumenduft und Katzengeruch. Aha, die Fremde war offenbar auch eine Hausmenschin für eine Katze. Jetzt sah die Fremde ihr zum ersten Mal in die Augen und zwinkerte kurz. Na, die wusste aber, was sich gehörte! Rosalie war beeindruckt und zwinkerte zurück. Sie schob ihren Kopf in die Vorderpfote der Fremden und schnurrte sanft. Die Fremde lachte leise und begann Rosalie zu streicheln.

Ihr Hausmensch machte begeisterte Laute. Anscheinend freute es ihn, dass Rosalie die Fremde mochte.

Nach ein paar Streicheleinheiten erhoben sich die Menschen und gingen in den Essensraum. Rosalie folgte ihnen neugierig. Ihr Hausmensch zeigte der Fremden ihren Napf und die Wasserstelle. Dann öffnete er die Klappe hinter der ihr Futter stand. Dabei machte er ständig erklärende Laute. Rosalie war verblüfft. Weshalb interessierte die Fremde sich so für ihr Futter?

Dann gingen die Beiden auch noch zu Rosalies Toilette und auch hier wurde erklärt.

Rosalie überlegte, was das alles bedeuten mochte. Dann kam ihr die Idee, dass die Fremde ja auch mit einer Katze leben musste. Vielleicht ließ sie sich erklären, wie man eine Katze betreut? Das machte Sinn und Rosalie war beruhigt. Interessiert folgte sie den Beiden durch das Haus. Ihr Hausmensch erzählte offenbar auch noch etwas über die Pflanzen, die vor manchen Fenstern standen.

Nach dem Rundgang setzten sie sich wieder auf das Polster. Rosalie gesellte sich dazu und stieg vorsichtig auf den Schoß der Fremden. Das schien beiden Menschen sehr zu gefallen, also machte sie es sich bequem, begann zu schnurren und ließ sich eine Weile streicheln.

Als sie genug hatte, sprang sie hinunter und lief zu dem Kasten mit ihren Spielsachen. Jetzt würde sie der Fremden noch beibringen, wie man mit einer Katze spielt.

"Mau!" Rosalie sah erwartungsvoll zwischen Kasten und Menschen hin und her.

Ihr Hausmensch lachte und erhob sich. Er nahm den Federstock aus dem Kasten und gab ihn der Fremden. Die wusste erfreulicherweise genau, was von ihr erwartet wurde. Das Spiel machte großen Spaß.

Nach kurzer Zeit war Rosalie sicher, dass die Fremde alles begriffen hatte. Sie würde bei ihrer Katze bestimmt alles richtig machen.

Zufrieden sprang Rosalie in ihr Bettchen am Fenster, rollte sich zusammen und schlief ein.

Kapitel 17

Die nächsten Sonnenphasen besuchten Rosalie und Nelly Prinzessin jeden Morgen. Zweimal war gerade die Hausmenschin im Raum und Rosalie sprang sofort wieder zu Boden, um nicht gesehen zu werden.
Manchmal war das Fenster einen Spalt geöffnet, was die Unterhaltung leichter machte.
Prinzessin erzählte immer voller Stolz von den Fortschritten der Jungen, so auch heute.
"Sie haben jetzt die Augen aufgemacht. Sieh nur, sie schauen dich an," miaute sie stolz.
Rosalie war sich nicht sicher, ob die Jungen sie wirklich ansahen. Sie vermutete eher, dass sie nur in Richtung der Stimme ihrer Mutter sahen. Aber sie wollte Prinzessin natürlich nicht widersprechen.
"Ja, tatsächlich. Und ihre Augen sind ganz blau. So wie deine," bemerkte sie.
"Das kann sich noch ändern. Am Anfang sind sie alle blau, aber mit der Zeit kann sich die Farbe verändern," erklärte Prinzessin.
"Ach! Das wusste ich gar nicht," musste Rosalie zugeben.
"Ihr Vater hat sehr schöne grüne Augen. Also können sie die vielleicht auch bekommen. Aber das spielt keine Rolle. Sie werden mit jeder Augenfarbe zauberhaft aussehen." Prinzessin bedachte jedes Junge mit einem liebevollen Blick. Dann seufzte sie. "Sie wachsen so schnell. Sie verlassen jetzt immer öfter die Wurfhöhle und gehen auf Entdeckungsreisen im ganzen Raum. Ständig maunzt eines, weil es den Rückweg noch nicht findet." Sie lachte leise. "Ich bin bald nur noch damit beschäftigt, meine Jungen einzusammeln."

An ihrem Tonfall hörte Rosalie, dass Prinzessin keineswegs ärgerlich war. Sie sprach wie immer voller Stolz und Liebe.
"Man kann sogar schon etwas über ihren Charakter erahnen," fuhr Prinzessin fort. "Arielle scheint die schüchternste zu sein. Sie bleibt noch die meiste Zeit bei mir und wenn sie die Höhle verlässt, dann nur ein kurzes Stückchen. Wenn sie nicht weiß, wo ich bin, dann maunzt sie sofort los. Arabella ist etwas forscher und spielt auch schon mit ihrem Bruder. Aragorn ist recht frech und unternehmungslustig. Er war schon in den hintersten Winkeln des Raumes. Und gestern musste ich ihn aus meiner Toilette `retten´." Sie lachte. "Er hat vor nichts Angst."
Genau in diesem Moment kam Aragorn aus der Höhle getapst. Es sah sehr niedlich aus, wie er tollpatschig versuchte, seine vier Pfoten zu koordinieren. Trotzdem hielt er das Schwänzchen schon stolz erhoben und Rosalie bemerkte, dass nicht nur seine Pfötchen, sondern auch die Schwanzspitze weiß war. Er stand nun mitten im Raum und sah zum Fenster hinauf.
"Was machst du da oben?", miaute er mit hoher Piepsstimme.
"Das hört sich ja süß an," amüsierte sich Rosalie. Es war das erste Mal, dass sie eins der Jungen miauen hörte.
"Ich unterhalte mich mit meiner Freundin Rosalie. Sie sitzt da draußen," erklärte Prinzessin und deutete mit dem Schwanz auf das Fenster.
Angestrengt versuchte Aragorn, sich größer zu machen und zum Fenster hoch zu schauen. Dann verlor er das Gleichgewicht und plumpste auf die Seite. Prinzessin sprang sofort zu Boden, lief zu ihm und begann ihn zu lecken.
"Is´ ja gut. Lass das!", beschwerte sich der kleine Kater sofort.

Er befreite sich von der Zunge seiner Mutter und kam näher ans Fenster. "Ich kann nicht bis dahin sehen. Ruf deiner Freundin zu, sie soll rein kommen, damit ich mit ihr spielen kann," verlangte er.

Prinzessin schnurrte vergnügt. "Das kann ich nicht. Rosalie darf nicht in diesen Raum. Du wirst sie kennen lernen, wenn wir alle zusammen in den Garten dürfen. Aber das dauert noch eine Weile. Erst müsst ihr noch ein bisschen größer werden."

"Ich bin schon groß!", behauptete Aragorn sofort. "Schau!" Er stellte sich auf die Hinterbeinchen und breitete die Vorderbeine aus. "So groß bin...." Er kippte hintenüber und landete auf dem Schwanz seiner Mutter.

Prinzessin zog ihn mit ihrem Schwanz zu sich heran und leckte ihm über den Kopf.

"Natürlich bist du schon groß, mein Kleiner. Aber du musst noch größer werden, wenn du in den Garten willst."

"Was ist ein Garten?", fragte eine weitere Piepsstimme zaghaft. Dann kam das Gesicht von Arielle zum Vorschein. Vorsichtig schob sie sich aus der Höhle und setzte sich dicht neben ihre Mutter.

"Das ist der Ort, an den wir alle hingehen, wenn ich groß genug bin," brüstete sich Aragorn.

"Dort gehen wir hin, wenn ihr alle groß genug seid," berichtigte ihn Prinzessin.

"Warum müssen wir denn hier weg? Hier ist es doch schön," fragte Arielle ängstlich.

"Weil es hier drin irgendwann zu eng wird, wenn ihr alle schön wachst. Mach dir keine Sorgen," sie leckte Arielle fürsorglich über die Ohren. "Der Garten wird dir gefallen. Das verspreche ich."

"Mir gefällt er bestimmt!" Arabella kam nun auch dazu und machte aufgeregte kleine Hopser. "Und keiner muss Angst haben. Ich beschütze euch." Sie holte mit ihrer winzigen Pfote aus und schlug auf den Schwanz von Prinzessin.

Prinzessin lachte und bewegte ihren Schwanz langsam ein wenig hin und her. Begeistert stürzten sich die Jungen darauf und versuchten, die langen Haare zu erhaschen. Nach wenigen Minuten verlangsamte Prinzessin das Spiel immer mehr.

"Siehst du," miaute Arielle ganz leise, "so werde ich euch verteidigen." Dann gähnte sie und war sofort eingeschlafen.

Auch die anderen beiden Jungen schliefen bereits, erschöpft von dem Spiel. Selbst im Schlaf hielt Aragorn immer noch ein Büschel Schwanzhaare fest im Maul. Prinzessin zog sie vorsichtig weg, dann packte sie ihre Jungen nacheinander am Nackenfell und trug sie in die Höhle, wo sie sie liebevoll ablegte und nochmals leckte.

Rosalie hatte die ganze Szene amüsiert beobachtet. "Ich sehe, du hast einiges zu tun," miaute sie mit einem Lachen.

"Nun ja, sie halten mich wirklich auf Trab," gab Prinzessin zu. "Aber um nichts in der Welt würde ich sie hergeben."

"Ich freue mich wirklich darauf, euch alle demnächst im Garten zu sehen. Hoffentlich bleibt das schöne Wetter noch eine Weile, damit deine Jungen noch eine angenehme Zeit dort verbringen können. Es ist an manchen Sonnenphasen schon recht kühl."

"Das hoffe ich auch. Und ich freue mich schon so, wenn du und Nelly die Kleinen dann richtig kennenlernt." Prinzessin schob sich auch in die Höhle und legte sich fürsorglich um ihre Jungen. "Und jetzt bin auch müde." Sie lachte. "Je länger die Kleinen jede Sonnenphase durchhalten, umso schneller werde ich müde."

"Dann schlaf gut. Bis morgen," verabschiedete sich Rosalie und sprang zu Boden.

Sie streckte sich ausgiebig und überlegte, was sie nun tun sollte. Wo war eigentlich Nelly? Sie hatte sie heute noch gar nicht gesehen. Rosalie trabte los zu Nellys Garten. Dort schnupperte sie ausgiebig. Anscheinend war Nelly noch nicht draußen gewesen. Ihre Gerüche waren alle schon alt. Besorgt lief Rosalie zum Haus und schaute durch die durchsichtige Tür in den Hauptraum. Dort war Nelly ja! Sie lag auf dem großen Polster und schlief. Rosalie begann, an der Tür zu kratzen und miaute laut. Sofort hob Nelly den Kopf. Als sie Rosalie erblickte, sprang sie zu Boden und lief zur Tür.

"Hallo Rosalie!", erklang ihre Stimme gedämpft durch die Tür.

"Hallo Nelly! Was ist los? Warum bist du drinnen?", fragte Rosalie besorgt.

"Ach, die haben vergessen, mich raus zu lassen," miaute Nelly betrübt. "Ich hab oben geschlafen, da hat mich wohl keiner gesehen. Und dann sind sie weg und jetzt komm ich nicht raus."

„Wie ärgerlich! Deine Hausmenschen könnten ruhig mal mehr an dich denken," miaute Rosalie mitfühlend.

"Ja, könnten sie wohl," seufzte Nelly. "Aber nun ist es nicht zu ändern. Wenigstens haben sie mir Futter hingestellt." Dann wurde ihr Gesichtsausdruck neugierig. "Warst du schon bei den Jungen? Wie geht es ihnen?"

Rosalie erzählte ausführlich von ihrem heutigen Besuch.

"Oh, wie aufregend. Ich freue mich schon so darauf, wenn sie das erste Mal rauskommen werden. Und dann werden sie mich beim nächsten Besuch schon zum ersten Mal sehen können. Ob sie mich mögen werden?", überlegte Nelly.

"Natürlich! Warum sollten sie dich nicht mögen? Du hast komische Ideen," miaute Rosalie verblüfft.
Nelly blickte ihre Freundin nachdenklich an. "Nun ja, was denkst du, was Prinzessin ihnen alles beibringen wird? Meinst du, sie erzählt ihnen diesen Reinrassig-Bauernhofkatze-Kram?"
Jetzt verstand Rosalie. "Das kann ich mir wirklich nicht vorstellen. Prinzessin hat doch längst eingesehen, dass das völliger Unsinn ist. Mach dir keine Sorgen. Die Kleinen werden dich lieben, da bin ich ganz sicher."
"Wenn du meinst." Nelly sah noch nicht völlig überzeugt aus. Dann schüttelte sie sich. "Tja, da ich erstmal nicht hier raus kann, werde ich mir eine bequeme Stelle suchen und schlafen bis meine Hausmenschen wieder da sind. Du musst den Kontrollgang wohl ohne mich machen."
"Ja, schade. Komm einfach zu mir, wenn sie die Tür aufgemacht haben. Ich geh dann jetzt die Runde. Mach´s gut." Rosalie verabschiedete sich und trabte los.
Sie lief die übliche Route am Bach entlang, durch den Wald und durch die kleinen Gärten zurück. Sie fand keine fremden Gerüche, alles war in Ordnung. Als sie den Weg hinunter zu ihrem Garten lief, blieb sie kurz unter Prinzessins Fenster stehen und horchte, aber es war alles still. Da sie nicht wusste, was sie noch tun sollte, entschied sie sich, nach ihrem Hausmenschen zu sehen. Vielleicht war er ja wieder zu einem Spiel aufgelegt. Also durchquerte sie ihren Garten und schlüpfte durch die Klappe. Es war kein Geklapper zu hören, aber sie hörte ihn durch das Haus gehen. Mit hoch erhobenem Schwanz trabte sie durch den Hauptraum in Richtung Schlafraum. Dann blieb sie abrupt stehen. Was war denn das?

Auf dem Boden vor dem Schlafraum stand eine große Kiste aus Stoff. Vorsichtig trat Rosalie näher und schnupperte. In der Kiste lagen diverse Aussenfelle ihres Hausmenschen, was Rosalie merkwürdig fand. Das musste näher untersucht werden.

Vorsichtig stieg Rosalie in die Kiste und beschnupperte die Aussenfelle. Mit den Vorderpfoten hob sie ein paar davon an und sah darunter. Sie konnte nichts außergewöhnliches feststellen, außer dass die Sachen eben hier lagen, wo sie nicht hin gehörten. Sie tastete mit den Vorderpfoten in der Kiste herum. Eigentlich war es eine sehr nette Kiste und durch die vielen Aussenfelle auch sehr bequem. Also zog sie einige davon in die Mitte zu einem hübschen Nest, tretelte noch ein bisschen und legte sich dann darauf. Hier ließ es sich prima dösen. Rosalie schloss die Augen.

In diesem Moment kam ihr Hausmensch aus dem Schlafraum. Über den Vorderbeinen trug er noch mehr Felle. Als er Rosalie in der Kiste liegen sah, machte er einen verärgerten Laut. Er legte die Felle ab und beugte sich zu ihr hinunter. Rosalie begann zu schnurren. Doch anstatt sie zu streicheln, hob er sie aus der netten Kiste und stellte sie recht unfreundlich daneben ab. Dabei machte er noch mehr verärgerte Laute. Dann nahm er die Aussenfelle, auf welchen Rosalie so schön gelegen hatte, aus der Kiste, schüttelte sie und zupfte daran herum. Das machte Rosalie wieder neugierig und sie stieg erneut in die nette Kiste hinein.

"Rosalie!", ermahnte er sie ziemlich streng.

Rosalie sah zu ihm auf und zwinkerte.

Er zwinkerte nicht. Er nahm sie hoch, stellte sie auf den Boden und hob schnell die nette Kiste hoch. Die trug er dann in den Schlafraum und legte sie auf das große Bett. Bevor Rosalie die

Möglichkeit hatte, ihm zu folgen, schloss er die Tür hinter sich. `Wie unhöflich´, dachte Rosalie. So benahm er sich doch sonst nicht.
Da sie nichts Besseres zu tun hatte, legte sie sich vor die Tür und wartete. Sie hörte ihn im Schlafraum hin und her gehen. Klappen wurden geöffnet und geschlossen.
Nach einer Weile ging die Tür endlich wieder auf. Rosalie sprang auf die Pfoten und strich schnurrend an den Hinterbeinen ihres Hausmenschen entlang. Der trug die nette Kiste bei sich, die jetzt geschlossen war. Sie gingen in den Eingangsraum und er stellte die Kiste dort wieder auf den Boden. Rosalie inspizierte sie erneut, aber es war kein Eingang mehr zu finden. Also legte sie sich einfach oben drauf. Jetzt sprach ihr Hausmensch auch wieder freundlich mit ihr und streichelte sie. Rosalie schnurrte und genoss die Zuwendung. Dann hockte sich ihr Hausmensch auf den Boden und nahm Rosalie in die Vorderbeine. Er drückte sie an sich und machte ständig Laute. Rosalie war in gewisser Weise klar, dass er ihr irgendetwas erklärte. Nur was das war, das verstand sie nicht. Was sie allerdings verstand war, dass ihr Hausmensch sie sehr lieb hatte. Also schnurrte sie so laut sie konnte und schmiegte sich an ihn, um ihm zu zeigen, dass sie ihn auch liebte. Das Schmusen dauerte eine ganze Weile und war sehr schön. Dann erhob sich ihr Hausmensch, zog sein Außenfell für Draußen an und griff nach der netten Kiste. Er bückte sich nochmals, um Rosalie über den Kopf zu streicheln und ging dann zur Tür hinaus.
Rosalie lief zum Fenster und sah ihm hinterher. Vor dem Haus stand ein hellfarbener Brüllstinker. Daran lehnte ein Mensch. Ihr Hausmensch ging auf den Brüllstinker zu, der Mensch nahm ihm die nette Kiste ab und stellte sie hinten in den

Brüllstinker. Dann öffnete er eine Klappe an der Seite und ihr Hausmensch kletterte hinein. Bevor er die Klappe zuzog, drehte er sich noch einmal um und sah zu Rosalie. Er hob eine Vorderpfote und bewegte sie in der Luft. Dann schloss sich die Klappe und der Brüllstinker fuhr los.

Rosalie wechselte zu dem anderen Fenster, wo ihr Lieblingsbettchen stand und rollte sich bequem zusammen.

Sie würde ein wenig dösen, während sie auf Nelly wartete.

Und ihr Hausmensch würde ja auch bald wieder da sein. Er blieb nie lange weg.

Kapitel 18

Rosalie erwachte vom Geräusch der Klappe. Sie setzte sich auf und bemerkte, dass es bereits Mondphase war. Nelly stand unter ihr und miaute eine Begrüßung.
Rosalie schüttelte und streckte sich. Warum war sie bloß nicht wach geworden, als ihr Hausmensch zurück kam. Das war ihr noch nie passiert. Sie begrüßte Nelly und machte dann schnell einen Rundgang durch das Haus. Nelly folgte ihr.
"Was suchst du denn?", wollte sie wissen.
"Mein Hausmensch ist nicht da," stellte Rosalie verblüfft fest.
"Na und? Meine Hausmenschen sind ständig nicht da. Was ist denn so schlimm daran?", miaute Nelly verständnislos.
"Aber meiner ist immer da!" Rosalie war besorgt. "Also, natürlich geht er ab und zu weg," räumte sie ein. "Aber er kommt immer hierher zum Schlafen. Die Mondphase ist schon fast vorbei und er ist nicht zurück."
"Nun mach dir keine Sorgen. Hausmenschen kommen und gehen. Aber sie kommen immer zurück," miaute Nelly zuversichtlich. "Irgendwann jedenfalls," fügte sie leise hinzu.
"Du verstehst das nicht." Rosalie rannte weiter von einem Raum zum nächsten. "Meiner ist anders. Er denkt an mich. Er würde mich nie einfach allein lassen."
Nelly ging das ganze Rumgerenne auf die Nerven. Sie setzte sich hin und begann sich zu putzen.
"Nun, anscheinend hat er´s getan," bemerkte sie trocken.
Als sie Rosalies entsetzten Gesichtsausdruck sah, tat ihr die Bemerkung sofort leid. Sie ging zu ihrer Freundin und rieb ihren Kopf an Rosalies Kinn.
"Reg dich nicht unnötig auf, Rosalie. Hausmenschen gehen eben manchmal weg. Das ist halt so. Und dann kommen sie

wieder und alles ist wie immer."

Rosalie beruhigte sich etwas. Dann fiel ihr das Verhalten ihres Hausmenschen vor seinem Weggang ein.

"Nelly, nehmen deine Hausmenschen auch immer große Kisten mit, wenn sie länger weg sind? Kisten aus Stoff mit ihren Fellen drin?", wollte sie wissen.

Nelly überlegte. "Ja, manchmal schon. Ihre Kisten sind aus dem harten Material, das nicht riecht. Aber sie tun auch ihre Aussenfelle da rein. Sogar ziemlich viele."

"Und wie lange sind sie dann weg, wenn sie die Aussenfelle mitnehmen?", fragte Rosalie gespannt.

"Unterschiedlich. Manchmal nur zwei Sonnenphasen, manchmal viele. Da gibt es keine Regel," antwortete Nelly.

Rosalie wurde es etwas mulmig. Sie konnte sich einfach nicht vorstellen, dass ihr Hausmensch sie mehrere Sonnenphasen unversorgt zurücklassen würde. Sie trabte in die Küche und schnupperte an ihrem Napf. Der war voll. Sogar sehr voll.

Völlig unbekümmert kauerte Nelly sich davor und begann zu essen. Nach kurzem Zögern gesellte Rosalie sich dazu. Als Beide satt waren, war immer noch Futter übrig.

"Das war gut!" Nelly putzte ihren Latz und die Pfoten. "Lass uns noch ein bisschen dösen, bis die Sonne aufgeht. Danach gehen wir Prinzessin und die Jungen besuchen. Und vielleicht ist dein Hausmensch dann ja schon wieder zurück."

"Ja, gut." Rosalies Stimmung war immer noch bedrückt.

Sie sprang in ihr Bettchen am Fenster und machte es sich bequem. Nelly kuschelte sich fest an sie und begann sie zu putzen. Das rhythmische Lecken beruhigte Rosalie und bald war sie wieder eingeschlafen.

Einige Zeit später wurde Rosalie erneut durch ein Geräusch geweckt. Verschlafen setzte sie sich auf und spitzte die Ohren.

Was hatte sie gehört? Durch das Fenster schien helles Sonnenlicht, also hatten sie ziemlich lange geschlafen.

Dann hörte sie es wieder. Die Haustür ging auf. Voller Freude sprang Rosalie zu Boden und rannte miauend in den Eingangsraum.

"Hallo Rosalie!", wurde sie begrüßt. Die richtigen Laute, aber die falsche Stimme.

Verwirrt blieb Rosalie stehen und schnupperte. Es war die Fremde mit dem Blumenduft. Was wollte die denn hier? Und wo war ihr Hausmensch?

Die Fremde hatte sich gebückt und hielt Rosalie die Pfote hin. Rosalie ging zu ihr und stupste die Pfote kurz an. Dann lief sie eine schnelle Runde durch das Haus, aber ihren Hausmenschen konnte sie nicht finden. Wie merkwürdig.

Sie hörte die Fremde im Essenraum mit dem Napf klappern. Sie lief zu ihr und beobachtete, wie sie den Napf unter das fließende Wasser hielt und dann neu füllte. Als sie den Napf auf den Boden stellte, kam Nelly um die Ecke. Die Fremde gab einen überraschten Laut von sich und sah zwischen Rosalie und Nelly hin und her. Dann hockte sie sich hin und lockte Nelly zu sich.

"Wer ist das?", fragte Nelly skeptisch.

"Sie ist auch eine Hausmenschin. Sie war schon mal hier, um zu lernen. Was sie jetzt hier will, weiß ich nicht, aber sie hat Futter hingestellt," miaute Rosalie. "Und sie ist sehr höflich!", fügte sie noch hinzu.

"Aha." Mehr fiel Nelly dazu nicht ein. Da sie nicht unhöflich sein wollte, ging sie zu der Fremden, schnupperte an deren Pfote und strich kurz mit dem Kopf an ihren Hinterbeinen entlang. Dann setzte sie sich vor den Napf und begann zu essen. Die Fremde beobachtete sie aufmerksam und sah auch immer wieder zu Rosalie, als ob sie eine Reaktion erwarten würde. Also setzte Rosalie sich neben Nelly und aß auch ein paar Brocken. Damit war die Fremde offenbar zufrieden, denn sie erhob sich und entspannte sich sichtlich.

Nachdem die Fremde auch die Wasserstelle aufgefüllt und sich um Rosalies Toilette gekümmert hatte, streichelte sie Rosalie noch ein bisschen, machte freundliche Laute und ging dann wieder zur Tür hinaus.

Rosalie und Nelly blieben noch eine Weile im Eingangsraum und warteten, aber es passierte nichts mehr. Die Fremde war weg und Rosalies Hausmensch blieb verschwunden.

Rosalie seufzte. Dann schüttelte sie sich und sah sich nach Nelly um. "Komm, wir gehen Prinzessin besuchen," miaute sie.

Nelly war begeistert und rannte sofort los. Sie schlüpften durch die Klappe, rannten über das Gras und schoben sich unter der Hecke durch. Am Weg angekommen liefen sie sofort nach links in Richtung Fenster.

"Hallo ihr Beiden! Ich bin hier drüben!", erklang Prinzessins Stimme von rechts.

Die beiden Kätzinnen hielten sofort an und drehten synchron die Köpfe herum. Prinzessin saß am Zaun im Garten.

Nelly lief sofort zu ihr hin und drückte ihre Nase durch den Zaun. "Hallo Prinzessin! Du bist wieder draußen! Wie schön! Wo sind die Jungen?" Nellys Blick suchte aufgeregt den Garten ab.

"Sie sind oben. Sie sind noch zu klein für den Garten," miaute Prinzessin.

Nelly machte ein enttäuschtes Gesicht. "Aber wieso bist du dann hier?"

Inzwischen war auch Rosalie am Zaun. "Du lässt deine Jungen

alleine?", fragte sie ungläubig.
"Sie schlafen, ihnen kann nichts passieren. Und ich bleibe ja auch nicht lange weg. Aber so eine kleine Pause vom Muttersein ist recht erholsam." Prinzessin streckte sich ausgiebig. "Meine Hausmenschin hat ein hohes Stück Holz vor die Tür des Raumes gestellt. Ich kann drüber springen, aber die Kleinen noch lange nicht. So kann ich ab und zu mal nach draußen," erklärte sie.
"Wie lange wird es denn noch dauern, bis sie raus dürfen?", wollte Nelly wissen. "Ich möchte sie so gerne spielen sehen."
"Noch eine Weile. Aber sie wachsen trotzdem viel zu schnell. Schon bald werden sie mich nicht mehr brauchen," miaute Prinzessin wehmütig.
"Ich möchte sie aber noch sehen," miaute Nelly. "Ich spring mal zum Fenster hoch." Sie erhob sich und trabte den Weg entlang.
"Ich wollte sowieso gerade wieder rein," stimmte Prinzessin zu. "Allzulange will ich sie dann doch nicht alleine lassen." Sie stand ebenfalls auf und lief zum Haus.
Rosalie folgte Nelly und sprang neben ihr vor das Fenster.
"Sieh nur, da sind sie," miaute Nelly fröhlich. "Sie werden jede Sonnenphase größer."
Die drei Jungen lagen eng aneinander gekuschelt in der Kiste. Ein kleiner Haufen schwarz-weißen Fells. Ab und zu zuckte ein winziges Ohr. Dann betrat Prinzessin den Raum und legte sich zu ihnen. Sofort wachten die Jungen auf und maunzten. Prinzessin legte sich auf die Seite und jedes Junge suchte sich eine Zitze und begann zu saugen.
"Ach, es ist bestimmt schön, Mutter zu sein," miaute Nelly.
"Zumindest solange sie noch so klein sind," antwortete Rosalie schmunzelnd. "Wenn sie größer werden und unter-

nehmungslustiger, dann wird sie keine so entspannten Zeiten mehr haben, denke ich."
"Aber das ist es wert!", miaute Nelly mit Bestimmtheit.
"Prinzessin gibt dir auf jeden Fall Recht," stimmte Rosalie zu. Dann streckte sie sich und machte einen Buckel. "Ich mach' jetzt die Runde. Du kannst ja noch ein bisschen hier bleiben, wenn du willst."
"Nein, nein, ich komm schon mit." Nelly sprang zu Boden und streckte sich ebenfalls ausgiebig.
Schulter an Schulter trabten sie den Weg entlang zu den kleinen Gärten. Rosalie beschnupperte ausgiebig die Büsche an der Hausseite, Nelly lief zum harten Weg und folgte dessen Rand.
Als Rosalie schon fast den Waldrand erreicht hatte, hörte sie, wie Nelly plötzlich scharf die Luft einzog.
"Rosalie! Komm her, schnell!", rief Nelly aufgeregt.
Sofort lief Rosalie los und stellte sich neben ihre Freundin.
"Was ist denn los? Riechst du was Fremdes?", wollte sie wissen.
Nelly antwortete nicht. Sie stand ganz steif und sah zu einem bestimmten Punkt auf dem harten Weg.
Verwundert folgte Rosalie Nellys Blick. Dann zuckte sie zusammen.
Mitten auf dem harten Weg lag ein schwarzes Fellbündel. Um das Bündel herum hatte sich die Oberfläche rot verfärbt.
"Oh, große Katze!", flüsterte Rosalie. "Das ist die Schwarze, nicht wahr?"
Nelly schnupperte in die Luft. "Ja, das ist sie," bestätigte sie ebenso leise.
"Wir sollten nachsehen, ob sie... ob sie noch Hilfe braucht."
Nelly sah Rosalie erstaunt an, miaute aber nichts.

Die beiden Kätzinnen kauerten sich am Rand des harten Weges hin und spähten in alle Richtungen. Es war kein Brüllstinker zu sehen oder zu hören.
"Komm!", forderte Rosalie Nelly auf und betrat den harten Weg.
Gemeinsam gingen sie langsam auf das Fellbündel zu. Rosalie umrundete die Gestalt vorsichtig, wobei sie darauf achtete, nicht auf die roten Stellen zu treten.
Nelly schnupperte an dem schwarzen, zerzausten Fell. "Sie braucht keine Hilfe mehr," bemerkte sie traurig.
"Nein," stimmte Rosalie ihr zu. Dann seufzte sie tief. "Ich kann nicht behaupten, dass ich sie gemocht habe, aber das hier hat sie nicht verdient."
"Das hier hat keiner verdient! Warum können sie nicht besser aufpassen mit ihren ekelhaften Brüllstinkern?", miaute Nelly wütend.
"Sie hätte selbst besser aufpassen müssen," miaute Rosalie. "Weißt du noch, wie sie einfach auf den harten Weg gerannt ist, als einer der Menschen den Stein geworfen hat?" Sie schüttelte sich. "Ich wünsche ihr, dass ihr nächstes Leben ein Besseres wird als dieses hier." Sie berührte die Schwarze ein letztes Mal mit der Schnauze am Ohr.
"Das wünsche ich ihr auch!", miaute Nelly und beugte sich über das stumpfe Fell, um der leblosen Kätzin ebenfalls einen letzten Gruß mitzugeben.
Als ihre Nase am Bauch der Schwarzen entlangstrich, entfuhr ihr plötzlich ein überraschter Schrei.
"Oh nein!" Nelly sah unglücklich zu Rosalie hinüber.
"Was ist denn?", fragte Rosalie verständnislos.
"Komm her und riech mal," verlangte Nelly traurig.
Mit fragendem Blick umrundete Rosalie die schwarze Kätzin

und setzte sich neben Nelly. Nelly schnupperte nochmals an deren Bauch und sah dann Rosalie mit einem derart entsetzten Blick an, dass ihr ganz mulmig wurde.
Rosalie beugte sich vor, schnupperte und begriff schlagartig. Die Zitzen der leblosen Kätzin waren prall gefüllt mit Milch.

Kapitel 19

"Sie hat Junge!", miaute Nelly traurig. "Was wird denn jetzt aus denen werden?"
"Wenn sie noch klein sind, werden sie wohl keine Chance haben," miaute Rosalie bekümmert. Dann wurde sie nachdenklich. "Deshalb war sie so auf unser Revier aus. Sie wollte ein ergiebiges Jagdgebiet, um ihre Jungen groß zu ziehen."
"Das macht Sinn," pflichtete Nelly ihr bei. "Aber wo mögen die Jungen jetzt sein? In unserem Revier auf jeden Fall nicht."
"Die können überall sein," miaute Rosalie. "Das werden wir nie erfahren."
Nelly fuhr herum und sah Rosalie mit einem merkwürdigen Blick an, den sie nicht deuten konnte.
"Wir müssen die Jungen suchen!", miaute Nelly und fixierte Rosalie herausfordernd.
"Was?", antwortete Rosalie verblüfft. "Wie kommst du denn darauf?"
"Wenn die Jungen nicht versorgt werden, werden sie dieses Leben verlassen wie ihre Mutter. Wir haben sie davongejagt und können nichts mehr für sie tun. Aber wir können die Jungen retten." Nellys Tonfall duldete keinen Widerspruch.
Zuerst war Rosalie zu überrascht, um zu antworten. Nelly begann bereits den Boden nach einer Spur der Schwarzen abzusuchen. Dann schüttelte Rosalie ihre Verblüffung ab.
"Moment mal! Was soll das?", fragte Rosalie barsch. "Selbst wenn du die Jungen tatsächlich findest, was ich nicht glaube, was willst du dann tun?"
Nelly sah sie an und Rosalie konnte sehen, dass sie wütend wurde. "Das entscheide ich, wenn ich sie gefunden habe. Und ich werde sie finden, ob du mir hilfst oder nicht!" Nelly

atmete tief durch und ihr Blick wurde weniger aggressiv. "Rosalie, du weißt doch selbst, wie das ist, wenn die Mutter das Leben wechselt. Du hast mir erzählt, dass du da auch noch ganz klein warst. Was wäre gewesen, wenn sich keiner für dich interessiert hätte? Wenn sich keiner gekümmert hätte?"

Die Sätze trafen Rosalie mitten ins Herz. Nur zu gut erinnerte sie sich daran, wie sie sich gefühlt hatte, als ihre Mutter einfach nicht zurückgekommen war. Als sie, nur ein paar Sonnenaufgänge alt, mit ihrer Schwester, die immer schwächer wurde, alleine gewesen war. An die Angst, den Hunger und die Hoffnungslosigkeit.

"Also gut!" Rosalie spannte ihre Muskeln an und hielt den Kopf hoch. "Lass uns die Jungen finden."

Sofort senkte Nelly den Kopf und begann, den Boden zu beschnuppern. Sie folgte dem Rand des harten Weges, bis ihr der Geruch der Schwarzen in die Nase stieg.

"Sie ist von hier gekommen!", rief sie Rosalie zu.

Rosalie kam näher und schnupperte ebenfalls. "Ja, sie ist hier gewesen. Jetzt müssen wir der Spur folgen und hoffen, dass sie uns zu den Jungen führt."

Die beiden Kätzinnen betrachteten die fremde Umgebung. Auf dieser Seite des harten Weges waren sie noch nie gewesen. Es war unbekanntes Gebiet.

Dort, wo die Beiden jetzt standen, gab es rechts ein paar kleine Gärten mit Häusern dahinter, links begann der Wald.

"Ich glaube nicht, dass sie ihre Jungen in der Nähe der Menschen bekommen hat," überlegte Rosalie laut.

"Da hast du bestimmt Recht," stimmte Nelly zu. Sie drehte den Kopf in Richtung Wald. "Wir sollten hier drüben anfangen."

Rosalie straffte sich, hielt Kopf und Schwanz hoch erhoben und machte den ersten Schritt. Schulter an Schulter mit Nelly ging sie zu den Büschen am Waldrand. Dort trennten sie sich und schnupperten konzentriert an den Büschen. Nelly ging nach rechts, Rosalie nach links.
Nach kurzer Zeit rief Nelly Rosalie zu sich. "Ich habe die Spur gefunden." Sie setzte sich und bedeutete Rosalie, an einem bestimmten Zweig zu schnuppern.
"Ja, sie ist hier gewesen," bestätigte Rosalie. "Und zwar vor kurzem."
"Der Geruch führt in den Busch hinein," miaute Nelly. "Wir müssen ihm folgen."
Vorsichtig schob sie ihren schlanken Körper zwischen die Zweige und robbte unter dem Busch hindurch. Rosalie hatte etwas Mühe, ihr zu folgen, da sie größer war und sich ihr langes Fell in den vielen kleinen Ästchen verhakte. Als sie endlich auf der anderen Seite wieder ins Freie trat, hatte sie einige Büschel eingebüßt und kleine Aststückchen steckten überall in ihrem Fell.
Nelly betrachtete ihre Freundin mit kritischem Blick. "Und du bist sicher, dass du von Waldkatzen abstammst?", neckte sie sie.
"Ja! Waldkatzen! Und nicht Buschkatzen!", antwortete Rosalie genervt und versuchte die Ästchen abzuschütteln.
"War vielleicht auch ein Igel dabei?", fragte Nelly und lachte.
Rosalie funkelte sie an. "Willst du die Jungen finden oder dich über mich lustig machen? Das hier ist eine ernste Sache!"
Nelly verstummte und blickte betreten zu Boden. "Du hast natürlich Recht. Tut mir leid! Lass uns weitergehen."
Sie setzten sich wieder sich in Bewegung. Dann drehte Nelly sich zu Rosalie herum und schmunzelte. "Beim nächsten

Busch such' ich die Spur und du kannst einfach drum herum gehen. Wär doch einfacher, oder nicht?"
Rosalie schnaubte durch die Nase und antwortete gar nicht.
Sie folgten der Spur eine lange Strecke durch den Wald. Der Geruch der Schwarzen war auf dem Boden und an Zweigen immer noch einfach zu finden. Irgendwann hörte der Wald auf und sie traten auf eine freie Grasfläche. Hier kamen sie schneller voran, bis sie eine Stelle erreichten, an der der Boden plötzlich steil abfiel. Die beiden Kätzinnen schauten in eine große Senke. Die steilen Wände bestanden aus Stein und Geröll. Hier und da wuchsen kleine, windschiefe Büsche. Am Boden der Senke lagen viele, sehr große Steine und in der Mitte stand Wasser.
Nelly schnupperte konzentriert am Rand der Senke entlang. "Die Spur führt hier oben nicht weiter. Sie muss da runter gegangen sein."
Sie schauten den Hang hinunter. Es war kein Weg erkennbar, es gab nur Geröll und Staub.
Dann atmete Rosalie tief durch und setzte die erste Pfote über den Rand. "Wenn sie da lang ist, dann müssen wir das auch," murmelte sie.
Das lose Geröll machte den Abstieg schwierig. Bei jedem Schritt lösten sich kleine Steine und rollten den Hang hinab. Rosalie versuchte, immer in Richtung eines der großen Felsböcke zu rutschen, den sie dann als Bremshügel benutzte. Nelly folgte exakt ihrem Weg.
Als sie etwa die Hälfte des Hanges geschafft hatten, umrundete Rosalie wieder einen der großen Blöcke. Als sie hinter dem Felsblock hervortrat, flitzte plötzlich ein Kaninchen los, das wohl unter dem Fels Zuflucht gesucht hatte. Rosalie erschrak fürchterlich und machte einen Satz in

die Luft. Als sie wieder landete, gab das lose Geröll unter dem Aufprall nach. Rosalie spürte, wie sich der Boden unter ihren Pfoten in Bewegung setzte. Panisch begann sie, bergauf zu laufen, rührte sich dabei aber nicht von der Stelle, da das Geröll unter ihr durchrutschte. Sie fand keinen Halt und der Boden bewegte sich immer schneller. Schließlich rutschte sie in einem Hagel aus Steinen den Hang hinab bis zum Grund. Sie landete hart und das nachfolgende Geröll begrub ihre Hinterbeine unter sich.

"Rosalie!", hörte sie Nelly schreien. "Bist du verletzt?"

Rosalie drehte den Kopf und sah ihre Freundin den Hang hinunterschlittern, wobei Nelly auch immer wieder kleinere Geröllawinen auslöste.

"Mach langsam, Nelly!", rief Rosalie zurück. "Alles, was du lostrittst, landet auf mir!"

Nelly kam rutschend zum Stehen. "Oh! Tut mir leid." Danach suchte sie sich ihren Weg vorsichtiger und erreichte schließlich sicher den Grund der Senke. Sofort eilte sie zu Rosalie und beschnupperte sie gründlich.

"Bist du verletzt?", fragte sie ängstlich.

"Das kann ich erst feststellen, wenn du mich ausgegraben hast," knurrte Rosalie zurück.

"Oh! In Ordnung! Mach ich!" Nelly begann sofort, mit den Vorderbeinen das Geröll von Rosalie herunter zu graben. Es dauerte nicht lange und Rosalie konnte ihre Hinterbeine selbst aus dem restlichen Haufen herausziehen.

Sie stand auf und schüttelte sich gründlich. Dann bewegte sie alle Beine probeweise in sämtliche Richtungen und machte einen Buckel. Nelly sah ihr ängstlich zu.

"Hm... scheint nochmal gut gegangen zu sein," grummelte Rosalie.

Nelly atmete erleichtert auf. "Katze sei Dank!"

Rosalie sah den Hang hinauf, an dem sie genau erkennen konnte, welches Stück abgerutscht war. "Blödes Kaninchen!", knurrte sie.

Nelly sah ihre Freundin aufmerksam an. "Ja, aber...die Steine haben die Äste aus deinem Fell entfernt," miaute sie fröhlich.

Rosalie drehte sich ganz langsam um und sah Nelly aus zusammengekniffenen Augen an.

"Ich meine ja nur...," murmelte Nelly und pfötelte betreten an einem Steinchen herum.

Rosalie fixierte sie noch einen Moment mit wütendem Blick. Dann seufzte sie. "Lass uns weiter nach den Jungen suchen."

Nelly stieg vorsichtig den Hang wieder ein Stück hinauf und schnupperte. Dann nieste sie. "Wir haben die Spur verloren," beklagte sie sich. "Hier riecht man nur noch Staub. Die Spur ist mit den Steinen weggerutscht." Sie kam wieder hinunter und sah Rosalie unglücklich an.

Rosalie sah sich um. "Das macht nichts. Wenn sie hier runter gekommen ist, dann muss die Spur ja hier unten weiter führen. Lass uns da, wo die Steine aufhören, von vorn anfangen."

Wieder teilten sie sich auf. Rosalie ging den Lawinenrand in einer Richtung ab, Nelly in die andere. Hier war wieder normaler Boden mit ein bisschen Grasbewuchs.

Nach kurzer Zeit fand Rosalie die Spur wieder. "Nelly, komm her! Ich hab sie!"

Nelly trabte herüber und bestätigte Rosalies Fund. Ein plattgelegenes Grasbüschel roch eindeutig nach der Schwarzen. Und von dort führte die Spur quer durch die Senke zur gegenüberliegenden Steilwand. Die beiden Freundinnen folgten ihr mit den Nasen immer knapp über

dem Boden. In der Mitte der Senke hielten die Beiden an der Wasserstelle an, um zu trinken und sich den Staub aus den Nasen zu waschen. Dann folgten sie der Spur, bis sie am Fuß der Steilwand standen, die senkrecht über ihnen aufragte.
"Jetzt behaupte bloß nicht, wir müssen da hoch," stöhnte Rosalie. "Dann hätten wir auch oben drum herum gehen können."
"Nun ja, die Spur führt hier hoch," musste Nelly zugeben. Sie roch gerade an einem dürren Zweig, der aus der Wand nach unten hing.
Die beiden Kätzinnen begutachteten den Steilhang. Er bestand aus massivem Fels. An seinem Fuß lagen viele große Felsbrocken übereinander gestapelt.
`Wenigstens kein Geröll´, dachte Rosalie grimmig.
"Sie kann nicht da hoch sein," miaute Nelly mit Bestimmtheit. "Das schafft keine Katze."
"Aber irgendwo muss sie doch hin sein," miaute Rosalie ungeduldig. "Die Spur kommt von hier!"
Rosalie sprang auf den untersten Felsblock und schaute wieder an der Wand hoch. Da ging es einfach nicht weiter.
"Und was machen wir jetzt?", rief Rosalie frustriert. Sie setzte sich hin und überlegte.
Nelly lief schnuppernd an den Felsblöcken entlang. Plötzlich erstarrte sie. Dann schnupperte sie erneut.
"Rosalie! Komm her!", rief sie aufgeregt. "Ich glaube, ich hab was."
Rosalie sprang vom Felsblock und eilte zu ihr. "Was hast du gefunden?" Sie war jetzt genauso aufgeregt.
"Sei mal ganz still. Ich hab was gehört," antwortete Nelly leise.
Die beiden Freundinnen kauerten sich hin und warteten

regungslos. Nach einer Weile hörten sie tatsächlich etwas. Ein sehr leises Maunzen.

"Wo kommt das her?", flüsterte Rosalie aufgeregt.

"Es kommt direkt aus dem Fels. Wie merkwürdig," antwortete Nelly.

Rosalie betrachtete die aufgestapelten Felsblöcke. Dann erhob sie sich und sprang auf den untersten. Nichts zu sehen. Sie sprang auf den nächsten. Nelly folgte ihr. Als sie schon mehrere Felsblöcke hinter sich hatten, konnte sie von oben erkennen, dass die Blöcke einen Kreis bildeten. In der Mitte konnte sie bis zum Boden sehen. Von vorne war dieses Loch nicht zu sehen, nur von oben. Vorsichtig kletterten Rosalie und Nelly an den Felsblöcken hinunter bis zum Boden des Lochs. Hier war es recht dunkel und sie warteten einen Moment, bis sich ihre Augen an die Lichtverhältnisse angepasst hatten. Jetzt konnten sie erkennen, dass die gestapelten Blöcke eine Höhle formten, die mehr als eine Katzenlänge tief war. Die Höhle roch stark nach Katze. Nach der schwarzen Katze und noch etwas anderem.

Am Ende der Höhle lagen zwei winzige Junge. Eins schwarz, wie die Mutter, das andere dunkel getigert. Sie hatten sich eng aneinander gekuschelt und zitterten vor Angst.

"Wir haben sie tatsächlich gefunden!", miaute Nelly ehrfürchtig.

Kapitel 20

"Unglaublich!", antwortete Rosalie verblüfft. "Wir haben es wirklich geschafft."
Nelly kauerte sich hin und kroch vorsichtig auf dem Bauch in die Höhle. Die beiden Jungen drückten sich an die hintere Felswand und wimmerten leise.
"Sie haben Angst vor mir," miaute Nelly leise.
"Natürlich haben sie Angst. Sie kennen dich doch nicht," antwortete Rosalie. "Schnurr mal!", schlug sie vor.
Nelly kroch weiter auf die Jungen zu und begann, beruhigend zu schnurren. Als sie die Beiden erreicht hatte, beschnupperte sie jedes gründlich. Dann fing sie an, die Jungen zu lecken. Mit langen, beruhigenden Zungenstrichen fuhr sie Beiden abwechselnd über die Ohren. Das Wimmern der Kleinen wurde leiser und verstummte dann. Das Schwarze krabbelte sogar zu Nelly hin und kuschelte sich zwischen deren Vorderbeine. Instinktiv robbte dann auch das Tigerchen in die Richtung von Nellys Körperwärme.
"Sieh nur!", flüsterte Nelly ergriffen. "Jetzt haben sie schon keine Angst mehr!"
"Bring sie nach draußen," miaute Rosalie.
Sehr behutsam packte Nelly das schwarze Junge am Nackenfell und kroch rückwärts aus der Höhle. Sie legte das Kleine Rosalie vor die Pfoten, kroch wieder hinein und brachte auch das Tigerchen nach draußen.
Rosalie begann nun ebenfalls, das kleine Fellbündel zu lecken, dass sich sofort an sie schmiegte.
"Ihre Augen sind noch zu. Sie können noch nicht viele Sonnenaufgänge alt sein. Und die Schwarze ist eine Kätzin," bemerkte sie.

Das Tigerchen hatte sich inzwischen in Nellys Bauchfell vergraben und schien etwas zu suchen.
Plötzlich riss Nelly die Augen auf und schnurrte. "Er saugt an mir. Oh! Ist das nicht niedlich?", rief sie mit strahlendem Gesichtsausdruck.
Rosalie seufzte. "Das ist herzallerliebst, Nelly. Bloß wird er bei dir nicht satt."
Nellys Strahlen erlosch. "Natürlich nicht. Du hast ja Recht," antwortete sie bekümmert. "Was sollen wir denn jetzt machen?"
Rosalie sah sie überrascht an. "Das wolltest du dir doch überlegen, wenn wir die Jungen gefunden haben."
"Ja, das wollte ich," gab Nelly kleinlaut zu. "Ich überlege noch."
Eine Weile saßen die beiden Kätzinnen ratlos zwischen den Felsen und putzten die Jungen. Dann hob Nelly plötzlich den Kopf.
"Ich weiß, was wir machen!", verkündete sie und sah Rosalie triumphierend an.
Rosalie neigte erwartungsvoll den Kopf.
"Wir bringen sie zu deinem Hausmenschen! Du hast doch erzählt, dass er dich aufgezogen hat. Dann kann er das bei diesen auch machen."
Rosalie seufzte erneut. "Das könnte er bestimmt. Und das würde er auch bestimmt. Aber ausgerechnet jetzt ist er nicht da."
"Mäusedreck!", schimpfte Nelly. "Warum sind Hausmenschen nie da, wenn man sie braucht? Das ist so unsinnig!"
Die Jungen begannen zu wimmern, als sie Nellys Ärger spürten.
"Sei leise! Du machst ihnen Angst," miaute Rosalie und

begann erneut, das Schwarze zu lecken.
Auch Nelly senkte sofort den Kopf und beruhigte das getigerte Junge.
"Also gut. Lass uns weiter überlegen. Was können wir tun?", überlegte Rosalie laut. "Was brauchen wir?"
"Wir brauchen Milch!", antwortete Nelly sofort.
"Richtig! Und wo bekommen wir Milch?" Rosalie dachte angestrengt nach. Es durfte doch nicht sein, dass sie die Jungen tatsächlich gefunden hatten, nur um ihnen dabei zuzusehen, wie sie dieses Leben verließen.
"Äh... meinst du, es könnte sein...," begann Nelly zögerlich, "dass... also, dass in ihrer Mutter vielleicht...."
"Nein!", widersprach Rosalie sofort. "Die Milch könnte inzwischen verdorben sein. Das würde ihnen bestimmt nicht gut tun."
"Nein, bestimmt nicht," pflichtete Nelly ihr bei und ihr Tonfall klang richtig erleichtert.
Plötzlich hob Rosalie den Kopf. "Nelly, ich weiß es!", flüsterte sie. "Ich weiß, was wir machen können."
Nachdenklich betrachtete Rosalie die beiden Jungen. Nelly sah sie gespannt an.
"Ja, was denn? Erzähl doch weiter!", drängte Nelly sie.
"Wir kennen doch eine Katze, die Milch hat," miaute Rosalie langsam.
"Was? Meinst du etwa Prinzessin?", miaute Nelly ungläubig. "Wie kann uns die denn hier helfen? Du glaubst doch nicht etwa, die lässt ihre eigenen Jungen allein und kommt hierher?"
Rosalies Blick war noch immer nachdenklich. "Sei nicht albern. Selbst wenn sie kommen wollte, was ich nicht glaube, wäre da immer noch der Zaun. Prinzessin kann unmöglich

hierher kommen," antwortete sie barsch.
"Und was soll uns das dann helfen?", miaute Nelly ungeduldig.
"Weil Prinzessin nicht hierher kommen kann, müssen wir die Jungen zu ihr bringen," antwortete Rosalie ruhig.
Nelly starrte sie mit großen Augen an. "Wir sollen die Jungen den ganzen Weg zurücktragen? Und dann? Was denkst du, wird Prinzessins Hausmenschin davon halten? Das klappt nie und nimmer!", miaute sie mit Bestimmtheit.
"Hast du eine bessere Idee?", forderte Rosalie sie heraus.
Jetzt seufzte Nelly. "Nein, habe ich nicht," musste sie zugeben.
"Na also. Wir müssen es wenigstens versuchen," miaute Rosalie. "Sonst haben sie dieses Leben bis zum Sonnenuntergang verlassen," fügte sie leise hinzu.
Nelly sah sie unglücklich an. Dann schüttelte sie sich energisch und erhob sich. Vorsichtig packte sie das kleine Tigerchen am Nackenfell und hob es hoch. Das Junge fiel sofort in die Tragestarre, hob die Hinterbeine und das winzige Schwänzchen an den Körper und hielt ganz still.
Rosalie griff die Schwarze, welche das Gleiche tat. Die Jungen waren sehr leicht.
"Dann los!", murmelte Nelly durch das Fell in ihrem Maul. "Bringen wir sie zu uns."
Nacheinander sprangen die beiden Freundinnen auf die Felsen. Die Jungen baumelten aus ihren Mäulern, hielten aber still und gaben auch kein Wimmern von sich. Da sie noch so klein waren, behinderten sie die Kätzinnen kaum. Trotzdem achteten beide darauf, dass die Jungen nicht an die Felsen anschlugen, was ihr Fortkommen etwas verlangsamte.
Als sie Felsen hinauf und wieder herunter geklettert waren

und den ebenen Grasboden unter den Pfoten hatten, kamen sie schneller voran. In schnellem Trab durchquerten sie die Senke. An der Wasserstelle machten sie wieder Halt, um zu trinken.
Nelly leckte sich mit der Zunge über's Maul und schüttelte Tropfen aus ihren Schnurrhaaren. Dann wandte sie sich zu Rosalie um. "Ich hoffe sehr, du schätzt Prinzessin richtig ein," miaute sie ernst. Sie betrachtete das Fellbündel zwischen ihren Pfoten liebevoll. "Was machen wir, wenn es nicht so klappt wie du denkst?"
"Das überlege ich mir, wenn es soweit ist," antwortete Rosalie mit einem Seitenblick auf Nelly.
Nelly schmunzelte. Dann nahm sie ihr Junges wieder auf und setzte den Weg fort.
Sie liefen über den spärlich mit Gras bewachsenen Boden und hatten bald den Geröllhang erreicht. An der Stelle, an der Rosalie mit dem Felsrutsch gelandet war, blieben sie stehen. Sie legten die Jungen vorsichtig ab und sahen zur Kante hinauf.
"Da müssen wir jetzt wohl wieder rauf," bemerkte Nelly.
Rosalie suchte den Hang mit den Augen ab. "Vielleicht gibt es eine Stelle, wo es einfacher ist," miaute sie hoffnungsvoll.
Nelly lief ein Stück nach links, wobei sie den Hang genau betrachtete. Dann tat sie dasselbe in die andere Richtung.
"Ich fürchte, uns bleibt nur dieser Weg. Der Rest ist blanker Fels und viel zu steil," miaute sie.
"Na dann..." Rosalie straffte sich. "Lass uns gehen. Ich möchte zu Hause sein, bevor es dunkel ist."
Wieder nahm jede Kätzin ein Junges ins Maul und sie begannen vorsichtig mit dem Aufstieg.
Rosalie inspizierte den Boden vor jedem Schritt. Dann setzte

sie probeweise eine Pfote auf und verlagerte langsam das Gewicht darauf. Erst wenn sie sicher war, dass das Geröll hielt, bewegte sie die nächste Pfote. Nelly tat es ihr gleich und folgte genau ihrer Spur. Sie kamen quälend langsam voran.

Als sie die Hälfte bereits hinter sich hatten, begann die Schwarze in Rosalies Maul zu wimmern und sich zu winden. Die lange Zeit des Getragenwerdens und der Hunger, den sie sicherlich hatte, machte sie quengelig. Rosalie setzte das strampelnde Fellbündel ab und leckte schnurrend über den kleinen Körper. Als das Tigerchen die Klagen seiner Schwester hörte, stimmte er sofort mit ein. Nelly legte ihn dicht an die Schwarze und versuchte, ihn ebenfalls zu beruhigen.

"Wir müssen schneller machen. Sie werden zu unruhig," miaute sie.

"Es hilft ihnen aber auch nichts, wenn wir mit ihnen zusammen abstürzen," antwortete Rosalie etwas genervt.

Nelly sah nach oben. "Wir haben es ja bald geschafft. Wenn wir die Kante erreicht haben, kommen wir viel schneller voran." Sie neigte den Kopf und stupste die Jungen liebevoll an. "Haltet noch ein bisschen durch ihr zwei. Wenn ihr jetzt schön artig seid, dann gibt es die Milch umso schneller."

Rosalie verkniff sich ein Lachen. "Du wärst eine tolle Mutter," miaute sie.

"Meinst du wirklich?" Nelly sah erfreut hoch. Dann betrachtete sie wieder die Jungen. "Ja, ich glaube Junge zu haben, hätte mir wirklich gefallen," miaute sie wehmütig.

Sie putzten die Kleinen nochmal und nahmen sie dann wieder auf.

Rosalie bemühte sich um eine etwas schnellere Gangart. Aber als, nach einem unvorsichtigen Tritt, wieder etwas Geröll in Bewegung geriet, machte sie lieber wieder langsam.

Nach vielen kleinen Trippelschritten erreichten sie endlich die Kante. Rosalie zog sich hoch und begrüßte das Gefühl wieder Gras unter den Pfoten zu haben. Sie ging ein paar Schritte von der Kante weg und ließ sich atemlos zu Boden fallen. Das Junge legte sie sich auf die Vorderpfoten.
Nelly kam sofort hinterher und plumpste neben sie. Auch sie war ziemlich geschafft.
"Katze sei Dank! Ab jetzt wird es leichter," japste sie.
"Ja! Da geh ich so schnell nicht wieder runter," stimmte Rosalie zu.
Die Freundinnen warteten nur kurz, bis sie wieder ruhiger atmen konnten. Dann nickte Rosalie Nelly zu und beide nahmen die Jungen wieder auf. Diesmal quengelten die Kleinen nicht mehr. Sie waren bereits zu erschöpft und Rosalie stellte fest, dass ihr das zappelnde Junge lieber gewesen war, als das stumme Gewicht, das sie nun mit sich trug.
`Große Katze, lass uns schnell genug sein!´, dachte sie im Stillen.
Auch Nelly war nicht mehr zum Scherzen aufgelegt. Sie liefen los und bemühten sich, so schnell wie möglich durch das Unterholz zu kommen. Gleichzeitig mussten sie aber darauf achteten, dass die Jungen nicht an Zweigen hängen blieben oder irgendwo anschlugen. Sie konzentrierten sich daher voll und ganz auf den Weg durch die Büsche.
Umso mehr erschrak Rosalie, als sie plötzlich aus nächster Nähe ein leises Knurren vernahm.
Sie blieb sofort stehen und sah in die entsprechende Richtung. Nelly, die dicht hinter gelaufen war, knallte in sie hinein.
"Was soll das?", beschwerte sie sich, so laut wie das Junge in

ihrem Maul es zuließ. "Wieso..."
"Sei still!", unterbrach Rosalie sie. Sie schaute angestrengt in die Büsche rechts von ihnen und spitzte die Ohren.
Nelly folgte ihrem Blick. "Was ist da?", flüsterte sie.
"Weiß ich nicht," antwortete Rosalie leise. "Ich habe ein Knurren gehört."
Nellys Augen wurden groß. Sie drehte ebenfalls den Kopf nach rechts und beide horchten konzentriert. Dann hörten sie es wieder. Definitiv ein Knurren, aber Rosalie konnte nicht identifizieren, von welchem Tier es stammte. Es klang unbekannt.
"Nimm das Junge auf und dann lass uns langsam rückwärts in die andere Richtung gehen," raunte Rosalie. "Vielleicht stören wir nur jemanden."
Nelly nickte nur. Schulter an Schulter drückten sie sich rückwärts in die Büsche, die Augen und Ohren weiterhin auf das Gebüsch vor ihnen gerichtet. Die Zweige drückten ihnen in die Seiten, aber die Kätzinnen schoben sich immer weiter und hatten kurz darauf endlich den Busch durchquert. Sie traten auf eine kleine Lichtung und sahen sich schnell um.
"Wir müssen da lang," flüsterte Rosalie und zeigte mit dem Kinn in die entsprechende Richtung.
Nelly nickte wieder. Gerade als sie sich in Bewegung setzten wollte, ertönte das Knurren wieder. Lauter jetzt und näher. Die Zweige des Busches, durch den sie gerade gekommen waren, knackten.
Die beiden Freundinnen fuhren herum und fixierten die Stelle, wo sie mit ihren Körpern einen Durchgang geschaffen hatten.
Durch diesen Gang trat ein Tier auf die Lichtung und knurrte sie bedrohlich an. Es war etwas größer als Rosalie und hatte

leuchtend rotes Fell, schwarze Beine und einen buschigen Schwanz. Die schmale Schnauze entblößte spitze Zähne. Es hielt den Kopf gesenkt und wirkte ziemlich bedrohlich.
"Was ist das für ein komischer Hund?", fragte Rosalie fassungslos.
"Das ist ein Fuchs!", antwortete Nelly ängstlich.
Der Blick des Fuchses war starr auf die Jungen gerichtet und er knurrte wieder.
"Er hat es auf die Jungen abgesehen!", rief Nelly verzweifelt.
"Was sollen wir machen?"
Bevor Rosalie antworten konnte, stieß der Fuchs ein keckerndes Bellen aus und sprang auf sie zu.

Kapitel 21

Instinktiv fuhr Rosalie herum, um in den Wald zu flüchten.
"Nein!", rief Nelly. "Kletter' auf einen Baum. Schnell!"
Sofort sprang Rosalie aus vollem Lauf an den nächsten Baumstamm und begann zu klettern. Das Junge wurde von Rosalies Körper an die raue Rinde gedrückt und es stieß einen kleinen Schmerzenslaut aus.
Das Knurren unter Rosalie wurde lauter und sie spürte eine Berührung an ihrem Schwanz.
Panisch riss sie ihren Schwanz hoch und kletterte weiter, bis sie einen dicken Ast erreichte. Sie zog sich hinauf, setzte sich hin und starrte nach unten.
Der Fuchs saß am Fuß des Stammes und starrte zornig zu ihr hinauf. Büschel von Rosalies Schwanzfell hingen aus seinem Maul. Er bleckte die Zähne und knurrte sie wieder an.
Rosalie musste sich zwingen, den Blick von ihm zu nehmen und nach Nelly Ausschau zu halten. Die saß auf einem Ast im Nachbarbaum und sah völlig verängstigt zu dem Fuchs hinunter.
Rosalie legte das Junge vorsichtig zwischen ihre Pfoten, damit es nicht hinunterfallen konnte. Dann sah sie wieder zu Nelly, die stocksteif da saß.
"Das war eine gute Idee mit dem Baum. Danke Nelly!", rief sie hinüber.
Nelly schüttelte ihre Starre ab und sah Rosalie an. "Füchse können nicht klettern," miaute sie einfach.
"Hab ich nicht gewusst. Gut, dass du dich auskennst," antwortete Rosalie erleichtert.
Nelly gewann etwas Selbstsicherheit zurück und entspannte sich ein wenig. Dann sah sie wieder zum Fuchs, der weiterhin

unter den Bäumen saß und abermals zwischen Rosalie und Nelly hin und her schaute.
"Was machen wir denn jetzt?", fragte Nelly verzweifelt.
"Hm... wie lange hält er wohl aus. Er kann doch nicht die ganze Sonnenphase hier sitzen bleiben, oder?", fragte Rosalie.
"Das weiß ich auch nicht. Aber egal, wie lange er hier warten will, wir haben keine Zeit dafür!" Nelly beschnupperte das Tigerjunge sorgenvoll. Dann sah sie wieder zu Rosalie und ihr Blick wurde hart. "Es geht ihm fortwährend schlechter. Wir haben schon so viel getan und jetzt uns kommt uns dieser blöde Fuchs dazwischen. Das ist doch nicht fair," beklagte sie sich jammernd.
"Nein, das ist es nicht," stimmte Rosalie zu. Sie betrachtete den Fuchs nachdenklich und wog ihre Chancen ab. Ob sie gegen ihn kämpfen konnte? Er war größer als sie und machte einen ziemlich wilden Eindruck. Das war etwas ganz anderes, als Revierkämpfe mit fremden Hauskätzchen auszutragen. Rosalie überlegte fieberhaft, was sie tun sollte. Und plötzlich hatte sie eine Idee.
"Nelly!", rief sie zum anderen Baum. "Der Ast auf dem du sitzt, ist der stabil genug, damit ich rüber springen kann?"
Nelly sah sie verständnislos an. "Wie, rüber springen? Wozu soll das gut sein?"
"Ich muss dir das Junge bringen. Ich kann es schließlich nicht allein hier sitzen lassen," erklärte Rosalie.
„Allein? Wieso allein? Wo willst du denn hin?" Nelly klang wieder panisch.
"Erklär ich dir gleich. Pass auf, ich komm jetzt rüber!"
Rosalie nahm das Junge ins Maul, kauerte sich hin und spannte die Muskeln. Sie schätzte die Entfernung ab und

sprang. Es war ein gewaltiger Satz und sie schlug hart auf dem Ast auf. Nelly hatte sich so positioniert, dass sie Rosalies Schwung abbremsen konnte. Rosalie legte die kleine, schwarze Kätzin neben ihren Bruder und beschnupperte beide gründlich. Dann sah sie mit ernstem Blick zu Nelly.

"Du passt auf die Beiden auf, während ich weg bin. Lass sie bloß nicht runter fallen," ermahnte sie ihre Freundin.

"Natürlich pass ich auf sie auf, was denkst du denn?", miaute Nelly entrüstet. Aber sofort wurde ihr Blick besorgt. "Was heißt `während du weg bist´? Wo willst du denn hin? Da unten sitzt der Fuchs." Sie sah Rosalie verängstigt an.

"Genau! Und ich werde dafür sorgen, dass er da nicht mehr sitzt, damit wir weiter können," antwortete Rosalie.

Nellys Augen wurden groß. "Wie willst du das anstellen? Füchse sind gefährlich!", miaute sie leise.

"Ich locke ihn weg!", erklärte Rosalie. Mit einem nachdenklichen Blick nach unten fragte sie sich, wie schnell so ein Fuchs wohl laufen konnte. Aber das würde sie ja gleich herausfinden.

"In Ordnung." Rosalie atmete tief durch und machte sich bereit, hinunter zu springen.

"Sei vorsichtig!", flüsterte Nelly aufgeregt.

Rosalie nickte ihr zu und sprang. Sie landete kurz hinter dem Fuchs und war bereit, sofort los zu rennen. Dann bemerkte sie, dass der Fuchs keinerlei Anstalten machte, ihr zu folgen. Er hatte sich nur kurz nach ihr umgedreht und sah dann wieder zum Ast mit den Jungen hinauf. Rosalie blieb überrascht stehen.

"Er interessiert sich nur für die Jungen," rief Nelly. "Anscheinend sieht er in uns keine Beute. Und offenbar auch keine Bedrohung," fügte sie hinzu.

"Dann werden wir ihn mal eines Besseren belehren," miaute Rosalie zornig.

Sie schlich sich von hinten an den Fuchs heran, holte mit der Vorderpfote aus und zog ihm die Krallen über das Hinterteil. Der Kopf des Fuchses fuhr herum und er stieß ein überraschtes Bellen aus. Er funkelte Rosalie mit zornigem Blick an, blieb aber immer noch sitzen.

`Blödes Vieh!´, dachte Rosalie. Es musste doch möglich sein, das dieser Fuchs sie verfolgen wollte. Das war doch völlig verrückt. Keine Katze hatte sich jemals gewünscht, dass ein Fuchs hinter ihr her wäre und sie sollte es nicht schaffen, dass genau das geschah? Mit dem Mut der Verzweiflung sprang Rosalie vor, knurrte so laut sie konnte und hieb ihm mit den Krallen auf die Nase.

Der Fuchs heulte auf und hob eine Pfote an die blutende Nase. Dann stand er endlich auf und drehte sich ganz zu Rosalie um. Jetzt standen sie sich gegenüber. Rosalie kauerte sich hin, die Ohren flach an den Kopf gelegt und fauchte und spuckte. Der Fuchs senkte knurrend den Kopf und bleckte die Zähne. Blut und Geifer troff von seinem Maul.

Noch einmal langte Rosalie mit ausgefahrenen Krallen nach seinem Maul, traf aber nicht. Sie begann fauchend, rückwärts zu kriechen. Der Fuchs sah sie noch einen Moment wütend an, dann setzte er sich endlich in Bewegung und kam langsam auf sie zu.

Rosalie rutschte auf dem Bauch rückwärts über den Boden und ließ ihren Gegner nicht aus den Augen. Sie achtete darauf, dass der Abstand zwischen ihnen immer gleich blieb. Nach einigen Schritten besann sich der Fuchs anscheinend auf sein eigentliches Jagdziel und blieb stehen. Er wendete den Kopf und sah wieder zum Baum hinauf.

`Nein!´, dachte Rosalie. `Verfolg mich, du blöder Fuchs!´
Noch einmal sprang sie vor und diesmal erwischte sie die Schnauze des Fuchses von der Seite. Ihre Krallen hinterließen mehrere tiefe Kratzer, die sofort anfingen zu bluten. Der Fuchs stieß einen schrillen Schmerzenslaut aus und drehte sich zu Rosalie herum. Er fixierte sie mit blanker Wut in den Augen. Rosalie knurrte herausfordernd, alle Muskeln bereit, sofort auf Seite zu springen. Der Fuchs stieß ein kurzes drohendes Bellen aus, dann stürzte er sich auf Rosalie.

Sie war bereit. Sofort drehte sie sich um und lief los, den Weg zurück, den sie vorher gekommen war. Die Geräusche hinter ihr teilten ihr mit, dass der Fuchs ihr endlich folgte. Allerdings war er sehr nah. Viel näher, als ihr lieb war. Rosalie beschleunigte. Der Fuchs ebenfalls.

Sie rannten unter den Bäumen hindurch und ohne abzubremsen durch Büsche. Ohne Rücksicht auf Zweige und Dornen preschten sie durch das Unterholz. Der etwas größere Fuchs hatte in den Büschen stellenweise mehr Probleme als Rosalie, was ihr jeweils einen winzigen Vorsprung gab. Der Fuchs holte auf den freien Flächen aber jedes Mal wieder auf. Rosalie hörte mehrmals seine Kiefer zuschnappen, wenn er versuchte, ihren Schwanz zu fassen.

Wenn er sie zu packen bekäme, würde er sie töten, daran hatte sie keinen Zweifel. Schlagartig wurde ihr klar, dass sie gerade um ihr Leben lief. Und um das Leben der Jungen. Ihr Instinkt schrie die ganze Zeit danach, dass sie auf den nächsten Baum klettern solle, um sich in Sicherheit zu bringen. Aber das war nicht ihr Ziel. Dann würde der Fuchs einfach umkehren und sich wieder unter den Baum mit den Jungen setzen. Sie musste dafür sorgen, dass dies nicht geschah!

Dann hörten die Bäume auf und Rosalie rannte auf die Grasfläche. Sie lief jetzt mit Höchstgeschwindigkeit. Ihr Körper flog so flach über den Boden, dass ihr Bauchfell das Gras streifte. Alle Muskeln arbeiteten mit maximaler Leistung. Dieses Tempo würde sie nicht lange durchhalten können und der Fuchs war immer noch direkt hinter ihr. Aber es war ja nicht mehr weit.

Dann sah sie endlich die Stelle, die sie auf die Idee gebracht hatte, wie sie den Fuchs loswerden konnten. Die Kante der Senke war in Sicht und Rosalie hielt direkt darauf zu. Der Fuchs folgte ihr in blinder Wut. Als Rosalie die Kante erreicht hatte, bremste sie nur ganz kurz aber heftig, dann schmiss sie sich, immer noch in vollem Lauf, rechtwinklig zur Seite. Sie fuhr die Krallen aus, um besseren Halt zu haben und konnte es dadurch gerade vermeiden, in die Senke zu stürzen.

Der Fuchs war weit weniger wendig als eine Katze, zudem ahnte er nichts von dem Abhang, der sich hinter der Kante befand. Er schaffte die enge Kurve nicht. Mit einem überraschten Aufschrei rutschte er über die Kante. Rosalie hörte, wie er auf dem Geröllhang aufschlug. Dann das Geräusch grabender Pfoten, als der Fuchs versuchte auf dem lockeren Untergrund Halt zu finden. Und schließlich das polternde Geräusch des Gerölls, als der Hang in Bewegung geriet.

Rosalie ließ sich auf die Seite fallen und rang nach Luft. Sie hatte sich völlig verausgabt.

Als sich das Gepolter in der Senke gelegt hatte, erhob sie sich und spähte nach unten. Eine Staubwolke behinderte die Sicht, aber Rosalie konnte erkennen, dass sich wieder ein großes Stück Hang nach unten bewegt hatte. Noch mehr Geröll als vorher bei ihrem Absturz. Von dem Fuchs war nichts zu sehen.

Immer noch schwer atmend sah Rosalie sich um. Sie bemerkte voller Sorge, dass die Sonne bereits recht tief am Himmel stand. Sie mussten endlich zusehen, dass sie die Jungen zu Prinzessin brachten. Also setzte sie sich in Bewegung und lief erneut in den Wald, zurück zu Nelly und den Jungen.

Kurz darauf hatte sie den Baum erreicht. Nelly hatte sie bereits von weitem erspäht und sie mit freudigen Rufen begrüßt.

"Du bist wieder da! Wie schön!", rief sie laut. "Was ist mit dem Fuchs? Bist du verletzt? Was ist passiert?" Sie konnte ihre Neugier kaum zügeln.

"Der Fuchs ist weg. Ich bin wieder da und ich bin nicht verletzt. Bring die Jungen runter. Wir müssen weiter," erklärte Rosalie immer noch etwas kurzatmig.

Als Rosalie unter den Ast trat, kam Nelly bereits mit einem der Jungen den Stamm hinunter. Sie legte es Rosalie vor die Pfoten und kletterte sofort wieder hinauf, um das Zweite zu holen.

Dann nahmen sie die Jungen auf und setzten endlich ihren Weg nach Hause fort.

Nelly bestürmte Rosalie die ganze Zeit über mit Fragen. Rosalie war inzwischen wieder fit genug, um Nellys Neugier zu befriedigen und erzählte ihr, was vorgefallen war. Nelly war sichtlich beeindruckt.

Schließlich erreichten sie den harten Weg. Sie hielten an und schauten sich um, kein Brüllstinker weit und breit. Schnell überquerten sie die schwarze Fläche. Als sie am leblosen Körper der schwarzen Kätzin vorbei kamen, drehte Rosalie den Kopf weg. Obwohl das Junge noch die Augen geschlossen hatte und sowieso keinen Laut mehr von sich gab, wollte sie einfach nicht, dass es den zerstörten Körper seiner Mutter vielleicht irgendwie bemerkte. Überrascht stellte sie fest, dass Nelly das Gleiche tat.

Dann trabten sie den Weg zwischen den Häusern entlang und hatten endlich den Garten von Prinzessin erreicht. Schnell suchten sie ihn mit den Blicken ab, aber Prinzessin war anscheinend drinnen.

Rosalie legte das schwarze Junge ab. "Ich geh zum Fenster und rufe sie raus. Warte hier," miaute sie.

Rosalie sprang vor das Fenster und sah Prinzessin mit ihren Jungen in der Höhle liegen. Alle schienen zu schlafen.

"Prinzessin!", rief Rosalie laut und schabte mit den Pfoten an dem durchsichtigen Material. "Prinzessin, wach auf!"

Prinzessin hob den Kopf und blickte schläfrig zum Fenster. Als sie Rosalie erkannte, erhob sie sich, streckte sich und schlenderte durch den Raum.

"Mach schneller! Es ist wichtig!", miaute Rosalie eindringlich.

Prinzessin sprang auf die andere Seite des Fensters und sah sie verwundert an. "Mach nicht so einen Lärm. Die Jungen sind gerade eingeschlafen. Du weckst sie noch auf," miaute sie vorwurfsvoll.

"Tut mir leid!", miaute Rosalie ungeduldig. "Du musst sofort in den Garten kommen! Schnell!"

"Wieso?", wunderte sich Prinzessin und gähnte. "Ich habe lange mit den Kleinen gespielt und bin müde. Komm einfach später nochmal wieder, ja?" Sie wandte sich um und wollte zu Boden springen.

"Nein! Es muss jetzt sein!", schrie Rosalie verzweifelt. "Bitte, Prinzessin, es ist wirklich, wirklich wichtig!" Sie sah die Weiße flehend an.

Prinzessin war verblüfft. Forschend sah sie Rosalie in die

Augen. "Erzähl mir doch einfach, was los ist. Warum muss ich dafür in den Garten?"
"Ach, Prinzessin," seufzte Rosalie, die langsam die Geduld verlor, "komm einfach mit. Dann siehst du es. Komm bitte!"
"Na gut. Aber wehe, es ist nicht wirklich wichtig!" Prinzessin sprang zu Boden, lief zur Höhle und beschnupperte kurz ihre Jungen. Dann ging sie zur Tür und, mit einem letzten argwöhnischen Blick auf Rosalie, sprang sie über das Holzstück, das vor der Tür lehnte.
Rosalie atmete erleichtert auf, sprang ebenfalls hinunter und eilte zu Nelly, die mit den Jungen vor dem Zaun gewartet hatte.
"Sie kommt!", miaute sie nur kurz.
Gleich darauf sahen sie Prinzessin über das Gras traben. Sie kam zu ihnen und setzte sich ihnen gegenüber hin.
"Was ist denn jetzt so dringend, hm?", miaute sie ungehalten.
Statt einer Antwort senkte Rosalie den Kopf, nahm ein Junges ins Maul und hob es hoch, sodass Prinzessin es sehen konnte.
Prinzessins Augen wurden groß. "Oh, große Katze! Was soll das denn? Wo habt ihr das Junge her?"
Inzwischen hatte Nelly das andere Junge ebenfalls hochgehoben. Prinzessins Augen wanderten zwischen den beiden Jungen hin und her. Dann fixierte sie Rosalie mit strengem Blick.
"Rosalie, was ist hier los? Was sind das für Junge? Und wieso sind sie nicht bei ihrer Mutter?", verlangte sie zu wissen.
Rosalie legte das Junge ab und begann, hastig zu erklären.
"Ihre Mutter ist einem Brüllstinker zum Opfer gefallen. Wir haben die Jungen gesucht und gefunden. Wir haben sie gerettet und hierher gebracht. Und jetzt brauchen sie endlich Milch!", beendete sie ihren kurzen Bericht.

Prinzessin betrachtete die kleinen Fellbündel ungläubig. Dann sah sie wieder auf. "Und was willst du jetzt von mir?", wollte sie wissen.
Nelly war geschockt. "Was soll denn die Frage?", miaute sie empört. "Du musst ihnen Milch geben. Was denn sonst?"
Prinzessin bedachte sie mit einem nachdenklichen Blick. "Und wozu soll das gut sein?" miaute sie leise. "Was passiert dann? Ich kann sie wohl kaum mit rein nehmen. Meine Hausmenschin würde einen Anfall bekommen. Niemals dürfte ich sie behalten. Und was wird dann aus ihnen? Habt ihr darüber mal nachgedacht?"
Sie sah von Rosalie zu Nelly. "Ich verstehe ja, dass ihr euch große Mühe gegeben habt, aber ich kann euch nicht helfen. Es tut mir leid."
Nelly war zu niedergeschlagen, um zu antworten. Sie beugte sich vor und begann, das Tigerchen zu lecken. Dabei fühlte sie sich völlig hilflos. "Es tut mir so leid!", flüsterte sie.
Rosalie saß stocksteif daneben und fixierte Prinzessin mit wütendem Blick. Dann nahm sie das schwarze Junge und schob es mit Hilfe ihrer Nase und den Pfoten durch den Zaun. "Wenn das deine Entscheidung ist, dann erkläre es den Kleinen bitte selbst. Ich habe nicht gegen einen Fuchs gekämpft, um sie jetzt einfach aufzugeben!"
"Gegen einen Fuchs?", miaute Prinzessin ungläubig. "Du große Katze!"
Das schwarze Junge lag jetzt nahe genug an Prinzessin, um ihre Milch zu riechen. Es öffnete das Mäulchen und gab ein zartes Wimmern von sich. Instinktiv wollte es in die Richtung kriechen, aus der der Milchgeruch kam. Seine kleinen Beinchen bewegten sich hilflos über den Boden, aber es hatte keine Kraft mehr. Zitternd und wimmernd blieb es liegen.

Prinzessin betrachtete das winzige Kätzchen und focht einen inneren Kampf aus. Dann seufzte sie und ihr Blick wurde weich. Der Mutterinstinkt war stärker als alle Vernunft. Sie trat einen Schritt vor und legte sich so auf die Seite, dass das Kleine eine ihrer Zitzen erreichen konnte. Ohne zu zögern nahm das Junge die Zitze ins Maul und begann, gierig zu saugen.

Schnell schob Nelly auch das Tigerchen durch den Zaun. Prinzessin nahm ihn entgegen und rückte ihn mit ihrer Pfote ebenfalls an ihren Bauch.

Eine Zeitlang war nur das Geräusch der saugenden und schmatzenden Jungen zu hören. Rosalie und Nelly atmeten erleichtert auf.

"Jetzt werden sie es schaffen!", flüsterte Nelly. "Wir haben sie wirklich gerettet!"

Rosalie war nicht ganz so euphorisch. Sie war zwar glücklich, dass die Beiden endlich trinken konnten, dachte aber bereits darüber nach, was sie nun mit ihnen anstellen sollten.

Prinzessin unterbrach ihre Gedanken. "Na toll, die haben Flöhe!", bemerkte sie trocken und fing an, hektisch ihr Bauchfell zu lecken.

Als die Jungen endlich satt waren, erhob sich Prinzessin. "Das war´s! Mehr kann ich nicht tun." Sie schob die Beiden wieder durch den Zaun, wo Nelly sie entgegen nahm.

Rosalie und Prinzessin sahen sich in die Augen. "Ich danke dir!", miaute Rosalie und neigte kurz den Kopf.

Prinzessin sah sie noch einen Moment unverwandt an. "Ich danke für die Flöhe!", miaute sie barsch. Aber Rosalie meinte in ihrem Tonfall trotzdem einen gewissen Respekt zu hören. Dann neigte auch Prinzessin den Kopf.

"Ich muss jetzt wieder zu meinen Eigenen." Prinzessin

betrachtete noch einmal die jetzt zufrieden schlafenden Jungen. "Ich wünsche euch viel Glück!", miaute sie leise. Dann drehte sie sich um und trabte ins Haus.
Nelly hatte sich hingelegt und putzte und wärmte die Jungen. Sie sah zu Rosalie auf. "Wie geht´s jetzt weiter?"
Rosalie dachte nach. Sie starrte in den Himmel, der sich bereits rot färbte. Die Sonne würde bald untergehen und es wurde langsam kühl. Und dann kam ihr, durch die Farbe der Wolken, endlich die rettende Idee.
"Erasmus!", rief Rosalie laut.

Kapitel 22

Nelly sah überrascht auf. "Erasmus? Wie kommst du denn jetzt auf den?", fragte sie verwirrt.
"Er ist der Vater dieser beiden Jungen. Er muss uns helfen," erklärte Rosalie mit fester Stimme.
"Aber wie soll er das denn? Er ist ein Kater, die haben keine Milch! Hast du den Verstand verloren?" Nelly betrachtete ihre Freundin mit skeptischem Blick.
"Aber er kennt viele Kätzinnen. Und die werden auch Junge von ihm haben und damit Milch. Er muss uns zeigen, wo sie leben, dann bringen wir die Beiden dorthin," miaute Rosalie zuversichtlich.
Nelly dachte nach. "Das könnte funktionieren," antwortete sie vorsichtig.
"Es muss funktionieren! Eine andere Möglichkeit haben die Kleinen nicht mehr." Rosalie beschnupperte die schlafenden Jungen sorgfältig. "Komm! Wir müssen los! Sie werden bald wieder Hunger haben."
Erneut nahmen die beiden Kätzinnen die Jungen auf und liefen los in Richtung Bach.
Jetzt quengelten die Kleinen wieder. Nach der lang ersehnten Mahlzeit hatten sie gerade tief und fest geschlafen. Doch darauf konnten Rosalie und Nelly keine Rücksicht nehmen. Sie trabten am Bach entlang und erreichten nach kurzer Zeit den Buckelweg. Sie gingen bis zur Mitte, dort blieb Rosalie stehen.
"Hier fängt Erasmus´ Revier an. Wir müssen jetzt vorsichtig sein." Sie starrte angestrengt nach vorn. Auf dieser Seite des Buckelwegs waren sie noch nie gewesen und sie wusste nicht welche Richtung sie einschlagen sollten.
Am Ende des Buckelweges führte der Weg weiter geradeaus.

Rechts reichte der Wald bis an den Weg, links war Gestrüpp. Rosalie entschied sich, erstmal auf dem Weg zu bleiben, von dem aus sie eventuelle Gefahren direkt sehen konnte.
Langsam gingen die beiden Kätzinnen, mit den Jungen im Maul, den Weg entlang. Die ganze Zeit horchten sie angestrengt auf die Geräusche um sie herum. Rosalie drehte dauernd den Kopf und spähte abwechselnd ins Gestrüpp und unter die Bäume, dabei prüfte sie unentwegt die Luft auf Katzengeruch.
Nachdem sie eine kurze Strecke gegangen waren führte der Weg bergab. Von der Kuppe aus konnten sie in einiger Entfernung eine Ansammlung von Häusern erkennen.
Zwischen der Kuppe und den Häusern waren viele verschiedene Zäune. Verwirrt betrachteten Rosalie und Nelly das Durcheinander aus Geflechten und Holzstücken. Hier und da standen erstaunlich kleine Häuser.
Nachdem Rosalie das Ganze eine Weile aufmerksam betrachtet hatte, erkannte sie ein System. Jede Zaunart umschloss ein eckiges Stück Boden, auf dem jeweils ein kleines Haus stand. Alle Stücke waren etwa gleich groß. Auf jedem Stück wuchsen, säuberlich getrennt, verschiedene Pflanzen und Blumen.
"Das sind Gärten," murmelte sie erstaunt.
"Meinst du wirklich?" Nelly klang skeptisch. "Da sind aber gar keine Häuser dran. Die Häuser stehen viel zu weit weg und Gärten liegen immer an Häusern und nicht einfach so rum," miaute sie mit Bestimmtheit.
"Aber sie sehen aus wie Gärten. Schau doch nur die vielen hübschen Blumen und die Grasflecken," beharrte Rosalie auf ihrer Meinung.
"Ja, das schon," stimmte Nelly zu, "aber in diesen winzigen

Häusern können doch keine Menschen leben. Die sind viel zu klein," gab sie zu bedenken.
"Das ist ja auch völlig egal." Rosalie schüttelte sich. "Auf jeden Fall sind sie groß genug, dass Katzen darin leben können, meinst du nicht?" Sie warf Nelly einen triumphierenden Seitenblick zu. "Lass uns nachschauen, ob ich Recht habe."
Sie nahmen die Jungen auf und trabten eilig den Hügel hinunter. Rosalie prüfte ständig die Luft. Dann hatten sie den ersten Zaun erreicht. Nelly schnupperte sorgfältig am Geflecht entlang.
"Ich rieche auf jeden Fall Katze!", meldete sie aufgeregt. "Sogar mehrere verschiedene Katzen."
"Riechst du auch Erasmus?", wollte Rosalie wissen und begann, den nächsten Zaun zu untersuchen.
Schnuppernd liefen sie an den verschiedenen Geflechten und Hölzern vorbei. Die Jungen quengelten wieder lauter, da sie ständig abgelegt und wieder aufgenommen wurden.
Als sie den letzten Zaun in der Reihe erreicht hatten, blieb Rosalie frustriert stehen. Sie sah die Reihe entlang zurück.
"Lass uns wieder zum Ausgangspunkt gehen und dann probieren wir die andere Richtung," miaute sie genervt. Das erste Mal kam ihr der Gedanke, dass ihr neuer Plan vielleicht nicht funktionieren würde. Das verschlechterte ihre Laune erheblich.
Die beiden Freundinnen liefen schnell zu dem Punkt zurück, an welchem sie mit der Untersuchung der Zäune begonnen hatten. Dann gingen sie langsam die Reihe in die andere Richtung ab.
Als sie auch dort das Ende erreicht hatten, wussten sie nicht mehr weiter. Nelly setzte sich hin und begann, das maunzende Junge zu putzen. Dann sah sie fragend zu Rosalie auf.

"Hast du noch eine andere Idee? Das hier funktioniert nicht," miaute sie niedergeschlagen.

Rosalie sah sich um. "Vielleicht lebt Erasmus nicht hier. Wir sollten wieder den Hügel hinauf gehen und es im Wald oder im Gebüsch versuchen."

"Und wenn wir ihn da auch nicht finden? Wir können die Kleinen nicht ewig durch die Gegend tragen," jammerte Nelly gereizt.

"Das hier ist sein Revier, also muss er hier irgendwo sein!", antwortete Rosalie. Wieder sah sie sich um.

"Erasmus!", rief sie laut. "Wo, um der großen Katze Willen, bist du bloß?"

"Ich frag mich, wieso du das wissen willst," ertönte plötzlich eine Stimme hinter ihr.

Erschrocken fuhren Rosalie und Nelly herum. Der große, rote Kater saß hinter ihnen im Gebüsch und putzte beiläufig eine Vorderpfote. Dabei waren seine grünen Augen jedoch aufmerksam auf die beiden Kätzinnen gerichtet.

"Erasmus!", rief Rosalie erleichtert. "Ich freue mich so, dich zu sehen."

"Ach ja," miaute Erasmus argwöhnisch. "Und warum?"

"Wieso kann man dich hier nicht riechen, wenn das dein Revier ist?", wollte Nelly wissen.

"Weil´s eben nich meins is," antwortete Erasmus einfach.

Als er die verwirrten Blicke der beiden Kätzinnen sah, seufzte er und fing an zu erklären.

"Mein Revier is da oben." Er zeigte mit dem Kinn den Hügel hinauf. "Wenn ihr durch die Büsche am Bach entlang geht, kommt ihr zu meinem Haus. Hier runter komme ich nur, wenn...," er zwinkerte Rosalie zu, "wenn ich gerufen werde. Oder wenn ich zwei fremde Kätzinnen neugierig rum-

schleichen sehe."
"Aha." Mehr fiel Nelly dazu nicht ein.
Rosalie schon. "Wenn du also hier runter gerufen wirst, dann müssen hier doch Katzen leben! Kätzinnen, meine ich," miaute sie aufgeregt.
"Klar! Mehrere Kätzinnen. Die leben hier in den Gärten." Erasmus ließ den Blick über das Gelände streichen.
"Siehst du! Gärten!", flüsterte Rosalie ihrer Freundin triumphierend zu. Nelly schnaubte bloß kurz durch die Nase.
„Weißt du, ob welche von diesen Kätzinnen Junge haben?", fragte Nelly aufgeregt.
Erasmus sah sie verständnislos an. "Wieso sollte ich das wissen? Geht mich doch nix an!"
"Was?", miaute Nelly entrüstet. "Es interessiert dich nicht, ob du Junge hast? Das gibt´s doch nicht."
Erasmus seufzte. "Also interessieren würd es mich schon. Aber ich krieg´s doch gar nich mit. Nach der Hochzeit jagen die Kätzinnen mich weg. Der Rest is dann deren Sache." Er überlegte kurz. "Eigentlich fänd ich´s schon schön, mal einen Sohn zu treffen. Aber so läuft das eben nich."
Er betrachtete die beiden Kätzinnen neugierig. "Wieso wollt ihr das alles wissen? Ihr bekommt doch gar keine Jungen, oder nich?"
Statt einer Antwort nahm Rosalie das Tigerchen auf, ging zu Erasmus und legte ihm das Fellbündel vor die Pfoten. "Darf ich vorstellen? Dein Sohn!", miaute sie schlicht.
Erasmus´ Augen wurden riesengroß. Ganz vorsichtig beugte er sich vor und schnupperte an dem Jungen. Dann sah er die beiden Kätzinnen verständnislos an. "Wo kommt das her? Und woher wisst ihr, dass es von mir is?"
"Erinnerst du dich noch an die verrückte Schwarze?", wollte

Rosalie wissen.

Erasmus nickte.

"Das hier," Rosalie bedeutete Nelly auch das andere Junge zu zeigen, "sind ihre Jungen. Die Schwarze hat ihr Leben auf dem harten Weg verlassen. Und nun suchen wir eine Kätzin, die Milch hat und sie aufzieht."

Erasmus überdachte das Gehörte gründlich. "Nun, ob es meine Jungen sind, könnt ihr nich mit Bestimmtheit wissen. Bin ja nich der einzige Kater hier in der Gegend..." Er legte den Kopf schief und starrte nachdenklich die Jungen an.

Rosalie wurde mulmig zumute. Sollte er es etwa abschlagen, ihnen zu helfen? Fieberhaft suchte sie bereits nach Argumenten, um ihn umzustimmen. Aber Erasmus kam ihr zuvor.

"Is aber egal. Die Winzlinge brauchen ja nu Hilfe, nich? Lasst mich mal kurz überlegen." Sein Blick schweifte über die Gärten.

Nelly stieß erleichtert den Atem aus. Sie hatte gar nicht bemerkt, dass sie vor lauter Aufregung die Luft angehalten hatte. Sie ging zu den Jungen und putzte sie liebevoll, während Erasmus überlegte.

"Die alte Lara!", rief Erasmus plötzlich. "Bei der bin ich gewesen. Is zwar schon 'ne Weile her, aber ich weiß wo die lebt." Erwartungsvoll sah er von Nelly zu Rosalie. "Soll ich euch hinbringen?"

"Natürlich sollst du das!", rief Nelly.

"Dann kommt! Is nich weit!" Erasmus war offensichtlich begeistert von seiner unerwarteten Vaterrolle.

Rosalie und Nelly nahmen die protestierenden Jungen wieder auf und trabten, voller neuer Hoffnung, schnell hinter Erasmus her, der bereits an den Zäunen entlang lief. Dabei murmelte er leise vor sich hin.

"War einer von den Gärten hier. Kein Geflecht. War Holz." Er blieb vor einem Holzzaun stehen und schnupperte. "Nee, war weiter hinten." Er setzte sich wieder in Bewegung. Rosalie und Nelly folgten ihm erwartungsvoll.

Dann blieb der Rote endlich stehen. Er sah an einem Holzzaun hoch, der etwa drei Katzenlängen hoch war.

"Dahinter isses. Wir müssen hoch springen." Er kauerte sich kurz hin und sprang. Er landete gekonnt auf den schmalen Hölzern und spähte in den Garten hinunter.

"Hier is richtig. Kommt!", rief er und sprang bereits hinab.

Rosalie legte das Junge ab und wandte sich zu Nelly um. "Ich geh zuerst und schau mal, wie es da aussieht."

Sie sprang am Zaun hoch und stellte fest, dass die Landung auf der sehr schmalen Oberseite gar nicht so einfach war. Sie sah sich um. Erasmus lief bereits über das Gras auf eins dieser kleinen Häuser zu. Das kleine Haus war ganz aus schmalen Holzstücken gemacht und Rosalie bemerkte ein Loch in einem der Holzstücke kurz über dem Boden. Erasmus setzte sich vor dieses Loch und schnupperte.

"Lara!", rief er laut. "Komm mal raus!"

Als nichts passierte drehte er sich zu Rosalie um. "Sie lebt auf jeden Fall hier. Und ich riech auch Junge. Vielleicht is sie gerade auf der Jagd. Wir können ja..."

In dem Moment schoss ein Schemen aus dem Loch. Rosalie erschrak dermaßen, dass sie fast vom Zaun gefallen wäre. Als sie sich wieder aufgerichtet hatte, sah sie eine schwarz-weiße Kätzin vor Erasmus stehen. Die Kätzin buckelte, hatte das Fell gesträubt und fauchte Erasmus böse an.

"Was willst du hier? Ich hab dich nicht gerufen," knurrte sie und hieb mit einer Vorderpfote nach Erasmus´ Gesicht.

Erasmus wich dem Hieb aus, indem er kurz den Kopf nach

hinten legte, blieb aber sitzen.

"Beruhig dich, Lara. Ich will dich nur was fragen," versuchte er die aufgebrachte Kätzin zu beschwichtigen.

"Was fragen? Was soll das?", knurrte die Schwarz-Weiße ungehalten. Dann entdeckte sie Rosalie auf dem Zaun. Sofort buckelte sie wieder und fauchte, diesmal in Richtung Rosalie.

"Was will die hier? Das ist mein Revier! Ihr habt hier nichts verloren. Verschwindet! Sofort!", schrie sie außer sich.

Rosalie wollte die wütende Kätzin beruhigen. "Wir wollen nichts Böses, wirklich! Und es tut mir leid, dass wir in dein Revier eingedrungen sind. Aber wir haben einen wirklich wichtigen Grund," miaute sie.

Lara sah argwöhnisch von Rosalie zu Erasmus. "Und was für ein Grund soll das sein?", wollte sie wissen.

Rosalie sprang vom Zaun und ging langsam auf Lara zu. Die Kätzin versteifte sich und fauchte.

"Du hast Junge, nicht wahr?", miaute Rosalie in beschwichtigendem Tonfall.

Sofort sträubte Lara wieder das Fell. "Was geht das euch an, ob ich Junge habe?", fragte sie misstrauisch. "Und falls ich welche habe, werde ich sie verteidigen, dass könnt ihr mir glauben."

"Das glauben wir dir sofort," miaute Rosalie freundlich. "Und wir wollen deinen Jungen nichts tun, keine Angst. Im Gegenteil." Sie atmete tief durch. "Wir haben zwei Junge gefunden. Ihre Mutter hat dieses Leben verlassen und sie werden das ebenfalls tun, wenn wir niemanden finden, der sie säugt," erklärte sie ruhig.

Die Schwarz-Weiße sah zwischen Rosalie und Erasmus hin und her. "Ist das etwa euer Ernst?", miaute sie ungläubig.

"Ja, das is ernst," antwortete Erasmus. "Es sind auch meine

Jungen. Vermutlich jedenfalls." Er sah Lara fest in die Augen. "Kannst du sie groß ziehen?"

Lara war so verblüfft, dass sie ihre Abwehrhaltung vergaß. Sie setzte sich hin. Prüfend sah sie Erasmus eine Weile an. Er hielt ihrem Blick stand.

"Anscheinend sagt ihr tatsächlich die Wahrheit," miaute sie schließlich. "Was für eine Geschichte! Von so was hab ich ja noch nie gehört."

"Ja, es ist außergewöhnlich, das stimmt wohl," miaute Rosalie hoffnungsvoll. "Wirst du den Jungen helfen?"

Jetzt sah Lara Rosalie in die Augen. "Nein!"

Kapitel 23

Vor Enttäuschung schloss Rosalie die Augen und seufzte tief.
"Warum denn nicht?", rief Erasmus überrascht.
Lara sah wieder zwischen Beiden hin und her und jetzt war ihr Blick voller Mitgefühl. "Ich würde es ja tun. Aber ich habe gerade erst fünf hungrige Mäuler großgezogen. Das war hart genug. Und jetzt sind sie schon so weit, dass meine Milch versiegt. Es tut mir leid, aber daran kann ich nichts ändern."
"Das verstehe ich," miaute Rosalie leise. "Danke, dass du uns zugehört hast."
Völlig niedergeschlagen drehte sie sich um und ging mit hängendem Schwanz zurück zum Zaun.
"Warte noch!", rief Erasmus ihr hinterher. Dann wandte er sich nochmals an Lara. "Weißt du noch andere Kätzinnen mit Jungen? Hier in der Nähe," fragte er hoffnungsvoll.
Lara legte den Kopf schief und dachte nach. Plötzlich hellte sich ihre Miene auf. "Natürlich!", rief sie. "Dass ich da nicht gleich drauf gekommen bin."
Rosalie drehte sich um. Sie traute sich kaum, neue Hoffnung zu schöpfen. Erwartungsvoll ging sie zu den Beiden zurück und setzte sich wieder.
Lara war aufgestanden und ging ungeduldig hin und her. "Da ist doch diese junge Kätzin, diese dreifarbige. Wie heißt die noch?" Sie sah zu Erasmus. "Du bist doch bei ihr gewesen, das weiß ich genau. Sie lebt in dem Garten ganz am anderen Ende."
Erasmus überlegte jetzt auch. "Ich denke, ich weiß wen du meinst. Bei der bin ich zum ersten Mal gewesen. Sie is hübsch!"
Rosalie unterbrach ihn ungeduldig. "Und sie hat auch Junge?

Bist du da sicher?", fragte sie Lara.

"Ganz sicher. Die dicke Polly von den Häusern da hinten hat es mir erst vor ein paar Sonnenaufgängen erzählt." Lara setzte sich wieder hin. "Also, das war so: Sie hatte vier Junge, die Dreifarbige, nicht die dicke Polly, und drei davon haben sehr schnell dieses Leben verlassen. Sie war am Boden zerstört, weil sie fürchtete, dass sie irgendwas falsch gemacht hätte, wo es doch ihr erster Wurf ist."

Als sie Rosalies zweifelnden Gesichtsausdruck sah, fügte sie schnell hinzu: "Sie hat natürlich gar nichts falsch gemacht. Solche Sachen passieren einfach. Aber jetzt hat sie eben nur noch ein Junges und darum bestimmt viel Milch."

"Und sie lebt am anderen Ende?", vergewisserte sich Rosalie noch einmal.

"Genau, einfach immer an den Zäunen lang," bestätigte Lara.

"Vielen Dank, Lara! Du hast uns sehr geholfen." Rosalie erhob sich, neigte kurz den Kopf vor Lara und lief zum Zaun.

Erasmus folgte ihr und sprang hinauf. Als Rosalie gerade vom Zaun herunter springen wollte, hörte sie Lara noch rufen.

"Jetzt weiß ich´s wieder! Sie heißt Bella!"

Rosalie landete neben Nelly, die bereits ganz aufgeregt herum hüpfte. "Ich hab alles gehört. Lass uns diese Bella finden!"

Erneut liefen sie, Schulter an Schulter, an den Zäunen entlang, bis sie den letzten Garten erreicht hatten. Hier war der Zaun ein Geflecht und Rosalie suchte bereits die geeignete Stelle, um daran hoch zu klettern.

"Warte!", miaute Erasmus. "Ich bin damals gar nich geklettert. Da war ein Loch um die Ecke. Das is vielleicht immer noch da."

Sie gingen um die Zaunecke herum und untersuchten das Geflecht auf Löcher. Kurz darauf hatte Nelly den Durchschlupf

entdeckt. Er war groß genug, dass sich eine Katze hindurchschieben konnte. Vorsichtig darauf bedacht, dass sich die Jungen nicht verletzten, krabbelten die beiden Kätzinnen hindurch. Erasmus folgte als Letzter.
Hinter dem Zaun hielten sie an und betrachteten den Garten genau. Hier gab es kein kleines Haus. Nur Grasflächen, unbedeckte Erde mit ordentlich aufgereihten Pflanzen und Blumen. In einer Ecke lag ein großer Holzstapel.
Erasmus ging zu dem Holzstapel hinüber und schnupperte. Dann kauerte er sich vor eine Lücke zwischen den Hölzern und bedeutete Rosalie und Nelly, zu ihm zu kommen.
"Bella!", rief er. "Ich bin´s, Erasmus. Erinnerst du dich an mich?"
Eine helle Stimme antwortete aus dem Holzstapel. "Natürlich erinnere ich mich. Was machst du denn hier?"
"Ich möchte dir was Wichtiges zeigen. Könntest du kurz raus kommen?", fragte Erasmus freundlich.
"Ich kann mein Junges nicht alleine lassen. Erklär´ doch einfach, was du willst," antwortete Bella.
"Es wär doch nur für einen Moment. Deinem Jungen passiert schon nix. Bitte, du musst dir was ansehen," flehte Erasmus.
"Also, ich weiß ja nicht, was du vorhast. Aber ich warne dich! Komm bloß meiner Kleinen nicht zu nah. Ich zerkratz dir dein Gesicht, wenn du das versuchst," miaute Bella. Die Drohung klang, wegen der hellen Stimme, nicht sehr einschüchternd.
Erasmus seufzte genervt. Bevor er noch etwas von sich geben konnte, schob Rosalie ihn zur Seite und gab ihm mit einem Blick zu verstehen, dass er still sein sollte.
Rosalie kauerte sich vor die Lücke. "Hallo Bella! Mein Name ist Rosalie. Ich wohne hinter dem Buckelweg und brauche deine Hilfe wegen zwei Jungen."

Zuerst blieb es still. Dann hörte Rosalie, wie sich Bella hinter den Hölzern bewegte. Schließlich erschien ein Kopf in der Lücke.

Bella sah Rosalie fragend an. "Was denn für Hilfe?"

Rosalie rückte zur Seite und gab den Blick auf Nelly frei, die mit den beiden Jungen zu ihren Pfoten abwartend dasaß.

Bellas Blick heftete sich sofort auf die Jungen. "Große Katze! Sind das deine?", wollte sie wissen. "Warum schleppst du die durch die Gegend? Das gehört sich nun wirklich nicht?", fügte sie streng hinzu und bedachte Rosalie mit einem strafenden Blick.

"Das sind nicht meine," antwortete Rosalie freundlich. "Wir haben sie gefunden. Sie haben keine Mutter mehr und..."

Bevor sie die Geschichte erneut erzählen konnte, schoss Bella aus der Lücke ins Freie. Sie stürzte zu Nelly und beugte sich über die Jungen. Rosalie war erstaunt wie klein die Kätzin war. Noch ein bisschen kleiner als Nelly.

Bella beschnupperte die Jungen gründlich. "Oh, ihr armen Kleinen. Keine Mutter mehr? Das ist ja furchtbar. Ihr habt bestimmt Hunger, nicht wahr?" Sie berührte beide mit der Nase. "Und ihr seid ganz kalt, oh je!"

Sie warf Nelly einen strengen Blick zu. "Du hättest sie warm halten müssen!"

Nelly war verblüfft, dass diese kleine Kätzin so mit ihr umsprang. "Äh... ich war ein bisschen beschäftigt damit, sie den ganzen weiten Weg zu tragen, einen Geröllhang hoch zu klettern und sie vor Füchsen zu beschützen," miaute sie etwas gereizt.

"Vor Füchsen?", schrie Bella entsetzt. "Oh je, oh je, was müssen die Kleinen für eine Angst ausgestanden haben?" Sie leckte fürsorglich jedem Jungen über die Ohren.

"Wir nebenbei auch," murmelte Nelly.
"Bella?", wandte sich Rosalie an die hübsche Kätzin. "Ich möchte dich fragen, ob du bereit bist, diese beiden Jungen aufzuziehen. Sie haben sonst niemanden und..."
Wieder wurde sie von der Dreifarbigen unterbrochen. "Aber natürlich werde ich das tun! Was für eine Frage!" Sie sah Rosalie an, als ob die nicht alle Sinne beieinander hätte.
"Und jetzt geht ihr besser," miaute Bella streng. "Die Kleinen brauchen Ruhe. Sie hatten wohl genug Aufregung für eine Sonnenphase."
Damit nahm sie das Tigerchen auf und verschwand mit ihm unter dem Holzstapel. Die übrigen drei sahen sich fassungslos an.
"Schau mal, was die Mama hier hat, Krissy?", tönte es aus dem Holzstapel. "Ein kleines Brüderchen für dich! Ist das nicht schön?" Ein freudiges Fiepen beantwortete die Frage.
Bella kam wieder durch die Lücke ins Freie. Sie sah die Drei nacheinander an. "Danke, dass ihr auf meine Kleinen aufgepasst habt. Aber wir kommen jetzt zurecht. Ihr könnt gehen." Sie trug das Schwarze ebenfalls unter das Holz.
"*Ihre* Kleinen?", flüsterte Nelly verwundert.
"Na ja, jetzt sind es ja ihre," antwortete Rosalie. Nach all den Mühen und Enttäuschungen, die sie hinter sich hatten, erschien ihr diese Szene gerade fast unwirklich. Und auch ein bisschen lustig.
"Und hier haben wir auch noch ein Schwesterchen," war von Bella zu hören. "Jetzt müsst ihr euch erstmal schön satt trinken und dann wird fein geschlafen. Ihr müsst doch völlig verausgabt sein, meine Schätzchen. Ihr braucht jetzt keine Angst mehr zu haben, Mama passt auf euch auf."
Rosalie hörte amüsiert zu.

Sie blieben noch einen Moment vor dem Holzstapel sitzen und lauschten, aber es war nur noch das wohlige Schmatzen von drei kleinen Mäulchen zu hören.

Rosalie, Nelly und Erasmus erhoben sich gleichzeitig und schlüpften wieder durch das Loch im Zaun. Sie trabten schweigend bis zum Weg, jeder in seine Gedanken versunken. Dann blieb Nelly stehen und sah sich noch einmal um.

"Ich kann es immer noch nicht fassen," miaute sie wie zu sich selbst. "Erst dachte ich, dass wir die Jungen retten und dann ging alles schief. Dann gab es wieder Hoffnung und dann wieder nicht. Und zum Schluss war es so einfach."

Rosalie ging zu ihr und leckte ihrer Freundin über die Ohren. "Ja, so war es wirklich." Sie lachte leise. "Aber die Hauptsache ist, dass die Kleinen jetzt versorgt sind."

"Bella wird bestimmt gut auf sie aufpassen," warf Erasmus ein.

Nelly drehte sich zu ihm herum. "Und ohne dich hätten wir es am Ende gar nicht geschafft." Sie sprang zu ihm und schmiegte überschwänglich ihren Kopf an sein Kinn.

Der Rote strahlte vor Stolz. "Danke dir!" Dann wandte er sich an Rosalie. "Hey, wenn ihr wollt, dann kann ich gerne ab und zu mal herkommen und nach den Beiden sehen."

"Das wäre schön," nahm Rosalie das Angebot gerne an. "Auch wenn wir sie nur eine Sonnenphase lang bei uns hatten, sind sie mir doch irgendwie ans Herz gewachsen."

"Na, mir doch auch!", rief Nelly. Sie beendete die Schmuseattacke bei Erasmus und sah ihn begeistert an. "Wir können uns doch regelmäßig am Buckelweg treffen. Und wenn du Neuigkeiten von den Beiden hast, erzählst du sie uns," schlug sie vor.

"Klar, das können wir machen," miaute Erasmus. Noch einmal

sah er nachdenklich zum Holzstapel zurück. "Jetzt will ich doch schließlich wissen, wie sich mein Sohn so macht." Er grinste.
"Ich hab Hunger!", rief Nelly unvermittelt.
Erst dadurch bemerkte Rosalie, dass ihr Magen laut knurrte. Sie hatten ja auch durch die Rettungsaktion die ganze Sonnenphase lang nichts gegessen. Und inzwischen war es bereits dunkel geworden.
"Ich weiß eine gute Stelle am Bach, wo es fette Mäuse gibt," miaute Erasmus hilfsbereit. "Wenn ihr wollt, dürft ihr da heute gerne jagen."
"Ehrlich?", fragte Nelly verblüfft, der bereits das Wasser im Maul zusammen lief.
"Vielen Dank, Erasmus!", miaute Rosalie zögernd. "Das ist wirklich sehr nett von dir. Aber, wenn ich ehrlich bin, habe ich nicht mehr viel Lust, jetzt noch im Dunkeln zu jagen. Zu Hause wartet bestimmt ein voller Napf auf mich. Das ist mir im Moment einfach bequemer."
"Wie du willst," antwortete Erasmus enttäuscht. "Was is mit dir?", wandte er sich an Nelly.
"Äh..." Nelly sah zwischen den Beiden hin und her. Einerseits wollte sie Erasmus nicht vor den Kopf stoßen, wenn er schon so ein außergewöhnlich freundliches Angebot machte. Andererseits zog selbst sie heute einen gefüllten Napf der Jagd vor. Sie war wirklich erschöpft.
Rosalie kam ihr zu Hilfe. "Ach, Nelly, komm doch mit mir. Deine Hausmenschen werden sich schon längst Sorgen um dich machen. Wir waren immerhin sehr lange weg," miaute sie mit gespielt besorgtem Gesichtsausdruck.
Nelly dankte ihrer Freundin im Stillen. Dass ihre Hausmenschen sich niemals um sie sorgten, konnte Erasmus

ja nicht wissen. Sie sah wieder Erasmus an, der immer noch auf ihre Antwort wartete.

"Ja, also... Rosalie hat Recht. Ich möchte nicht, dass meine Hausmenschen im Dunkeln nach mir suchen müssen. Es ist wohl besser, wenn ich auch mitgehe."

"Oh, na dann..." Erasmus ließ ein wenig den Kopf hängen.

"Sei bitte nicht enttäuscht," miaute Rosalie freundlich. "Wir wissen dein Angebot sehr wohl zu schätzen. Aber wir sind einfach völlig erledigt."

Sie trat vor und strich ebenfalls mit ihrem Gesicht an seinem Kinn entlang. "Danke für deine Hilfe, Erasmus!"

Dem Roten war so viel Zuneigung sichtlich peinlich. Verlegen scharrte er mit einer Vorderpfote über den Boden. "Macht ja nix," miaute er. "Ich versteh euch ja."

"Kommt, lasst uns nach Hause gehen," rief Nelly und begann den Weg hoch zu traben.

Zu dritt, Schulter an Schulter, liefen sie den Hügel hinauf. Am Buckelweg blieben sie dann nochmals stehen.

"Bis zum nächsten Mal, Erasmus," verabschiedete Rosalie ihren neuen Freund und hielt ihm ihre Nase hin.

Erasmus stupste dagegen und drehte sich dann zu Nelly um, die ihrerseits die Nase vorstreckte.

"Mach´s gut, Roter," miaute sie fröhlich.

"Ihr auch!", antwortete Erasmus. "Und wenn ihr nochmal irgenso´n Problem habt, kommt ruhig zu mir," bot er zwinkernd an.

"Machen wir!", rief Rosalie über die Schulter und trabte bereits schnell über den Buckelweg.

Nelly beeilte sich ihr zu folgen.

Mit hoch erhobenen Schwänzen liefen sie eilig zu Rosalies Garten und schlüpften durch die Klappe. Im Laufen prüfte

Rosalie schnell die Luft im Haus. Keine Spur von ihrem Hausmenschen, aber im Essensraum roch es schwach nach Blumen. Die Fremde war also wieder da gewesen. Und der Napf war gefüllt mit weichem Futter. Die beiden Kätzinnen stürzten sich darauf und leerten ihn bis zum letzten Krümel.
Rosalie hätte durchaus noch mehr essen können. Normalerweise hätte sie jetzt einfach ihrem Hausmenschen Bescheid gegeben und er hätte noch etwas nachgefüllt. Doch das ging ja nun nicht, was Rosalie ein wenig ärgerte. Wie lange wollte er wohl noch fort bleiben?
"Das war jetzt lecker," miaute Nelly zufrieden und begann, sich zu putzen.
Rosalie säuberte ebenfalls ihr Gesicht und das Brustfell. Dann streckte sie sich ausgiebig.
"Ich bin richtig geschafft, nach der ganzen Aufregung. Ich werde direkt schlafen gehen," miaute sie zu Nelly. "Was hast du vor? Willst du noch zu deinen Hausmenschen gehen, oder bleibst du hier?"
Auch Nelly wurde nun schnell schläfrig, wo ihr Bauch gefüllt war. "Ach, ich denke, ich bleibe hier. Wir haben heute so ein tolles Abenteuer erlebt, da können wir auch zusammen davon träumen."
Rosalie starrte ihre Freundin verblüfft an. "Ein Abenteuer? Aber sicher! Es war ein richtiges Abenteuer!", rief sie begeistert und war plötzlich wieder hellwach.
Nelly legte den Kopf schief und grinste. "Ja, allerdings! Genau davon hast du doch immer geträumt. Nicht wahr?"
"Ja, stimmt! Und es war wirklich aufregend." Rosalies Augen leuchteten, während sie mit hoch erhobenem Kopf durch den Hauptraum zu ihrem Bettchen ging. "Und morgen müssen wir Prinzessin alles darüber erzählen. Sie wird beeindruckt sein."

"Sie wird ja bestimmt wissen wollen, was aus den Jungen geworden ist," stimmte Nelly ihr zu. "Und den Teil mit dem Fuchs müssen wir ganz dramatisch machen." Auch in ihrer Stimme war ein gewisser Stolz zu hören.
"Na, ich fand´s dramatisch genug," miaute Rosalie lachend.
"Kann ich mir vorstellen," antwortete Nelly mit einem Zwinkern. Dann gähnte sie. "Aber jetzt lass uns ganz undramatisch schlafen. Ich bin erledigt."
Sie sprang auf die Fensterbank, tretelte kurz im Bettchen herum und rollte sich zusammen.
Rosalie ließ sich daneben plumpsen und kuschelte sich dicht an ihre Freundin.
Nach nur wenigen Herzschlägen schliefen beide tief und fest.

Kapitel 24

Rosalie erwachte davon, dass ihr irgendetwas mehrfach in die Seite stieß. Sie öffnete ein Auge und erkannte Nelly neben sich, die sie ständig mit einer Vorderpfote stupste. Sie öffnete auch das andere Auge und bemerkte, dass es bereits hell war. Die Sonne stand schon recht hoch.
"Wach endlich auf!", verlangte Nelly. "Oder hast du beschlossen, Winterschlaf zu halten?"
Sie sprang auf den Boden und drehte aufgeregt kleine Kreise. "Lass uns jagen und dann zu Prinzessin gehen."
Rosalie gähnte. Wo nahm diese kleine Kätzin nur die ganze Energie her? Sie erhob sich und versuchte die Schläfrigkeit abzuschütteln. Dann begann sie mit der Morgentoilette.
"Nun mach doch!", rief Nelly ungeduldig. "Ich hab Hunger!"
Rosalie hielt inne. Sie war auch wieder hungrig und ihr Hausmensch war immer noch nicht zurück. Das beunruhigte sie. Sie verschob die restliche Fellpflege auf später und sprang zu Boden.
"Na endlich!" Nelly lief sofort zur Klappe und wollte nach draußen.
"Warte kurz," miaute Rosalie und lief in den Essensraum.
"Was ist denn jetzt noch?", stöhnte Nelly, folgte ihrer Freundin jedoch.
Rosalie inspizierte den Napf, der allerdings leer war. Was sollte sie machen, wenn weder ihr Hausmensch noch die blumenduftende Fremde jemals wiederkämen? Langsam machte sie sich wirklich Sorgen.
Doch gerade als sie ihre Freundin auf dieses Problem hinweisen wollte, ging die Haustür auf und die Fremde kam herein. Sie wirkte irgendwie hektisch und kam sofort in den

Essensraum. Als sie die beiden Kätzinnen sah, machte sie erfreute Laute und schien sich zu beruhigen. Sie streichelte Beiden über die Köpfe.

"Mau!" Rosalie strich der Fremden um die Hinterbeine und schnurrte.

"Miau!" Nelly setzte sich vor den leeren Napf und scharrte demonstrativ mit einer Pfote daran.

Die Fremde lachte und beeilte sich, einen Futterbehälter aus der Klappe zu nehmen. Sie füllte den Napf und sah den Beiden beim Essen zu.

"Na, das kommt ja jetzt gerade richtig," miaute Nelly zufrieden.

Als der Napf wieder leer war, sah Nelly erwartungsvoll zu ihr auf. Als nichts geschah, strich sie ebenfalls an ihren Hinterbeinen entlang.

Auch Rosalie war noch nicht satt und beteiligte sich daran, es der Fremden klar zu machen.

Die legte den Kopf schief und machte fragende Laute.

"Mau! Mau!"

"Miauuuuu!"

Jetzt lachte sie laut. Aber sie hatte es begriffen und füllte den Napf erneut.

"Na, geht doch!", rief Nelly begeistert und begann mit der zweiten Portion.

Auch diesmal leerten sie den Napf. Die Fremde nahm ihn dann weg und hielt ihn unter das fließende Wasser. Dann ging sie aus dem Raum und tat irgendwelche anderen Dinge.

Rosalie setzte ihre unterbrochene Fellpflege fort und auch Nelly putzte sich nochmals flüchtig.

"So! Jetzt lass uns aber losgehen. Das Jagen haben wir ja nun gespart und können direkt zu Prinzessin hinüber," miaute

Nelly anschließend ungeduldig.

"Is' ja gut. Ich bin ja schon fertig," gab Rosalie klein bei.

Sie trabten zur Klappe und schlüpften nach draußen. Obwohl die Sonne schien, war es noch recht frisch. Die braune Kühle war in vollem Gange und trockene Blätter knisterten bei jedem Schritt.

Schnell schoben sie sich unter der Hecke durch und Nelly warf einen prüfenden Blick in Prinzessins Garten. Da dort niemand zu sehen war, liefen sie zum hohen Fenster und sprangen auf das Brett.

Prinzessin und die Jungen spielten. Arielle war damit beschäftigt, den Schwanz ihrer Mutter zu jagen, den diese immer wieder wegzog. Arabella und Aragorn hatten eins von Prinzessins Spielzeugen entdeckt, einen kleinen roten Ball, den sie begeistert anschubsten und verfolgten. Zwischendurch sprangen sie sich gegenseitig an und rauften miteinander.

Nelly grinste. "Das ist so schön anzusehen." Dann stupste sie Rosalie in die Seite. "Und weißt du was? Dank uns können die anderen Beiden demnächst auch so schön spielen," miaute sie strahlend.

"Ja, das ist wirklich toll," pflichtete Rosalie ihr bei und fühlte sich richtig glücklich bei diesen Gedanken.

Dann hob sie eine Pfote und scharrte am geschlossenen Fenster. Prinzessin sah sofort auf und sprang dann auf die andere Seite.

"Hallo ihr zwei! Ich hab schon die ganze Zeit auf euch gewartet. Wie ist es gelaufen? Habt ihr jemanden für die Jungen finden können? Geht es ihnen gut?" Prinzessin schlug aufgeregt den Schwanz hin und her und sah erwartungsvoll von Nelly zu Rosalie.

"Ja, wir haben tatsächlich jemanden gefunden. Es geht ihnen gut," miaute Nelly fröhlich.
"Komm' doch nach draußen. Dann können wir uns besser unterhalten," schlug Rosalie vor.
Prinzessin drehte sich um und betrachtete nachdenklich die spielenden Jungen. "Hm, das mach ich." Sie überlegte noch einen Moment. "Und ich werde euch eine Überraschung mitbringen," flüsterte sie. "Geht schon mal runter, ich komme dann gleich."
"Eine Überraschung?", miaute Nelly begeistert. "Was denn für eine?"
Prinzessin lachte. "Wenn ich es dir jetzt verrate, ist es doch keine Überraschung mehr," miaute sie amüsiert.
Schnell sprangen Rosalie und Nelly zu Boden, liefen zum Zaun und setzten sich erwartungsvoll davor.
Nelly knetete aufgeregt den Boden mit den Vorderbeinen. "Was sie wohl vorhat? Was meinst du?", fragte sie Rosalie.
"Weiß nicht," antwortete Rosalie belustigt. "Wir werden es ja gleich sehen."
Nelly reckte den Hals und sah gespannt zur Tür, die einen Spalt offen stand. "Wo bleibt sie denn?", rief sie ungeduldig.
Es dauerte noch eine ganze Zeit und Nelly wollte schon zurück zum Fenster laufen, als endlich Prinzessin in der Tür erschien. Sie ging sehr langsam und senkte immer wieder den Kopf.
"Was macht sie denn da?", wunderte sich Rosalie.
Dann sahen sie es. Prinzessin schob mit der Nase die drei Jungen vor sich her. Immer wenn eins stehen blieb, hielt sie an und schubste es vorsichtig weiter.
"Die Jungen!", quiekte Nelly vergnügt. "Sie bringt die Jungen mit!"
Auch Rosalie war nun sehr gespannt und konnte es gar nicht

erwarten, dass die kleine Familie endlich den Zaun erreichte. Aber anscheinend war die ganze Sache nicht so einfach. Prinzessin stand immer noch nahe bei der Tür und sie hörten sie beruhigend miauen.
"Na komm schon, Arielle! Es ist nicht gefährlich, glaub mir."
Während sich ihre Mutter mit der kleinen Weißen beschäftigte, hatten Aragorn und Arabella bereits das Gras erreicht. Neugierig pfötelten sie an den kurzen Halmen herum und gaben kleine Quieklaute von sich.
Schließlich kam Prinzessin zum Zaun und trug eine zappelnde Arielle im Maul. Sie legte sie vor Rosalie und Nelly ab und stöhnte leise. Arielle kuschelte sich eng an ihre Mutter und sah die beiden Kätzinnen ängstlich an.
"Hallo Arielle!", miaute Rosalie freundlich. "Schön, dich kennen zu lernen."
"Mama, wer ist das?", miaute die Kleine leise und drückte sich noch weiter in den Pelz von Prinzessin.
"Das sind meine Freundinnen," erklärte Prinzessin und leckte Arielle beruhigend über die Ohren. "Und es sind auch eure Freundinnen. Du musst keine Angst haben, mein Schätzchen."
Inzwischen waren auch die anderen beiden Jungen zu ihrer Mutter gelaufen.
Aragorn stand mit hoch erhobenem Schwänzchen vor Rosalie und versuchte ein Fauchen. "Hier leben wir! Ihr dürft hier nicht rein!", behauptete er selbstbewusst.
Rosalie versuchte nicht zu grinsen. "Ich weiß, kleiner Aragorn. Niemals würde ich es riskieren, dass ich gegen dich kämpfen muss," miaute sie und tat mächtig beeindruckt.
"Das würde ich dir auch nicht raten," miaute Aragorn mit hoch erhobenem Kopf und fauchte nochmals.
Er sah dabei richtig niedlich aus, fand Rosalie.

"Bestärke ihn nicht noch," bat Prinzessin mit einem Seufzer. "Er hat schon genug Selbstbewusstsein für zwei Kater."
Arabella saß neben ihrem Bruder und gab ihm einen Stoß mit ihrer kleinen Pfote.
"So miaut man nicht zu denen. Mama hat erklärt, dass man höflich sein soll," wies sie ihn zurecht. Dann trat sie vor und betrachtete die beiden Kätzinnen neugierig.
"Hallo. Mein Name ist Arabella. Wer seid ihr?", miaute sie freundlich.
"Hallo Arabella," antwortete Nelly. "Ich heiße Nelly und das ist Rosalie. Wir leben nebenan." Sie beugte sich ganz tief hinunter und steckte die Nase durch den Zaun.
Arabella sah fragend zu ihrer Mutter hoch.
"Du musst mit deiner Nase dagegen stupsen," flüsterte Prinzessin.
Arabella stand auf und stupste eifrig ihre Nase gegen die von Nelly. Dann sah sie zu Rosalie hoch. "Was ist denn mit deiner Nase?", wollte sie wissen.
"Oh, Verzeihung! Wie unhöflich von mir," miaute Rosalie belustigt und bückte sich ebenfalls.
"Ich will auch!", rief Aragorn. Er preschte vor und kollidierte unsanft mit Rosalies Nase.
"Sei doch nicht immer so forsch!", stöhnte Prinzessin und zog den kleinen Kater am Schwanz ein Stück zurück.
"Macht doch nichts," miaute Rosalie und leckte sich schnell über die Nase.
Prinzessin sah nun zu Arielle hinunter. "Was ist mit dir, Schätzchen? Möchtest du nicht unsere Freundinnen begrüßen?", fragte sie.
Arielle sah unbehaglich von Rosalie zu Nelly und dann wieder zu ihrer Mutter. "Muss ich?", miaute sie leise.

"Nein, du musst nicht," antwortete Rosalie. "Aber du brauchst wirklich keine Angst vor uns zu haben." Sie legte sich flach hin und hoffte, dass sie dadurch vielleicht weniger bedrohlich wirkte.

Aragorn hatte inzwischen mit der Untersuchung der Umgebung begonnen und schnupperte eifrig an allem, was er mit der Nase erreichen konnte. Arabella gesellte sich dazu und sie tapsten durch den Garten. Arielle blieb bei ihrer Mutter und kuschelte sich weiter in ihr Fell.

"So, nun erzählt mal! Was ist mit den Jungen passiert?", forderte Prinzessin die Beiden nun auf.

Rosalie und Nelly machten es sich bequem und erzählten die ganze Geschichte. Mehrfach unterbrachen sie sich gegenseitig, um etwas genauer zu erklären oder auszuschmücken. Prinzessin lauschte gebannt.

Manchmal entfuhr ihr ein "Große Katze!" oder "Du liebe Güte!", ansonsten unterbrach sie die Beiden nicht. Als sie geendet hatten, strahlte auch Prinzessin.

"Oh, das ist so schön! Ich hatte große Bedenken, dass die Beiden so viel Glück haben würden," miaute sie begeistert. "Das habt ihr wirklich ganz toll gemacht. Ihr seid richtige Helden!"

Nelly gefiel das Lob und sie hielt den Kopf stolz erhoben. Auch Rosalie musste zugeben, dass ihr Prinzessins Anerkennung schmeichelte.

"Mama?", meldetet sich eine zaghafte Stimme aus Prinzessins Fell. Prinzessin senkte den Kopf und sah Arielle erwartungsvoll an. "Ja, meine Kleine?"

"Kommt der Fuchs auch hierher?", fragte Arielle und zitterte vor Angst.

"Ach, du große Güte!", miaute Prinzessin und unterdrückte

einen Seufzer. "Nein! Der kommt nicht hierher. Siehst du den Zaun?" Sie klopfte mit einer Vorderpfote dagegen. "Da kann keiner durch. Schon gar kein Fuchs!"

"Das ist gut," miaute Arielle, wobei sie sich jedoch nicht überzeugt anhörte.

Prinzessin schloss kurz die Augen. "Es ist nicht zu glauben, dass die alle drei verwandt sind. Unterschiedlicher könnten sie gar nicht sein."

Rosalie schmunzelte.

Nelly sah den anderen beiden Jungen beim Spielen zu. Dann drehte sie sich wieder zu Prinzessin. "Äh... soll er eigentlich da oben sein?"

Prinzessins Kopf flog herum. "Wo oben?", rief sie alarmiert.

Nelly deutete in die entsprechende Richtung. Aragorn hatte einen kleinen Busch erklommen und balancierte gerade reichlich ungeschickt auf einem ziemlich dünnen Zweig. Arabella saß darunter und sah ehrfurchtsvoll zu ihrem Bruder hoch.

"Aragorn, komm da runter!", befahl Prinzessin.

"Aber ich übe Klettern," rief der kleine Schwarze nur zurück und machte weiter.

Prinzessin schüttelte resigniert den Kopf. "Er hört einfach auf gar nichts. Was soll ich bloß machen?"

"Lass ihn seine Erfahrungen machen," beruhigte Rosalie sie. "Ihm wird schon nichts passieren."

In diesem Moment ertönte ein hoher Quieklaut von Aragorn und er fiel vom Zweig. Er landete genau auf Arabella, die nun auch quiekte.

Sofort erhob sich Prinzessin und eilte zu ihnen. "Was habe ich dir erklärt, Aragorn? Das hast du nun davon, wenn du nicht hörst!", miaute sie streng.

Da ihre Mutter nun aufgestanden war, saß Arielle ganz allein vor dem Zaun. Sie kauerte sich zu einer kleinen Fellkugel zusammen und betrachtete ihre Umgebung mit großen Augen.

Aragorn und Arabella war natürlich nichts passiert und sie begannen eine spielerische Rauferei. Prinzessin ging dazwischen. "Ich denke, das reicht für's erste Mal," miaute sie. "Wir gehen jetzt wieder rein."

"Nein! Ich will hierbleiben!", protestierte Aragorn sofort. "Hier ist es viel interessanter als drin."

Prinzessin baute sich über ihm auf und sah streng auf ihn herab. "Es ist nur so, dass wir nicht das tun, was du willst." Sie fixierte ihn noch einen Moment. "Hier wird immer noch getan, was ich miaue."

"Oha!" Nelly sah erstaunt zu Rosalie. "Hätte nie gedacht, dass unsere Prinzessin so streng sein kann," raunte sie.

Rosalie schmunzelte. "Hängt wohl davon ab, wie sehr ihre Nerven strapaziert werden," raunte sie zurück.

Prinzessin hatte inzwischen Aragorn am Nackenfell gepackt und trug ihn in Richtung Tür.

"He!" Der kleine Schwarze strampelte wild. "Ich kann alleine laufen. Ich bin schon groß!", behauptete er.

Prinzessin setzte ihn ab und sah ihn nochmals streng an. "Dann lauf bis zu dem Holzstück vor unserem Raum. Ich komme mit den anderen und hebe dich drüber."

"Da komm ich auch alleine drüber," brüstete sich Aragorn und marschierte mit erhobenem Schwänzchen über das Gras.

Seufzend drehte sich Prinzessin zu Arabella um. "Geh mit deinem Bruder und pass auf, dass er das nicht alleine versucht," befahl sie.

Arabella setzte sich sofort in Bewegung und lief mit kleinen

Hopsern hinter ihrem Bruder her.

Prinzessin kam zurück an den Zaun und Rosalie fand, dass sie etwas erschöpft aussah. Die Weiße beugte sich zu Arielle hinunter und leckte ihr über den Kopf. "Möchtest du alleine laufen oder soll ich dich tragen?", fragte sie freundlich.

Arielle sah ihren beiden Geschwistern hinterher, die natürlich einen kleinen Umweg eingelegt hatten und auf dem Gras tollten.

"Ich laufe selbst," miaute sie mit ihrer süßen Piepsstimme.

"Das finde ich toll!", miaute Prinzessin erfreut.

"Warte noch!", verlangte Arielle und zum Erstaunen der drei Großen kam sie zum Zaun.

"Äh... Lebt wohl," miaute sie schüchtern und schob ihre winzige rosa Nase hindurch.

"Du auch!", antwortete Rosalie erfreut und berührte ganz vorsichtig das Näschen. Nelly tat dasselbe.

Prinzessin war gerührt. "Das hast du sehr schön gemacht, Arielle. So benimmt sich eine höfliche Katze," lobte sie die Kleine, die daraufhin einen freudigen kleinen Hopser vollführte.

"Und jetzt hoffe ich, dass dieser Ausflug sie erstmal müde gemacht hat," miaute Prinzessin leise mit einem Seitenblick auf Rosalie.

"Dann viel Glück dafür," miaute Rosalie lachend. "Mach´s gut! Bis morgen!"

"Ja, bis morgen!", rief auch Nelly.

Sie sahen noch zu wie Prinzessin Aragorn und Arabella einsammelte und dann mit allen im Haus verschwand.

Rosalie streckte sich. "Lass uns die Runde machen," miaute sie.

Zusammen liefen sie zum harten Weg und durch die kleinen

Gärten. Hier und da schnupperten sie und frischten die Markierungen auf. Im Wald fand Nelly die Geruchsspur des Eichhörnchens.

"Hat das ein Glück, dass ich schon gut gegessen hab…," murmelte sie.

Als sie aus dem Wald kamen, wehte ihnen ein bekannter Geruch entgegen. Erasmus saß auf dem Buckelweg direkt hinter der Grenze.

"Hallo ihr zwei! Ich hab auf euch gewartet," begrüßte er sie.

"Hallo Erasmus!", riefen die beiden Kätzinnen gleichzeitig und liefen zu ihm.

Sie tauschten Nasenstupser über die Grenze hinweg, dann setzten Rosalie und Nelly sich ihm gegenüber. Der Rote wirkte irgendwie aufgeregt. Rosalie legte den Kopf schief und sah ihn erwartungsvoll an.

"Du siehst aus, als hättest du was zu erzählen," bemerkte sie.

"Allerdings!" Erasmus setzte sich aufrecht hin und hielt den Kopf hoch. "Ich war heute schon bei Bella."

"Und? Wie geht es ihr und den Jungen?", rief Nelly begeistert.

"Ihnen geht es super," miaute der Rote. "Ich hab Bella eine echt fette Maus gefangen und sie ihr mitgebracht, damit sie nicht zum Jagen muss. Das hat ihr sehr gefallen." Er strahlte. "Sie hat sich ganz doll bedankt."

"Das war aber sehr lieb von dir," meinte Rosalie erfreut. Sie beugte sich über die Grenze und strich dem Roten mit ihrem Kinn über das Gesicht.

"Ach, das mach ich doch gern," miaute Erasmus. Es war jedoch offensichtlich, dass ihm das Lob sehr schmeichelte. "Ich werd's von jetzt an öfter machen. Dann kann ich auch immer gleich die Jungen sehen. Wie sie sich so machen und so."

"Das ist eine gute Idee," stimmte Nelly zu. "Und dann kannst du uns immer davon erzählen."
"Das mach ich auf jeden Fall. Mein Sohn wird bestimmt ein großer toller Kater," miaute Erasmus voller Stolz.
Rosalie musste grinsen. "Dann sehen wir uns ja ab jetzt öfter und ich bin schon sehr gespannt, was du dann alles zu erzählen hast."
Erasmus erhob sich. "So machen wir´s. Und jetzt geh ich noch ´ne Maus jagen, für Bella." Mit hoch erhobenem Schwanz trottete er über den Buckelweg davon.
"Bis demnächst," rief Nelly ihm noch hinterher. Dann drehte sie sich zu Rosalie. "Na, Vater zu sein, scheint ihm ja wirklich zu gefallen," miaute sie belustigt.
Auch Rosalie musste lachen. "Ja, sieht so aus. Und schön für Bella."
Die Beiden erhoben sich ebenfalls und trabten zum Bach. Sie kauerten sich hin um zu trinken. Plötzlich fuhr Rosalie herum und spitzte die Ohren.
"Was ist los?", fragte Nelly alarmiert.
"Sei still!", befahl Rosalie. "Ich hör was!"
Langsam, Schritt für Schritt, ging sie den kleinen Hügel zum Weg hoch. Dabei drehte sie ständig den Kopf und lauschte in alle Richtungen. Nelly folgte ihr und tat dasselbe. Allerdings war ihr nicht klar, auf was sie achten sollte.
Dann hörten sie es beide gleichzeitig.
"Rosalie! Langhaarige Schönheit! Komm!", tönte es aus Rosalies Garten.
"Er ist wieder da!" Rosalie sprintete los und jagte den Weg entlang. Nelly folgte ihr in einigem Abstand. Sie fegten um die Mauerecke und durch die Hecke auf das Gras. Dort stand Rosalies Hausmensch und rief nach ihr.

Als er Rosalie kommen sah, ging er in die Hocke und breitete die Vorderbeine aus. Sie bremste erst direkt vor ihm und schmiegte sich schnurrend an ihn. Sie rieb ihren Kopf an seinen Beinen und strich immer wieder an ihm entlang. Er machte begeisterte Laute und schien sich genauso zu freuen. Nelly blieb in kurzer Entfernung von den Beiden stehen und besah sich das Ganze. Sie freute sich für Rosalie, musste aber zugeben, dass sie ein bisschen neidisch war.

Als Rosalies Hausmensch sah, dass Nelly ebenfalls mitgekommen war, rief er auch sie zu sich und begrüßte sie genauso überschwänglich. Er streichelte die beiden Kätzinnen immer wieder und machte dauernd Freudenlaute. Nelly genoss die Aufmerksamkeit in vollen Zügen und der Neid verblasste.

Zusammen gingen sie ins Haus und Rosalies Hausmensch füllte den Napf. Da sie aber erst gegessen hatten, beachteten sie das Futter gar nicht. Rosalie folgte ihrem Hausmenschen auf Schritt und Tritt, als wollte sie sichergehen, dass er nicht wieder verschwand.

Im Eingangsraum stand die nette Kiste und beide Kätzinnen inspizierten sie gründlich. Sie roch fremdartig und das musste untersucht werden.

Ihr Hausmensch öffnete die nette Kiste und nahm die vielen Aussenfelle heraus. Diesmal hatte er auch nichts dagegen, dass Rosalie und Nelly in die Kiste hinein stiegen und weiter schnupperten.

Nach einer Weile ging er in den Hauptraum und nahm den Federstock aus dem Kasten. Damit spielten sie längere Zeit. Rosalie und Nelly waren begeistert.

Nach dem Spiel machte Rosalies Hausmensch es sich auf dem großen Polster bequem. Die beiden Kätzinnen gesellten sich dazu und schmiegten sich schnurrend an ihn.

Mit strahlendem Blick sah Rosalie zu Nelly. "Was war das für eine schöne Sonnenphase. Wir haben Prinzessins Junge kennen gelernt, Erasmus getroffen, den Kleinen von der Schwarzen geht es gut und mein Hausmensch ist wieder da. Besser kann es gar nicht sein." Sie schnurrte begeistert und tretelte mit den Vorderbeinen.

"Ja, jetzt ist wirklich alles gut," stimmte Nelly ihrer Freundin zu. Auch sie fühlte sich rundum glücklich.

Sie kuschelten sich auf dem Schoß des Hausmenschen aneinander und schliefen schnurrend ein.

Kapitel 25

Die nächsten Sonnenphasen lief wieder alles mit alter Routine. Rosalies Hausmensch blieb zu Hause, die Fütterungszeiten wurden eingehalten und er war oft zum Spielen aufgelegt.
Jede Sonnenphase gingen Rosalie und Nelly hinüber zu Prinzessin. Sie brachte die Jungen jetzt immer öfter nach draußen. Die Jungen erkundeten begeistert den Garten, was den Großen die Möglichkeit gab, wieder miteinander zu spielen. Manchmal war Prinzessins Hausmenschin auch im Garten. Dann beschränkten Rosalie und Nelly sich darauf, unter der Hecke zu liegen und ihnen zuzusehen. Prinzessin und die drei Kleinen wussten natürlich, dass sie da waren und riefen ihnen ab und an etwas zu.
Die Hausmenschin spielte anscheinend gerne mit den Jungen und es sah nach großem Spaß aus. Anschließend wurde immer bei allen eine gründliche Fellpflege vorgenommen. Es war lustig anzuschauen, wie die Jungen immer erst spielerisch gegen das Ding kämpften, das ihnen dann durch das Fell gezogen wurde. Aber schnell lernten sie, dass sie stillhalten sollten. Sogar Aragorn konnte sich dazu durchringen, eine kleine Weile schnurrend dazuliegen und sich pflegen zu lassen. Anschließend tobte er allerdings umso wilder, so dass die Hausmenschin so manchen hörbaren Seufzer ausstieß.
Arielle genoss die Fellpflege am meisten. Sie schnurrte so laut, dass es auch unter der Hecke gut hörbar war. Anschließend stolzierte sie mit hoch erhobenem Kopf und Schwanz zum Zaun und präsentierte sich den beiden Zuschauern, die natürlich entsprechende lobende Bemerkungen von sich gaben.

Nach dem Spielen oder Zuschauen machten die Beiden immer ihren Kontrollgang. Sie trafen auf keine Eindringlinge, aber häufig auf Erasmus, der am Buckelweg auf sie wartete. Er versorgte sie dann mit den Neuigkeiten über Bella und die Jungen. Er ging inzwischen richtig in seiner Rolle auf und fing regelmäßig Mäuse für die junge Mutter. Einmal half er ihr sogar, ihr Revier gegen einen fremden Kater zu verteidigen. Und natürlich erzählte er ausgiebig von seinem kleinen Sohn. Es war schön, ihn so stolz und zufrieden miauen zu hören.

Rosalie bemerkte selbst, wie sehr sie es genoss, dass alles in so schöner Ordnung war. Das gefiel ihr weit besser als die Unregelmäßigkeiten der vergangenen Zeit. So schnell würde sie sich nicht nach neuen Abenteuern sehnen.

Nelly beklagte sich allerdings immer noch, dass es ihr einfach nicht gelang, das Eichhörnchen zu fangen. Doch damit konnte Rosalie gut leben.

Die Zeit der braunen Kühle schritt voran. Es regnete häufig und bei Sonnenaufgang war das Gras schon manchmal mit Raureif überzogen und knackte, wenn man darauf trat. Der erste Schnee würde wohl nicht mehr lange auf sich warten lassen.

Dann kam eine Sonnenphase mit hellem Sonnenschein. Nach dem Kontrollgang blieb Rosalie draußen, legte sich unter einen Busch und döste. Nelly war im Wald geblieben um zu jagen, aber Rosalie hatte keine Lust gehabt, sich weiter im Schatten der Bäume aufzuhalten und hatte sich verabschiedet. Es tat richtig gut, noch einmal im Garten zu liegen und sich die Sonne auf das Fell scheinen zu lassen und Rosalie nutzte dies ausgiebig.

Als sie wieder wach wurde, stand die Sonne schon tief und ihre Strahlen wärmten nicht mehr. Rosalie beschloss hinein zu gehen.

Gerade als sie sich erhob kam Nelly aus ihrem Garten durch die Hecke. Rosalie gähnte und streckte sich.

"Hallo Nelly. Kommst du mit rein? Ich hätte Lust auf ein Spiel," rief sie ihrer Freundin entgegen.

Nelly antwortete nicht direkt, sondern ließ sich neben Rosalie auf den Boden plumpsen.

"Ich hab keine Lust zu spielen," miaute sie matt.

Rosalie legte den Kopf schief und betrachtete Nelly genauer.

"Was ist denn los mit dir?", wollte sie wissen.

Solche Antriebslosigkeit war höchst ungewöhnlich für die kleine Kätzin.

"Ich weiß auch nicht," antwortete Nelly lustlos. "Das muss an dem Eichhörnchen liegen."

Rosalie riss überrascht die Augen auf. "An dem Eichhörnchen? An was für einem Eichhörnchen?"

"Das ich gefangen habe," miaute Nelly, wobei sie nicht mal den Kopf hob.

"Du hast ein Eichhörnchen gefangen?", rief Rosalie überrascht. "Na, das ist doch toll!"

"Nein, ist es nicht," widersprach Nelly. "Seitdem ist mir schlecht."

Rosalie wusste nicht, wie sie reagieren sollte. Nelly war schon so lange hinter einem Eichhörnchen her, dass sie eigentlich damit gerechnet hatte, dass ihre Freundin jetzt vor Stolz und Freude platzen sollte. Aber Nelly lag ausgestreckt auf der Seite und sah nicht sehr fröhlich aus.

"Wie hast du es denn gefangen? Erzähl doch mal," ermunterte Rosalie sie.

Nelly seufzte. Dann hob sie den Kopf und machte ein so unglückliches Gesicht, dass es Rosalie mulmig wurde.

"Um ehrlich zu sein, hab ich es gar nicht richtig gefangen," gab Nelly zu. "Es ist nicht vor mir weg gelaufen."
Jetzt war Rosalie verwirrt. "Wie meinst du das? Wieso ist es nicht vor dir weg gelaufen?"
Nelly ließ den Kopf wieder auf den Boden sinken. "Ich glaube, es war krank," miaute sie leise.
"Krank?", rief Rosalie entsetzt. "Oh, große Katze, Nelly! Wieso gehst du an ein krankes Eichhörnchen?"
"Ich wollte doch unbedingt wissen, wie die schmecken," miaute Nelly unglücklich. "Und das war endlich eine Gelegenheit dazu. Und zuerst roch es ja auch nicht komisch. Erst, als ich dann reingebissen hab."
"Und wie roch es dann?", fragte Rosalie besorgt.
"Bitter," antwortete Nelly. "Und rot. Irgendwie roch es rot."
"Hast du es wieder ausgespuckt?" Rosalie begann, gründlich an ihrer Freundin zu schnuppern.
"Schon drei Mal," miaute Nelly leise.
Rosalie schnupperte an ihrem Maul und nahm den beschriebenen Geruch wahr. Bitter und ja, irgendwie rot.
"Du solltest Gras fressen," schlug Rosalie vor.
"Hab' ich schon. Is' auch schon wieder draußen," antwortete Nelly und hustete.
Dann begann sie zu würgen. Ihr ganzer Körper schüttelte sich und sie erbrach sich. Heraus kam aber nur rosafarbener Schaum, der ebenfalls bitter roch. Dann ließ sich Nelly wieder auf die Seite fallen und schloss die Augen.
"Mir ist so schlecht. Und mein Bauch tut weh," miaute sie matt.
Jetzt bekam Rosalie langsam Angst. Nervös bearbeitete sie den Boden mit ihren Krallen.
"Vielleicht solltest du was trinken. Lass uns zum Bach gehen."

Sie wollte unbedingt, dass Nelly aufstand. Es war unerträglich, sie so hier liegen zu sehen, wo sie doch sonst so ein unverwüstliches Energiebündel war.

Als sie keine Antwort bekam, beugte sie sich dicht über den Kopf ihrer Freundin.

"Nelly?" Rosalie stupste vorsichtig mit einer Vorderpfote in Nelly Seite. Aber Nelly rührte sich nicht.

Hektisch begann Rosalie, ihr über das Gesicht zu lecken und rief immer wieder ihren Namen.

Sie bekam keine Antwort mehr, Nelly schien komischerweise tief und fest zu schlafen.

Verzweifelt überlegte Rosalie, was sie tun sollte. Einerseits wollte sie ihre beste Freundin jetzt nicht allein lassen, andererseits wusste sie, dass sie selbst ihr nicht helfen konnte. Aber sie wusste, wer es konnte.

Noch einmal beugte sie sich vor und leckte Nelly über die Ohren. "Halt aus! Ich hole Hilfe!", miaute sie eindringlich.

So schnell sie konnte rannte sie zum Haus und stürzte durch die Klappe. Sie lief so schnell, dass sie auf dem glatten Boden ins Schlittern kam. Sie erreichte den Klapperraum, wo ihr Hausmensch an seinem Tisch saß und in den viereckigen Kasten starrte. Laut maunzend rannte sie zu ihm und rieb sich an seinen Hinterbeinen.

"Hallo Rosalie," gab er nur von sich und starrte weiter geradeaus.

Rosalie maunzte weiter, stellte sich an seinen Hinterbeinen hoch und schob ihren Kopf unter seine Vorderpfoten.

Er machte abwehrende Laute und schob ihren Kopf sanft, aber bestimmt von sich weg.

Rosalie war außer sich. Warum waren die Menschen bloß immer so begriffsstutzig?

Sie sprang auf seinen Schoß und begann auf seinen Hinterbeinen herumzutreteln, dabei maunzte sie ihm eindringlich ins Gesicht. Jetzt endlich sah er sie an und wirkte verblüfft.

Rosalie sprang wieder zu Boden und lief zur Tür. Dort drehte sie sich um, maunzte laut und sah ihn erwartungsvoll an. Er schaute sie fragend an, dann lachte er, fuchtelte mit seinen Vorderpfoten vor der viereckigen Kiste herum und machte irgendwelche Laute. Als wäre damit alles geklärt, wandte er sich wieder ab und begann zu klappern.

`Das darf doch wahr sein,´ dachte Rosalie verzweifelt und lief wieder zu ihm zurück.

Laut maunzend begann sie erneut, um seine Hinterbeine zu streichen, dann lief sie wieder zur Tür und wieder zurück. Dabei sah sie ihn die ganze Zeit eindringlich an.

Endlich drehte er den Kopf und machte fragende Laute. Rosalie sprang sofort zur Tür und lief in den Eingangsraum. Dort maunzte sie weiter so laut sie konnte.

Nach einer gefühlten Ewigkeit hörte sie ihn endlich aufstehen. Sobald er in der Tür erschien und nach ihr Ausschau hielt lief sie, weiter maunzend, in den Hauptraum. Ihr Hausmensch kam ihr hinterher.

`Katze sei Dank, er hat verstanden,´ dachte Rosalie erleichtert und schlüpfte durch die Klappe nach draußen.

Ihr Hausmensch öffnete seine Tür zum Garten und sah suchend hinaus.

Rosalie sprintete sofort los, stellte sich neben Nelly, die immer noch schlief und maunzte nochmals.

Als ihr Hausmensch Nelly auf dem Gras liegen sah, stutzte er. Dann trat er langsam nach draußen, wobei er Nellys Namen rief. Als diese nicht reagierte, beschleunigte er seine Schritte.

Er ging neben Nelly in die Hocke und strich mit seinen Vorderpfoten über ihren Körper. Dann beugte er sich vor und hielt sein Ohr an ihren Bauch.
Rosalie sah ängstlich zu und wartete darauf, dass er Nelly wach machte. Stattdessen nahm ihr Hausmensch Nellys schlaffen Körper in die Vorderbeine, hob sie hoch und lief eilig mit ihr ins Haus.
Rosalie folgte ihnen. Sie fühlte sich sehr unbehaglich, da sie einfach nicht wusste, was gerade passierte.
Ihr Hausmensch lief mit Nelly durch das Haus und zur vorderen Tür wieder hinaus. Dann rannte er am harten Weg entlang zum Haus von Nelly. Dort machte er ziemlichen Lärm und schien nach Nellys Hausmenschen zu rufen.
Als die Tür geöffnet wurde, begann er hektisch Laute zu machen und hielt Nelly mit ausgestreckten Vorderbeinen ihrer Hausmenschin vor die Brust. Die reagierte allerdings erstmal gar nicht, sondern machte nur Laute.
Je mehr Laute sie von sich gab, desto wütender wurde Rosalies Hausmensch. Schließlich brüllte er und sein Kopf wurde ganz rot. Rosalie bekam Angst.
Dann warf Nellys Hausmenschin die Tür zu. Rosalies Hausmensch brüllte noch etwas und lief dann mit Nelly zurück in sein Haus. Dort legte er die schlafende Kätzin ganz behutsam im Eingangsraum ab und stürzte in den Klapperraum. Rosalie setzte sich neben ihre Freundin und begann traurig ein paar zerrupfte Strähnen in dem hellen Tigerfell zu glätten. Wenn ihr Hausmensch ihr nicht helfen konnte, dann wusste sie auch nicht weiter.
Doch er kam bereits im Laufschritt wieder zurück, hatte sich sein Außenfell für draußen umgehangen und trug Rosalies Kiste bei sich, in der sie sitzen musste, wenn er sie in seinem

Brüllstinker mitnahm.
Er legte die schlafende Nelly vorsichtig in die Kiste, hob sie hoch und ging zur Tür. Dann beugte er sich noch einmal zu Rosalie hinunter, machte beruhigende Laute und streichelte ihr über den Kopf. Er ging hinaus, stellte die Kiste mit Nelly in seinen Brüllstinker und rollte fort.
Rosalie sprang ans Fenster und sah ihnen nach. Sie hatte Angst um Nelly und wusste einfach keine Erklärung für all das, was gerade passiert war.
Sie beschloss am Fenster zu warten bis die Beiden wieder zurückkämen. Sie machte es sich auf der Fensterbank bequem und beobachtete den harten Weg. Zwischendurch döste sie immer wieder ein. Doch dann träumte sie jedes Mal von Nellys schlaffem Körper, der bewegungslos im Garten lag und schreckte wieder hoch. Sie erhob sich, wechselte die Position und schaute wieder nach draußen.
Irgendwann wurde es dunkel und Rosalie fragte sich, wann ihr Hausmensch Nelly denn endlich wieder nach Hause bringen würde. Sie wartete.
Nach einer gefühlten Ewigkeit weckte sie dann das Geräusch des Brüllstinkers ihres Hausmenschen. Sofort sprang sie auf und starrte nach draußen. Der Brüllstinker kam den harten Weg hoch und hielt vor dem Haus an. Ihr Hausmensch krabbelte heraus und kam auf das Haus zu.
Rosalie sprang von der Fensterbank und lief erwartungsvoll in den Eingangsraum. Die Tür ging auf und ihr Hausmensch kam herein. Rosalies Blicke suchten seine Gestalt ab, aber er hatte ihre Kiste nicht bei sich. Verwirrt begann Rosalie zu schnuppern. Wo hatte er denn Nelly gelassen?
Ihr Hausmensch hockte sich vor sie und begann, freundliche Laute zu machen. Er streichelte Rosalie über den Kopf, aber

sie entzog sich seinen Pfoten und schnupperte weiter. Sie konnte Nelly immer noch an ihm riechen, aber der Geruch war nicht mehr frisch. Er hatte sie offenbar nicht mitgebracht. Rosalie maunzte leise und schob ihren Kopf nun doch in seine Vorderpfoten. Er hob sie hoch und drückte sie an sich, dabei spürte sie seine intensive Zuneigung und erwiderte diese.

Ihr Hausmensch trug sie in den Hauptraum und setzte sich mit ihr auf das große Polster. Dort schmusten sie noch eine ganze Weile. Das war schön, aber Rosalie musste ununterbrochen an ihre Freundin denken. Wo war sie? Ging es ihr gut?

Am nächsten Sonnenaufgang war ihr Hausmensch außergewöhnlich früh wach. Noch bevor er in den Nassraum ging, nahm er dieses kleine klingelnde Ding in die Hand, das er oft benutzte, wenn er grundlos Laute machte. Er hielt es an seinen Kopf und begann, fragende Laute zu machen. Dann wartete er anscheinend auf etwas, dann machte er wieder Laute. Da Rosalie nicht verstand, was er da tat, es war ein Bestandteil der Unsinn-Liste, achtete sie gar nicht darauf und schlief weiter.

Ihr Hausmensch verschwand im Nassraum, wo er aber erstaunlich wenig Zeit verbrachte. Er wirkte hektisch, als er sein Außenfell überwarf und schnell Rosalies Napf füllte. Dann strich er ihr noch kurz über den Kopf und ging zur Tür hinaus.

Rosalie seufzte. Warum war bloß schon wieder alles in Unordnung? So hatten die Sonnenphasen einfach nicht anzufangen. Sie mochte ihre gewohnte Routine und nun war erneut alles durcheinander. Sie erhob sich, streckte und putzte sich und ging dann in den Essensraum.

Ihr Napf war voll, aber sie hatte keinen Appetit. Dann fragte sie sich, was sie heute tun sollte, als ihr schlagartig bewusst wurde, dass Nelly sie nicht begleiten würde.

Sie schlüpfte durch die Klappe und trottete traurig und mit hängendem Schwanz zum Garten von Prinzessin. Dort war so früh noch keiner zu sehen. Rosalie trabte den Weg entlang und sprang zum Fenster hoch. Sie sah Prinzessin mit ihren, inzwischen deutlich gewachsenen, Jungen in der Kiste liegen. Alle hatten sich fest aneinander gekuschelt und schliefen.

Jetzt wurde Rosalie noch trauriger. Würde sie jemals wieder so mit Nelly kuscheln? Sie vermisste ihre Freundin so sehr. Ein Leben ohne Nelly war doch gar nicht denkbar.

Da Rosalie einfach keine Lust hatte, den Kontrollgang alleine zu machen, schlich sie wieder zurück ins Haus. Sie rollte sich auf dem großen Polster zusammen und versuchte zu schlafen, was ihr aber nicht recht gelang.

Irgendwann ging die Tür auf und sie hörte ihren Hausmenschen nach ihr rufen. Sofort sprang sie auf und lief zu ihm. Er hockte im Eingangsraum und öffnete gerade ihre Kiste, die er wieder mitgebracht hatte.

Hoffnungsvoll ging Rosalie langsam auf die Kiste zu. Dann stieg ihr der vertraute Geruch in die Nase.

"Nelly!", rief sie und stürzte auf die Kiste zu. Ihr Hausmensch fing sie ab und bremste sie. Dabei machte er glückliche Laute. Dann griff er in die Kiste und hob Nelly heraus. Er stellte sie zu Rosalie und streichelte beide.

Rosalie war überglücklich. Sie strich mit dem Kinn an Nelly entlang und schnurrte so laut sie konnte. Nelly roch ein bisschen komisch und war anscheinend etwas wackelig auf den Beinen, aber sie schnurrte ebenfalls ohrenbetäubend.

Rosalie bestürmte sie mit Fragen. "Wo warst du? Was ist passiert? Geht es dir besser? Ich freu mich ja so, dass du wieder da bist!"

"Ich war im weißen Raum. Mir war so schlecht, dass ich

dachte, ich würde dieses Leben verlassen. Aber die haben eine Menge Sachen mit mir gemacht. Die waren nicht sehr angenehm, aber jetzt geht's mir wieder besser," antwortete Nelly und rieb ebenfalls ihren Kopf an Rosalie. "Es ist toll, wieder hier zu sein! Aber ich bin noch ziemlich geschafft und könnte etwas Schlaf vertragen."
Als hätte er es verstanden, nahm Rosalies Hausmensch Nelly in die Vorderpfoten, drückte sie an sich und trug sie in den Hauptraum. Dort legte er sie in Rosalies Lieblingsbettchen und fuhr fürsorglich mit seinen Pfoten über ihren Körper. Rosalie sprang hoch und setzte sich neben das Bettchen.
Sie kuschelte sich eng an Nelly und genoss das Gefühl, ihre Freundin zurück zu haben.
Nach einem sehr langen Schlaf gingen sie zusammen in den Essenraum und vertilgten gierig eine große Portion Futter. Danach gingen sie hinaus und besuchten Prinzessin.
Als diese erfuhr was passiert war, war sie auch sehr erschrocken und schärfte ihren Jungen ein, niemals Eichhörnchen zu jagen. Dann spielten sie eine Weile und anschließend legten sich Rosalie und Nelly in Rosalies Garten und putzten einander.
Rosalies Hausmensch war offenbar währenddessen wieder mit seinem Brüllstinker weg gewesen. Jetzt öffnete er die Tür zum Garten und rief nach den Beiden.
"Ich denke, ich geh jetzt nach Hause," miaute Nelly. "So ganz fit fühle ich mich noch nicht. Wir sehen uns morgen wieder."
"Is' gut. Schlaf dich aus und sieh zu, dass du bald wieder ganz in Ordnung bist," antwortete Rosalie.
Nelly erhob sich und trabte auf ihren Garten zu. Rosalies Hausmensch rief jetzt lauter und ging hinter Nelly her. Verdutzt blieb Nelly stehen.

"Was will er denn?", wunderte sie sich.
"Keine Ahnung. Warte doch mal. Dann sehen wir es ja," schlug Rosalie vor.
Nelly drehte sich um und sah Rosalies Hausmensch abwartend an. Der hockte sich vor sie und begann, eindringlich Laute zu machen. Nelly sah fragend zu Rosalie, die aber auch nichts verstand. Dann hob er Nelly hoch und trug sie ins Haus. Rosalie folgte ihnen.
Als sie sich im Haus umsah, glaubte sie zu verstehen. Auch Nelly dämmerte es jetzt, was der Hausmensch zu erklären versuchte. Glücklich ging Rosalie zu ihrer Freundin und rieb den Kopf an ihr. Nelly erwiderte die Geste schnurrend.
Auf der Fensterbank lagen jetzt zwei identische Bettchen und im Essensraum standen von nun an immer zwei Näpfe.
Nach einer ausgiebigen Abendration liefen die beiden Kätzinnen mit ihrem Hausmenschen in den Schlafraum und machten es sich im großen Bett bequem.
Nelly rollte sich zusammen, wobei sie darauf achtete, dass sie durch die Decke Körperkontakt zu ihrem Hausmenschen hatte. Rosalie legte sich um Nelly und putzte ihr die Ohren. Sie beobachtete, wie draußen die ersten Schneeflocken vom Himmel fielen und war einfach glücklich.
So schliefen sie schnurrend ein und träumten gemeinsam von den Abenteuern, die die kommende Zeit bringen würde.